文学百年

名家散文自选集

一担山河

朱小平/著

民主与建设出版社
·北京·

图书在版编目（CIP）数据

一担山河 / 朱小平著. -- 北京 : 民主与建设出版社, 2022.10

（文学百年：名家散文自选集 / 李继勇主编）

ISBN 978-7-5139-3999-7

Ⅰ. ①一… Ⅱ. ①朱… Ⅲ. ①散文集—中国—当代 Ⅳ. ①I267

中国版本图书馆CIP数据核字（2022）第194665号

一担山河

YIDAN SHANHE

著　　者	朱小平
责任编辑	廖晓莹
封面设计	宋双成
出版发行	民主与建设出版社有限责任公司
电　　话	（010）59417747　59419778
社　　址	北京市海淀区西三环中路10号望海楼E座7层
邮　　编	100142
印　　刷	三河市冠宏印刷装订有限公司
版　　次	2022年10月第1版
印　　次	2023年2月第1次印刷
开　　本	880 mm × 1300 mm　1/32
印　　张	11.5
字　　数	224千字
书　　号	ISBN 978-7-5139-3999-7
定　　价	49.80元

注：如有印、装质量问题，请与出版社联系。

一担山河（序）

李国文

前不久，小平将他新编的一部散文集《一担山河》寄我，读后，浮想联翩。

写作，是需要一个广知博闻、积累丰硕的过程。明人董其昌说过：“读万卷书，行万里路，胸中脱去尘浊，自然丘壑内营，立成鄄鄂。”这段话出自他的《画禅室随笔》。“鄄鄂”二字比较费解，这是他自撰的词汇，别人很少用。其实董的意思，系指一幅绝好的山水画。他认为上佳的画作，必须“胸中脱去尘浊，自然丘壑内营”才能得，写文章是同样的道理，而要达到如此胸有成竹、游刃有余的程度，就必须具备“读万卷书，行万里路”的前提，这就要下一番狠功夫。然而这个“行”，这个“读”，谈何容易，并非一蹴而就的事情，看来小平是做了长足的心理准备、精神准备、读书准备、写作准备，而且耐得起寂寞，吃得些辛苦，这才有厚积薄发、声名鹊起的今天。这就不得不信服年龄优势了，第一是心情好，第二是腿脚好，后者比前者更关紧。因此，在我看来，归根结底写作这行当是个力气活。

小平好在正当年，有力气，后劲足，而且他为人稳健，做事踏实，这些年来，似乎本着董其昌的作画心得行事，走了许多地方，读了许多书籍，读懂了许多古人和今人，理解了许多史实和现实，其间，也写了更多作品。他的写作有个最大特点，文中有诗，诗外有文，文诗搭配，相映成趣。我是早年读他的诗才认识他，而后成为忘年交的。他的旧体诗，好读易懂，深浅相宜，典雅得体，余味隽永，无论五言七绝，长诗小令，都能令人耳目一新，现在写旧体诗者不少，但写得好者不多。这也是他的文章魅力所在，也是我愿意或者喜欢读他作品的缘故。

从他这部新作中，看到他攀山越水之行色匆匆，看到他寻古访旧之入乡随俗，看到他诗兴大发之佳句迭出，当然，也看到他凝练文笔之微言大义。在我看来，当下的小平，年纪相当，绰有余力，笔锋正健，才思旺发，在这样的好势头下，创作灵感犹如泉涌之不已、井喷之不竭，应该沿着这条自己走过来的创作之路，倾情时代人物，关注人文精神，勾陈历史遗逸，抒发自我心声，写下去，不停笔，此心不变，大有可为，这是可以肯定的，也是可以期待的。

2021年元旦前夕

一担山河

目录

一担山河

风义无双

域外遐思

西窗杂俎

弁言野语

草珠一串

一担山河

万纸侨批万重山

汕头是个美丽的侨乡，南澳夕照的踏岸听涛、齿有余香的潮汕佳肴、醇味四溢的工夫茶、红色遗址的惊心动魄，还有绵长古音、千年古井、绕梁潮戏、沧桑老街……哦，还有动人心扉的汕头市花凤凰花，夏季盛开时花朵灿如红霞，动人心扉。当然，还有举世闻名的《世界记忆名录》：侨批档案——海外华侨银信。全世界近200项文献遗产入选名录中，中国有11项入选，侨批档案与《黄帝内经》、甲骨文、清代内阁秘档、纳西东巴古籍等，名列灿烂的文献遗产之列，这是中华民族文献遗产的骄傲。侨批档案在中华文献遗产中出现最晚（从清代中叶至20世纪70年代），而纯粹是民间自发而形成的文献档案，但它的人文情韵最醇厚、最感人、最催人泪下。

侨批，实则是信，福建方信将“信”读成“批”。广东粤语系则称“银信”。简而言之即是海外华侨通过民间渠道汇寄到国内的汇款及家书，是“信、汇”合一的极为特殊的邮传载体，不仅仅是沟通亲情的纽带，且内容亦极其丰富，涉及广东潮汕、福建、海南侨乡与世界各地的政治、文化、商贸、交通、邮递、金融、汇兑、民俗等种种信息，可以说研究侨批已成为一种专门的学问。

汕头有开埠文化陈列馆、汕头侨批文物馆，对我这个从未去过汕头的人来说，何止是一座人间富矿。仰读一件件侨批，令人过目深刻而感受到心灵的震撼，那是“家书抵万金”的潸然之泪，那是“千里共婵娟”的沛然之情。海邦传乡音，叮咛复叮咛，真是纸短情长，镂心刻骨。

汕头自唐、宋时，即是海上贸易的重要出海港湾。自1860年起，汕头在西方列强高压下被迫开埠，汕头人本来就生活在农田稀薄的恶劣环境下，加上人口增长，汕头人开始背井离乡，漂洋过海去谋生打拼，汕头人称之为“过番”，“过番”者被称为“番客”，汇款家信则被称为“番批”，也称“平安批”。汕头媒体采访我谈感想，我撮其要云：仅存于世的16万件侨批，是珍贵的世界人类遗产，只有中国人才如此含辛茹苦，胼手胝足，打拼苦干。侨批中的字字句句，有桑梓之思，有血中之泪。须知移民心怀赡养眷属之愿，长怀致富还乡之望，但因其大多来自社会底层，背井离乡无依无靠，只能出卖廉价劳力，备受歧视，备尝艰辛，只能从事苦工、小食担、菜贩等底层行业。侨批中的艰难、情挚、守信、执着、眷恋家山、聚力宗族，世所罕匹，侨批就是一部“番客”的打拼史、辛酸史。

有一封侨批，内夹一张笺纸，满纸用毛笔只写了一个大大的

“难”字，这一个难字，蕴含着出洋谋生人多少辛酸艰辛？左侧几行小字写了一首七言诗：“迢迢家乡去路遥，断肠暮暮与朝朝。风光梓里成虚梦，惆怅何时始得消。”那墨迹几番勾改，字里行间对故乡亲人的思恋嘘拂而来！

还有一封侨批，居然写了3000多字，那浡浡墨迹，倾诉着何等切肤的思乡之情和骨肉眷恋？“无双毕竟是家山”，背负不平等的“契约”的“番客”，为了挣脱贫苦横海远渡去闯荡，会时时眺望万顷波涛之外的家山故园吧？侨批中出现的“目汁”（眼泪）一词，是多少“番客”脸庞上的流淌之物？侨批中更有无数的词汇是“凭君一语报平安”的“平安”，要不然侨批怎么又被称为“平安批”呢？那是批中触目可见对祖辈、父母、兄弟、妻儿的叩问、萦系，报一声“平安”，字字千钧，字字深情，以慰无尽亲人的引颈思念！

后期侨批“封”“信”的右上角和左下角，往往会钤上图章，多“吉祥语”，诸如“如意”“吉庆”“福星”“吉星”“顺风得利”等。图章不仅印证着“封”“信”的完整一致，确保银信真实，还流露出浓浓的思亲情感！其中一枚图章更令我久久凝眸，那是一句诗：“一封书寄万重山”，真是令人生发无限感慨！这7个字凝缩着对亲人故乡的几多情愫，情溢乎词的游子心境更令人读之凄然。

固然，十数万的侨批每使观者百转沉思、扼腕叹息，但我们也不要忘了，在无数侨批飞过重洋峻岭时，背后还有海内外无数的人们为之付出辛勤的汗水。

“批脚”，是不该遗忘的一群人。最早是“水客”，19世纪30年代，为适应不断激增的侨批递送，潮汕地区开始出现批局以及银号、商号承办的侨批行业，与南洋批局形成链条主流，与“水客”业并存。批局会雇用侨批派送员（“批脚”），将侨批与款项送达千家万户。“批脚”们家境贫寒，生计艰难，每天要行脚百里，无论风雨交加和酷日暴晒，遇山而上，遇河而渡，每次要分送上百封侨批，尤其是货币贬值时，更要担负数十斤款币，踉踉跄跄，日出而行，入夜乃归。而“批脚”的酬劳仅为两斤大米或一元国币！连山间盗匪遇见这些衣衫褴褛、赤膊墨面，担着款项的“批脚”，也不会拔刀抢劫，而会两面散开，让“批脚”们鱼贯而过！

更令人叹绝的是，“批脚”们尽管度日艰辛，但多少年来，从未发生过一次侵吞批款或遗失侨批！这是怎样的奇迹啊！侨批业和“批脚”们的立业之本是“诚信”，正是永不改变的诚信，让每一封侨批、每一笔款项，历经千辛万苦，分毫未损地送到翘首以盼的游子亲人手中！

甚至有一家几代人从事侨批派送。汕头市澄海区隆都镇堤兜村潘得敖家，从他祖父、父亲和他三兄弟，三代“批脚”，皆服务于1906年开业的潘合利银信局。这是一家大型批局，在泰国设本号，接收批信，在汕头设中转本号，并与汕头的马德发、光益裕、有信、裕益、永安等批局联号。潘家兄弟回忆，送批时，汇款与信件包在潮汕特有的水布里，紧紧缠在腰间。后改为“批袋”（布袋）背负，从早至夜，完全靠双腿，送到百里之外的侨眷手中，再将眷属回批送回批局，再由批局发往泰国、新加坡、越南等国和中国香港地区。祖孙三代，周而复始，风雨无阻，按时送收。20世纪40年代，国币贬值，要肩挑几十斤重的纸币奔波百里，一元国币脚费，外加几角钱渡河、饭食补贴，微薄的报酬不曾改变三代人对诚信的执着坚守，在他们传递的不可计数的批信款项，无一件一项遗失！这是怎样的精神力量？

汕头还出过一个罕见的女“批脚”庄雪卿，做木工的丈夫本是送批人，但后来批局规定送批人不能从事两种工作，为补贴家用，庄雪卿担负起了丈夫的工作。她送批一丝不苟，多年失联传到国内的侨批，也能千方百计寻觅到家属。她严格执行国家对侨眷汇款的保密规定，从不泄露，因此极受侨眷信赖。她赶上了好时光，批局和分批由国家银行统一管理后，“批脚”也成为银行职工。庄雪卿学会骑自行车，再也不用双脚行走送侨汇了。1982年，她从银行退休安享晚年。

除了送批人，还有写批人，也非常值得崇敬。写批人也将诚信立为宗旨，如潮汕地区如雷贯耳的“写批洪”洪铭通，就是广大写批人的真实写照和代表人物。他为侨眷写回批达50余年，直到2005年逝世。他写回批，边听口述边撰写，行文通俗易懂，念来顺口，依据《潮汕十五音》，那充溢着俚语乡音的白话文，无不使海外游子倍感亲切，诵回批如闻亲人语，见回批恍然归故乡。人们都愿找他写回批，因为“写批洪”就是一道忠厚诚信的金字招牌。他淡利轻财，生人问资费，总是一声“随送”。很多为寻觅异国亲人者，将信寄附他人回批中，洪铭通概不收取资费。他还立有“四不写”规矩，即银钱数条不清者；夸大儿孙不肖引以同情而求多寄银者；伤天害理唆间人家孬话者；有辱国格、装穷叫苦者，这四类概不为写回批。改革开放后，不少华侨回国探亲，还会到樟林元通街去探望洪铭通，感谢他写的回批使游子铭记终生的温情。

海内外批局、“批脚”、写批人的笃诚守信，也感动着侨眷和家乡父老，他们用相濡以沫的温情来回报。“批脚”夜里回不去，他们会挽留住宿，吃完早饭再上路。还有一个孩子在一家饭馆包月，但父亲批款一月一到，无论早晚，饭馆老板从不计较。诚信带来的重然诺，重温情，让海外游子和家乡父老的魂牵梦萦连绵不断，脉脉相依！

令人感动的是，侨批不仅仅是桑梓之思、亲情眷恋的信物，还洋溢着家国之情和肝胆大义，那是因为抗日战争烽火的映照，侨批也焕发出新的光彩！抗日战争中的侨批，常可见印有“抗战必胜”“还我河山”等标语，表达出海外游子与家乡亲人互相鼓励的信念！潮籍旅泰青年侨领苏君谦等三人，为支援延安抗日军政大学，捐出国币200元。不同寻常纸批，这是以“口批”（寄批人与批局口头约定）交泰国增顺批局，再交最可信任的“批脚”，凭代号与密码到汕头联号银庄取款，几经转送，最终安全到达八路军武汉办事处。接到执款后，为示尊重，周恩来、叶剑英、潘汉年、廖承志联名给苏君谦等三人写“回批”，对其爱国热忱“殊堪钦敬”，盼望他们在泰国“鼓励彼方青年前来（抗大）学习抗日知识”。这个感人的故事，体现了潮籍华侨青年和潮帮侨批局，通过“口批”支援抗战的笃诚和大义！

十多万件侨批，每一件一定都会有一个家国故事。余思未绝，故于观瞻侨批文物馆后，于车途赋诗一首抒慨：

红头船上过番客，
万纸侨批万重山。
纵有汪洋隔故梓，
目汁渖渖泅传笺。

其实，岂止是“一封书寄万重山”，那更是“万纸侨批万重山”，每一封侨批都会有凄怆的、温馨的、浓烈的、深沉的故事啊！

现在的汕头不仅是著名侨乡，还是国家经济特区，日新月异的速度让回乡的华侨目不暇接。自20世纪70年代，侨批统一由中国银行管理后，侨批完成了它的历史使命。人们再也不会用侨批传递情感和汇款了，那已成为遥远的历史遗迹，只留下温情的记忆。当今，快捷的互联网、信用卡已成为人们沟通、融汇的新手段。

离开汕头时，凤凰花还未盛开，心中不免有些遗憾，后来汕头的朋友发来照片，看那已盛开的千万株花朵，团团簇簇，像燃烧的火焰般绽放，这是象征着侨批的故乡——汕头，会有更加美丽灿烂的未来吧？

蒙山雨

孟子的名言，孔子“登泰山而小天下”，世人多知晓，而殊不知这句话前面还有一句“登东山而小鲁”。东山者，又称“东蒙”，即今山东临沂之地的蒙山也，为鲁地第二高峰，称为“岱宗之亚”。泰岳我登临不止一次，而堪与泰岳相伯仲的蒙山却素昧平生。今夏有幸登临，一览蒙山，却是云雾渺渺，雨色潇潇，别有情愫。

古人雨中登山者绝少，查李白、杜甫、苏东坡等游蒙山的诗，大都是秋高览胜，晴空如洗，正好放眼四顾。或春日叠嶂树海，青翠欲滴，披襟解衣，养目怡情。苏东坡登临蒙山的诗句“不惊渤海桑田变，来看龟蒙漏泽春”，我不是考据家，看来也不是遇雨之作。古人有听雨之雅，也只可临轩，而非湿衣登临。清代康熙和乾隆皇帝，风雅自矜，跸痕所至，都写过赞美蒙山的诗，如康熙的《蒙阴晓雪》、乾隆的《望蒙山雪色》，以万乘之尊，当然不会踏雪登山，何况诗题已明标“望”字。可见雪雨之季，不宜登高。

上午自北京登车前，淅淅沥沥下了一场小雨。下午到蒙山，只见暮色沉沉，阴云欲雨，看天气预报，到达当日是“夜间阵雨”，明后日白天均是“小到中雨”。心中思忖，遇雨还能登山吗？友人热情为之洗尘，席间告之：此地遇数十年未有之大旱，农民盼雨望之如云霓。心中又有些惭愧，不禁口占了一首小诗：

蒙山遥望笼阴云，
暮色轻樽先洗尘。
我欲登临犹惧雨，
农家引颈盼倾盆。

次日，果然雨色阑珊，在细雨中登临龟蒙。这是蒙山最高处，所以登上绝顶，摩挲千米断崖上的“蒙山极巅”碑，踌躇600年烟雨中的卧松，盘桓凝视观鲁台前的“孔子小鲁处”，固然“所处益高”，虽不闻弦歌四起，却也“所见益大”——雾色苍茫，混沌环绕，不辨青山妩媚，不辨九州巍然。雨色如帘遮望眼，蒙山沂水可见乎哉？孔夫子当年据说不止一次登临，未曾记载他遇雨而叹。他望见了千山万壑、云海低垂、天地一色、万物仰止，发出过哲理般的感叹吗？如果他是在雨倾如注或细雨潇潇中，会有何感慨？子登东山而小鲁，“子在川上曰，逝者如斯夫！”，子在雨中呢？会怜悯“民生之多艰”吗？还是会欣喜雨润苍生？

雨，细细，人，徘徊；登高望远，情怀难止，雨中的蒙山，几许幽渺，几缕哲思，使人又生几许旷达、几多情怀。《蒙山文化丛书》的“编者寄语”说蒙山“兼有泰山之雄壮、黄山之秀美、华山之险峻、雁荡山之奇绝”，而雨中的蒙山原来还如此多情，蒙山的雨原来还蕴含如此哲思！

蒙山还是鬼谷子的出生地，有鬼谷子洞、鬼谷子峪、鬼谷子讲堂、智慧府等，行色匆匆，只抽暇曾往大洼景区龙王河左岸鬼谷子村一游。树影婆娑，微风轻拂，想象不到纵横捭阖、神出鬼没的鬼谷子是否能够呼风唤雨？蒙山间还有一座雨王庙，蒙山万寿宫也设有雨王殿，供奉着风伯雨师和雷公电母。《风俗通义·祀典》说风伯“鼓之以雷霆，润之以风雨，养成万物，有功于人”。当地的习俗逢旱季要祀拜雨王，求雨保五谷丰登。过去说“民生多艰”，含义其实极其深刻，辛辛苦苦种下庄稼，一旦大旱之临，必然颗粒无收！雨在诗人的眼中固然多情，但在不知子曰诗云的百姓心中却是如救命仙丹。不要苛求百姓愚昧，雨中登山几曲回肠者会与求雨润田禾的百姓感同身受吗？古人说人生四大幸事第一便是“久旱逢甘雨”，可见雨在古人心中的重要性！在雨王庙前久久伫立，心中顿生感慨！

在游览蒙山龟蒙顶西北侧的元代古刹明广寺时，一时雨急，心中甚喜，那卧碑上潇洒飘逸的明人“鹿野苑”楷书大字，那汩汩涌流清可鉴人的碧玉泉，那枝叶繁茂遮如穹盖的银杏，那据说早春繁花胜雪的白玉兰，都被贵如油的雨水洗涤得清亮光洁，情韵盎然。

梵音的落花缤纷，也不如及时雨金贵！我即赋了小诗一首：

合围银杏叶纷繁，
鹿苑残垣出碧泉。
莫道古兰花似雪，
潇潇润雨胜音梵。

喜雨之余，询问陪同者：“此雨不小，可缓旱情否？”答曰：“尚不足，当地百姓说雨水入土‘四指’深，才好。”其实，经查史料得知，四五十万年即有“沂源人”生存于蒙山，按地质年代属更新世中期，若按考古学划分属旧石器时代，那时的气候是温暖而湿润的。桑田沧海，已不复润泽矣！

蒙山数日，雨时断时续，淅沥而不止。细雨中游览亚洲唯一原生钻石矿山公园，凭吊孟良崮战役纪念碑，都会产生穿越时空的思绪。蒙山历史文化厚重，人文景观星罗棋布，十天半月大概也欣赏不尽。蒙山在酝酿新一轮的景区大开发。工人们冒雨在翻新通向蒙山顶的盘山路……将来也许蒙山又会以新的面貌展现给世人。权威专家将开发蒙山旅游风景区的利弊阐述得极为通透，我当然佩服之至。可是，想起蒙山的雨，想起老区百姓盼望改变生存现状的急迫心情，我真想大声说：为了让老区百姓尽快富起来，会原谅不可避免的少许急躁、少许盲目吧？

神州无处不飞雨，而蒙山雨却似乎令人不胜依依。“诗圣”杜甫是有悲天悯人之心的，他曾与李白同游蒙山，写下“余亦东蒙客，怜君如弟兄。醉眠秋共被，携手日同行”的诗句，他只在深情吟哦与李白手足般的交谊。他没有遇见雨，大概也不是在旱季，否则他会留下何等大发感慨的诗章呢？而今我亦东蒙客，归来之后却时常会产生丝丝缕缕的眷恋……

“蒙山高，沂水长”，蒙山雨，念人肠……

夜舟华阳湖

麻涌，是东莞市的一个镇。涌，读音是“冲”，是不是客家孑存的中原正音古韵，不得而知，反正当地人皆如此读。当地的地标性景色应该是华阳湖湿地公园，住宿处可以引颈遥望，因为公园门口巨大的牌楼很引人注目。

听闻要去华阳湖泛舟夜行，这真是令人感兴趣的游览项目。

古人将夜月泛舟视为雅兴，或恣意，或吟啸，或载美，或风发，赤壁酒阑兴怀古，浔阳江头夜中吟，皆不失千古绝唱。不唯须眉，女儿家也会泊舟，如秦淮八艳之类，固然是倚栏调笑，然其中不乏巾帼人物的行事。读陈寅恪《柳如是别传》，书中不惜笔墨记柳如是与几社才子陈子龙等“云间三子”，泛舟秋塘，纵论国事沉沦，“流商激楚扬清歌”，令人遥见舟上“意气欲何”的女儿风采。统而言之，夜色中泛舟，总会引发思古幽情，遄飞逸兴。当然，古人夜色泛舟也不乏悲戚，这在古人诗中屡见，杜甫的“亲朋无一字，老病有孤舟”，令人伤感；孟浩然的“风鸣两岸叶，月照一孤舟”，令人凄凉；刘昚虚的“沧溟千万里，日夜一孤舟”，令人悱恻。举不胜举的诗咏“孤舟”，在封建时代是一个诗境的符号，夜色中的“孤舟”是那个年代文人的孤独哀叹。今人读来真是很难引起共鸣。

对提议夜舟游华阳湖，心甚喜。华阳湖没有赤壁、浔阳江、秦淮河那般众口传诵，也没有苏东坡月夜吟赋、柳如是与才子们激扬风发、白居易与琵琶女天涯沦落青衫湿那样荡气回肠的典故，更没有名诗人如杜甫、孟浩然等流传百代的诗句，这难免有些索然，但毕竟是岭南月夜，泛舟湖波，是履痕中不易享受的良辰佳事。无思古之幽情，大可畅怀于今宵。

华阳湖，碧树堤围，水阔千顷，夜色澄澈，和风微拂，灯火向楼台初上，霓虹与湖波相辉。古色古香的游船，雕栏篷顶，古人是叫画船吧？灯光秀撩起的瀑布竟然像风中的柳枝一般，婀娜摇曳，焕发出迷幻的条条光柱。船从它们面前经过，瀑布溅起的水珠被风吹进舷窗，洒在倚窗观景人的脸上、衣襟上，点点丝丝，惹起人们的笑语。那可不是天上吹落的雨丝，也不是湖波被搅动溅起的浪滴，是让人们感知岭南湿润温暖的气息吧？

闪烁变幻的霓虹景色，不时引起船客们的指画赞叹，不时听到人们说起华阳湖的由来。以前不过是三条小河，是化工、电镀和洗水漂染行业为主的传统工业区，河水发黑，涌生臭味，坟地连陌，农田荒芜，杂草丛生，是东莞有名的“龙须沟”。政府2013年开始“壮士断腕”，决心还老百姓天蓝、地绿、水清。网上可查到一组数字：为彻底告别“龙须沟”，关停清拆污染企业、禽畜养殖场近400家共16.5万平方米，迁坟2.8万座，河涌清淤165万立方米……这是一组沉甸甸的数字！数字终于换成了达8000亩核心区的湿地公园，再不复“野有蔓草，零露漙兮”的荒芜景象，而是花木繁盛，湖波粼粼，天光云影，空气清新。这里不收门票，从此成为当地老百姓的休闲佳处。若干种候鸟也翩翩而来，成为人们喜欢的赏心悦事。据说原来盛行的麻将已然快要绝迹，人们越来越喜欢这里，越来越离不开这里。

陈残云的著名长篇小说《香飘四季》就是在麻涌体验生活而写成的，那个年代与今天已恍如隔世，翻天覆地的剧变令人感慨、感动。我问：“陈残云写《香飘四季》时，来过华阳湖前身的那三条小河吗？他的小说里提到过吗？”答：“当然没有。”我想，陈残云写小说的那个时代，当然不会想到今天会出现一个美丽的华阳湖，恐怕也不会想到麻涌、东莞、岭南，神州大地，会有如此翻天覆地的神奇改变！

船在湖上荡漾，轻轻欸乃，慢慢抵靠堤岸，拾级而上，岸上却是一条华彩喧嚣的街市，霓虹闪烁，各种店铺楼阁鳞次栉比，人们在悠闲地漫步，享受夜色中亮起来的惬意。霓虹之彩映射在身上，五色斑斓，不由得想起清代经学家惠士奇的两句诗：“偶然作吏山水邦，衣裳犹带云霞色。”第一句若改成“偶然夜游华阳湖”，霓染衣裳，真是贴切此景此行。

一行过桥，望见桥下一间类似雕栏舞台的房间，停步，凭栏俯视，灯光明暗，丝弦切切，声腔悠扬，里面有上了年纪的男女在弄曲舞袖，说是粤剧票友们在切磋技艺。陪游的朋友介绍说：麻涌水乡文化底蕴很深厚，获得过“中国曲艺之乡”“省民间文化艺术之乡”等荣誉称号。全镇有曲艺社23个，每个村和社区至少有一个曲艺社。而且是“嘤其鸣矣，求其友声”，每个曲艺社皆常年对外开放。粤剧当然更是受到人们的喜爱。凝眸许久，油然而生羡慕，悠闲怡然而痴痴热爱着，是人最可宝贵的享受吧？想起白天参观过的古梅乡生态农业园新农村，犹历历在目。麻涌宋代立村，原来就称“古梅乡”，那种变化是巨大而令人从内心感到欣喜莫名的。今天的农民，决不应该仅仅满足于温饱富裕，最终应是提升生活品质，直至文化水准。

麻涌位于东莞市西北，地处珠江口北部东岸珠江三角洲平原地带。而珠江上，从宋代直到1949年前，一直生活着“疍民”，“生在江海，居于舟船，随潮往来，捕鱼为业”（《太平寰宇记》），在清代被列为“贱民”（《清史稿》食货志一·户口田制），虽然从血统上也是汉族，却不能与岸上汉人通婚，生计艰辛，且受歧视欺侮。雍正七年（1729年）朝廷曾下令“听其于近水村庄居，力田务本”，但直到民国也从未“改业从良”。中华人民共和国成立后，政府单成立渔民村，大多上岸居住，基本上不再以船为家。据说40岁以下的也不再以捕鱼为生。这也是一个翻天覆地的变化。

在改革开放的今天，他们的生活一定更加美好富足。在泛舟归来途中，忽然想到：他们若是也来泛舟湖上休闲，该是怎样的心情呢？

宋代女词人朱淑真在湖上泛舟时写诗说：“坐上诗人逸似仙。”她只是在憧憬能见到她心心相通的爱人，那只是个小我的境界，今天的华阳湖能让所有的老百姓都“逸似仙”，这才是真正的大手笔！日落而息，衣食足而逍遥游，这不正是历代仁人志士大庇天下的愿景体现吗？

今夜泊舟华阳湖，全然不会像苏东坡那般心生苦闷、白居易那般同病怜悯、陈子龙柳如是那般扼腕叹息，去享受和老百姓们一样的半日之闲，何其惬意，何其畅美。

中国自古有一个非常风雅的文化传统：凡州县直至乡镇，必有当地名胜八景或十景，载于志书播于口碑。麻涌也不例外，在明末清初，此地民安物阜，文风鼎盛，对地方庆会、风物欣赏，甚为讲究，也定评有“麻涌八景”传扬至今：“东海渔歌”“南坦禾云”“西园夜市”“北丫蕉雨”“魁楼晚望”“花桥佛庙”“白鹤榕荫”“归义钟声”，见其名，也令人神游其境。不过，美固然矣，而华阳湖之夜，当不逊于昔者，麻涌是不是应该重评“麻涌新八景”？若是，我投华阳湖名列第一。

不熄的窑火

去景德镇和我在读史料时的印象不一样，明清时人写的笔记里说：如果在夜间看景德镇，遍地星罗棋布的窑火，与天上的星星相映生辉，令人动魂摄魄。明代文人王世懋在他的《二酉委谭》更将景德镇称为“四时雷电镇”，因为昼夜烧瓷火光烛天，可见那时去景德镇的人对映彻天际的这一人间奇观会有极深刻的印象。

景德镇的艳阳娇媚而灿烂，景德镇的夜色静谧而安详；她不再是天上群星辉映的街市，她不再是遍地窑火燃烧的奇观。自中国制瓷史上最后一位制瓷大师郭葆昌在此烧制“洪宪瓷”之后，景德镇的窑火最终烟消火灭。其实，宣统三年（1911年）末代皇帝溥仪宣布退位时，自元代始延续633年的景德镇御窑，就已经成为历史的一个绝响。

在中国瓷器制造史的坐标上，景德镇是一个传承有续、产生奇迹的殿堂。康、雍、乾三朝应该是鼎盛时期，如雷贯耳的“官窑”璀璨炫目、绚丽多姿，之后几乎不能逾越，仰之弥高而望之弥深，徒然兴叹。而这中国古代瓷器巅峰时期的创造者，则是清代内务府景德镇督理御窑的督陶官唐英，他正式的官衔是内务府员外郎、九江关监督兼理景德镇窑务。这是一个在中国制瓷史上彪炳史册的人物，这是一个出身卑微而又绝顶聪明的奇人，这是一个对瓷器呕心沥血、集之大成的艺术大师。

我在景德镇的窑区凝视过唐英纪念馆的小小院落，几番徘徊，几度回首，它历经风雨而被移到此处，一个在窑火中锤炼过的灵魂仿佛仍在这里徘徊！

唐英似乎是为瓷器而生的天造地设的鬼手、鬼才和灵怪。一个身份卑微的人竟然入传国修史书——《清史稿》里有《唐英传》，可见他的盛名。

在《清史稿·唐英传》里，可以查到他的简历：字俊公，汉军旗人，官内务府员外郎。雍正十年始开始监督景德镇窑务，并兼任粤海关、淮安关、九江关监督。他起初是景德镇监督年希尧的副手，后来接任主官之职，时间颇长。查其他史料可知，唐英生于康熙二十一年（1682年），卒于乾隆二十一年（1756年），享年75岁。他真正的身份是关东沈阳的汉人入旗籍的整（简写为正）白旗人。就是说唐英不是满族人，而是汉人。按照那个时代的称谓，唐英是“在旗的”“旗下人”“旗人”；满族人在入关前创立八旗制度，合军政、民政、家政为一体，皇室、贵族、军卒、民匠、奴隶一律编入。

最初的满洲八旗不仅是满族人，也有蒙、汉、朝鲜、俄罗斯等各族人。后来又增编蒙古和汉军各八旗。均以正黄、正白、正红、正蓝、镶黄、镶白、镶红、镶蓝区分。满洲八旗分“上三旗”与“下五旗”：“上三旗”是镶黄、正黄、正白，由皇帝亲领；“下五旗”由王公分领。那么由此产生了清代历史上的特殊身份的群体——“上三旗包衣人”，也称“内务府包衣旗人”。内务府是清代替皇帝家庭管理财务、饮食、器用、玩乐、礼仪、生活琐事等的机构。内务府人员无“下五旗”人，更无蒙古和汉军旗人。而唐英则是上三旗正白旗里的“汉姓人”。非满族血统而又隶籍满洲八旗里的“正旗”，是“归旗极早”的“旧人”，是满洲贵族最早俘掠编入“正旗”作为“包衣”的汉人。“包衣”是满语，即家奴，在满洲贵州的眼里极为“下贱”。虽然这些“汉姓人”的生活习俗已经和满族人难以分辨，但身份却永远不能改变。雍正皇帝常告诫：“包衣下贱。”《红楼梦》里贾府奶妈的一句极为沉痛的话：“你那里知道‘奴才’两个字是怎么写的？”道出了“包衣”至微极贱的身份。而《红楼梦》的作者曹雪芹及祖父曹寅也是正白旗的“包衣”，与唐英同属一旗，身份相同。唐英出身似无记载，但他的经历应该和与曹寅为姻亲的苏州织造李煦类似。李煦也是正白旗包衣，其父本姓姜，名士桢，山东昌邑人。明崇祯十五年二月，清兵攻山东兖州，破昌邑，俘守城之姜士桢，掳回沈阳，成为正白旗包衣佐领李西泉养子，改姓李，并归入旗籍。猜测，唐英的先人大约也是被俘虏的汉人编入旗籍成为包衣的。其中必有一段沉痛屈辱的血泪史，但是正史、野史都几乎没有痕迹，后人只能见到这些高级奴隶的风光煊赫，只能读到曹寅《楝亭集》里诗词吟咏的风雅、李煦《李煦行乐图》中的飘逸，简直令人难以想象“奴才”两个字是怎么写出的。其中的酸辛绝不会被这种表面风光所掩饰。包衣的下场也很悲惨，皇帝主子的喜怒好恶会导致家破人亡，如曹、李二家。所幸唐英善终，让他和他的“唐窑”不致湮没，真是令人心怀庆幸！

然而，尽管唐英身份卑贱，却因为“呼吸通帝座”，直接担任皇帝的奴仆而受到特殊信任，经常被外放担任盐政、海关、织造、漕运、陶务、采买等种种肥差，其荣华富贵并不逊于满洲王公大臣。《清史稿·唐英传》中说他曾“直养心殿”，说明他曾为皇帝贴身服务而受到信任。

唐英16岁时一直供役于皇家手工艺作坊，直到年近40岁被外放粤海关、九江关、淮安关和监督窑务。唐英被外放的督陶官实际是一个养尊处优的肥差，上传下达，只需定期完成皇家交办的烧制瓷器，威福有加，云胡不喜？

唐英没有走内务府“旗下大爷”们的理所当然的必由之路，“天棚鱼缸石榴树，先生肥胸胖丫头”，“房新画不古，必定内务府”，这些内务府旗人暴发的标志，唐英似乎不感兴趣。《清史稿》中他的传记非常简略，其实他和曹寅有着非常相同的品位，出淤泥而不染，身陷卑微心比天高而追求精神上的高雅，多才多艺，

“工山水人物，能书，善诗，长于篆刻”。创作过《面缸笑》《转天心》《十字坡》等17种杂剧、传奇，合称为《古柏堂传奇》。诗文创作亦颇为丰富，如他督陶期间，写了一篇散文《龙缸记》，记叙他偶然在寺院墙角，捡拾到明神宗时“落选之损器”青龙缸一件，遂“遣两舆夫舁至神祠堂西，饰高台与碑亭峙以存之”。神祠即祭窑神之所，不仅收存，还置于高台之上。一个皇帝钦派的督陶官，眼见过无数一流精品，何以见爱于“落选之损器”？所以时人皆为之困惑不解。

唐英的《龙缸记》非游戏笔墨，而是郑重其事。他认为缸虽丑陋，乃是崇祀窑神童宾的化身，“况此器之成，沾溢者，神膏血也；团结者，神骨肉也；清白翠璨者，神精忱猛气也”。童宾是景德镇窑业的传说人物，据说因龙缸大器久烧不成，窑工备受鞭挞之苦；为拯救同役窑工，童宾奋身投火，终使龙缸烧成。唐英对童宾的舍身精神备极景仰，他还以童宾跳窑事有感写《火神传》，字里行间对景德镇人、神、物极其观念，情挚意切。童宾其实只是传说中的一个窑工，但在唐英看来，瓷器是生命的精灵，每一件精美的瓷器，皆为窑工生命的膏血结晶、精神孕育。这是唐英发自内心的敬畏。

《清史稿·唐英传》说他任督陶官期间是“躬自指挥”“衃工慎帑”，可以看出他是一个体恤工匠、事必躬亲、不贪不奢的清官。御窑厂原有一方《唐公仁寿碑记》，是他54岁生日时全体御窑厂工匠及全镇商家窑户所立。碑文中云：“每见匠有未悟者，授指致精而进其终身之益；勤能本谕者，额外奖赏而励其诸作之专；匠有疾病者，延医制药而急救；匠居窘窄者，买房赏住而安身；年迈匠人，另赐衣帛食肉。众餐余积，呼来童叟均分；兼惜工匠至亲，量才亦用；冬闻匠有债急，预叫领银；空囊而旅丧无依者，济以买棺埋葬；将娶而未能团聚者，周其宜室宜家。”如果唐英仅仅满足做一个遗爱甘棠的清官，诗书风雅，拍曲怡然，也不过赢得镌石擎伞的好口碑而已。但唐英却不然，他要像《龙缸记》中所景仰的童宾那样，以“膏血”“骨肉”“精忱猛气”的付出去追求更高的境界。他要仰望星空，遨游八极，探究玄奥，点化神奇。

其实自顺治时代起，郎廷佐、年希尧先后“奉使”督造官窑瓷器，“精美有名”“造器甚伙”，史称“郎窑”“年窑”，已成为颇难逾越的巅峰。

唐英不畏其高、其难，筚路蓝缕、沥血呕心，将自己化为更加巍峨高耸的、后来崛起的一座更加难以逾越的巅峰。

《清史稿》所叙其功绩甚为撮要，不妨抄录：“唐英……讲求陶法，于泥土、釉料、坯胎、火候，具有心得。……撰《陶成记事碑》，备载经费、工匠解额，胪列诸色瓷釉，仿古采今，凡五十七种。自宋大观、明永乐、宣德、成化、嘉靖、万历诸官窑，及哥窑、定窑、均窑、龙泉窑、宜兴窑、西洋、东洋诸器，皆有仿制。其釉色有白粉青、大绿、米色、玫瑰紫、海棠红、茄花紫、梅子青、骡肝、马肺、天蓝、霁红、霁青、鳝鱼黄、蛇皮绿、油绿、欧红、欧蓝、月白、翡翠、乌金、紫金诸种。又有浇黄、浇紫、填白、描金、青花、水墨、五彩、锥花、拱花、抹金、抹银诸名。”这是一个由外行转为内行所付出的精气膏血所烧炼而成。唐英不仅仅是行政管理，他也不仅仅是“躬自指挥”，为了最高境界，他不惜纡尊降贵，亲入窑坊，与窑工切磋研讨，不耻下问，如饥似渴地学习制瓷技术和知识，竭力苦心参与烧制瓷器。他杜门谢客，不事交游，竟然与窑工同吃共睡达三年之久。蓬头垢面、衣衫褴褛的唐英，从仿制的必然进入创新的自由，盘、碗、盅、碟、瓶、罍、尊、彝……数十种器形，在他的手中化指为柔；元、宋、明、清、欧美、日本……绵延千年的不同风格，在他的眼里随意造化。

中国的瓷器传布到域外，被日本、欧美人所陶醉、所钟爱、所仿制，形成了另一种风格、另一种色彩、另一种气质，这也为唐英所兼容并蓄。他不故步自封，也不瞒盱傲慢；他的襟怀宽广，他的眼界开阔，他不仅是埋头苦干的“脊梁”，更是善于总结的理论家。他勤于笔耕，著述甚多。乾隆八年（1743年）他编撰《陶冶图说》。《清史稿·唐英传》不过区区五百多字，居然介绍《陶冶图说》的篇目就用去了120多个字！可见治史者对其之重视。《陶冶图说》文图并茂，共20篇，从采石制泥、淘炼泥土、炼灰配釉、制造匣钵、圆器修模和拉坯、做坯、炼选青料、制画琢器、蘸釉吹釉、成坯入窑、烧坯开窑等制瓷工序的全过程，诚如《唐英传》所评，“备著工作次第，后之冶陶政者取法焉”。但是，我个人认为，写史者还是没有看到这部著作的重要性，只是认为供给管理者参考而已。其实，它的成就不仅详尽介绍了制瓷生产的全过程，而且真实反映了雍正、乾隆年间景德镇陶瓷业的制造术之盛况，堪称中国瓷器生产历史上珍贵的重要史料，更堪称中国瓷器制造史上的不朽著述。当时就有人评价为“集厂窑之大成”，有功于“龙缸、钧窑继绝业、复古制”，比《清史稿》中的评价高得多。唐英还著有《陶务叙略》《陶成纪事》《瓷务事宜谕稿》等，同样弥足珍贵。

历史证明，“唐窑”无愧是景德镇瓷器制造史上突起的奇峰，不必说后无来者，但恐怕是一座前无古人的奇峰。不仅影响了中国，也影响了世界。“唐窑”制作的珍品贵器在世界各大博物馆中都有珍存，证明“唐窑”的问世对中国和世界的陶瓷发展都起到了向深远推广的作用。

清人蓝浦《景德镇陶录》一书中对“唐窑”做出了精准的评价：“公深谙土脉、火性，慎选诸料，所造俱精莹纯全，又仿肖古名窑诸器，无不媲美；仿各种名釉，无不巧合；萃工呈能，无不盛备；又新制洋紫、法青、抹银、彩水墨、洋乌金、珐琅画法、洋彩乌金、黑地白花、黑地描金、天蓝、窑变等釉色器皿。土则白壤，而坯体厚薄惟腻。厂窑至此，集大成矣。”这是非常有见地的评价，那就是“唐窑”并非简单的一种瓷器，而是体现出它继承了中国清代以前所有制瓷工艺的精华，出神入化地仿制了所有历代名窑，使之熠熠生辉、不同凡响；同时又汲取中外制瓷艺术的营养，取法乎上，鼎力出新，冶古今中外技艺于一炉，集各种技艺之大成。盛名之下，当之无愧，誉之不虚。

北宋宋徽宗建立官窑，也只有记载，而无遗址。从南宋在杭州建“内窑”起，元代忽必烈又在景德镇设“浮梁官窑”，从此绵延不绝，明有“御器厂”，清建“御窑厂”，至康、雍、乾三朝鼎盛到了极致。青花、斗彩、五彩、珐琅彩、粉彩争奇斗绝，美不胜收。“康雍乾”之后自渐衰微，“唐窑”成为一个美妙的记忆，成为一个逝去的绝唱。

景德镇的秋风轻轻地微拂，伴随着延伸的思绪使人神驰遐想。我至之时，恰逢2013年瓷博会结束，一条消息引起我的兴奋：景德镇明清御窑中的青窑、龙缸窑、风火窑三窑复烧。唐英泉下有知，该是不无额手相庆吧？

一个出身卑微的人创造了一种多彩多姿的辉煌，使我们后人永远心怀敬意。当历史学家们在思辨到底是英雄抑或奴隶创造了历史，我们也不必陷入无尽的困惑。内务府的“包衣”们，不仅仅有一个唐英，除了我们所熟知的曹寅、曹雪芹，还有曾任苏州织造的李煦（曹寅的妹夫），是大藏书家，达数万卷，还擅书法。任过内务府坐办堂郎中、苏州织造的荣廷，其著有《虫鱼雅集》《拙园灯谜草》，前者仍是今天虫鱼玩家奉为圭臬的著作，后者成为中国北派灯谜的代表。内务府河道总督钟洋后人杨继振是有名的古钱币收藏家和古籍收藏家，著名的《红楼梦》抄本“梦稿本”即其藏品，我即今所居的旧鼓楼大街前马厂胡同小小的院落，即是当年北京有名的“钟杨家”的一部分，仰卧起作于起街中，宁不感喟乎？内务府官员荣家后人尹润生是著名古墨收藏大家，其古墨鉴赏著作至今仍具权威参考价值。荣廷还有一位后人尹仲麟是杂技高台定车的创始人……这样各具异彩的人物实在不胜枚举。“包衣”中更有着为中华文明抗争殉死的人——内务府堂郎中、总管圆明园大臣文丰，在英法联军闯入圆明园烧掠时投福海自尽！中华传统文化是灿烂而多元的，而创造了这灿烂而多元文化的，必须是仰望星空和脚踏实地的人。当我们后人享受着灿烂的文明时，请不要忘记那些值得永远纪念的人们。

唐英70岁时，曾回到景德镇，“抵镇日，渡昌江，合镇士民工贾群迎于两岸”。他热泪盈眶，口占《重临镇厂感赋志事》：

重来古镇匪夷想，
粤海浑如觉梦乡。
山面水心无改换，
人情物态有存亡。
依然商贾千方集，
仍见陶烟五色长。
童叟道旁争识认，
须眉虽老未颓唐。

按八旗的规矩，本籍皆为北京；无论驻防、仁宦，都是出差；开缺升调直至去世，都须回京。唐英应该在北京有故居，但岁月湮蚀，今天已无人知晓了。“玉山不颓清流在”，这是唐英吟咏景德镇风物长诗中的一句，颇值得玩味。其实何止玉山不颓清流不改，文明的窑火是前仆后继永远不会熄灭的，难道不是吗？

君子意如何

湖南省长沙市望城区，乃荆楚故地，长沙旧郡。是日，游欧阳询故里、铜官窑址、乔口古镇，谒祀屈原、贾谊、杜甫之三贤祠。望湘水江波之粼粼，吟杜甫悲悯之所咏，遂步杜甫《入乔口》诗韵赋得五律以怀吊：

山色谁扶助？
三贤拜不赊。
江波流日夜，
草木映光华。
墨迹堪仰止，
夕晖正半斜。
飞灰窑址寂，
不朽是泥沙。

拙诗中提到的“墨迹”，是指望城乃唐初四家之一的欧阳询故里书堂山，也称笔架山。欧阳氏之郡望可上溯至春秋，其乃越王之子，越被楚灭，其地封疆乌程欧余山之阳，故以欧阳为姓氏。南齐以降，世出官宦：如欧阳询曾祖为屯骑校尉，祖为镇南将军，父领广州刺史。欧阳询始官于隋，唐太宗时为太子率更令、弘文馆学士，簪缨不绝，阀阅赓续，且成就为中国书法史上的泰斗。欧阳询生于广州，父辈蒙冤，毁家避难，6岁时伶仃孑然回到书堂山故里蜗居读书。1500年岁月磨蚀，旧迹早湮，欲寻唐物，叹不可得。因为唐代完整建筑在今之神州湮之不存，除梁思成、林徽因所发现的山西五台山佛光寺东大殿有盛唐原貌可寻，以及几座唐代木构、塔；海外则只有日本真言宗和天台宗的寺院和越南的顺化皇宫，依稀可窥。山麓之书堂寺，据说是前人为纪念欧阳询、欧阳通父子依山而筑，而据此而名“欧阳阁峙”，为“书堂八景”之一。但业已经今人重葺，不具大唐重檐叠屋的风韵。崖侧古树，虽浓荫如盖，或是晚近所栽，即如浓荫之下被郑板桥吟咏过的洗笔泉，凝眸之下，可供游者发思古之幽情，但不必认真稽古是否遗存千年墨痕。

中华之人文荟萃，灿若星辰，凡名人之故里，旧时从官府至民间甚为重视，无外乎提倡风气教化、喻扬君子楷模。而神州各地也多建有贤人祠庙，供人顶礼，如我曾去广西灵渠，见有四贤祠，供奉开发灵渠的汉代马援等四位贤人。欧阳询不仅是望城名人，更是中国文化史上殊堪景仰的星宿。书堂山的故里建筑，宏观而质朴，可见望城人对先贤的尊崇。所谓山不在巍峨，物不在华美，正是

“墨迹堪仰止”“草木映光华”。

欧阳询的墨迹流传至今，堪称国宝。被奉为“欧体”，至今被爱书者所摹临、所膜拜。我的已故书法老师贾诚隽先生，是著名书法教育家，亦擅欧、颜、柳诸体，其欧体书法堪称大家。他常感叹：“欧体是最难学的。”今人只知欧阳询之真书即所谓“楷”体，其实他所以传之不朽，是“八体尽能，笔力劲险，篆体尤精”（张怀瓘《书断》），行、隶、篆，无所不擅，“飞白尤精”（《续书断》）。传世之《梦奠帖》《千字文》《卜商读书帖》等，仅此流布，然于《梦奠帖》中，尽见欧阳公清劲“飘扬”的笔力，结体相背求险的风韵，如宋人朱长文《续书断》中所赞是“师法逸少，尤务劲险”，迄今仍然是今人仰之不尽的真书典范。他的《用笔论》等书论著述更为后代研习者所重。

欧阳询“博贯经史”，有君子之风，是唐初名臣，受到唐高祖李渊的欣赏，李世民等诸皇子皆随他学书。他的儿子欧阳通也是书法家，时号“大小欧阳体”。后人誉为“可以臻妙品”。尤承父风，以君子气节标榜，“晚节自贵重”。武则天时“转司礼卿，判纳言事”，反对“以武承嗣为皇太子……以为不可，死于酷吏”。朱长文在《续书断》中特意大赞：“呜呼，欧阳父子以风节学艺相继为唐名臣，美哉！”欧阳修撰《欧阳氏谱图》，述他这一支当是欧阳询的族裔。欧阳修不仅也是名臣，更是杰出的史学家、文学家和诗人。

这样的君子名节当然受到故里父老的敬重，当然值得筑书堂山祠庙以供后人瞻仰。文明统绪，不绝如线。行旅匆匆，不可盘桓。趋此拜观，也不枉人生履痕。留意山川秀美，更不可遗忘君子泽被，才可使物美其地，浸润后昆。

我很遗憾不曾拜访望城有关何凌汉、何绍基父子的遗迹。读《清史稿》，何绍基为清代著名书法家，我少壮时曾往济南，游“四面荷花”“一城山色”的大明湖，见历下亭何绍基大书杜甫诗句楹联：“海右此亭古，济南名士多。”诗书俱美，仰之观止。何绍基为道州人（今湖南永州市道县），他的父亲何凌汉《清史稿》有传：嘉庆十年（1805年）进士，历任福建学政、顺天府尹，工部、户部、吏部尚书等职。工于书法，取法颜体，朝廷册文多出其手。我看过他行书临颜真卿《争座位帖》，是赠送友人之作，用笔跌宕圆转，并不循规而拘于原帖，似乎还融米字之锋颖，由书法可见对何绍基的影响。何凌汉为官清峻，以严查徇私、直言弊政而闻名。他逝世后，谥“文安”“赐祭葬”。其长子何绍基将父柩归葬于望城河西谷山九子岭。据《望城民俗集》考，墓地即今望城县黄金乡九子岭，何绍基亲撰《梦地记》以叙，可知他奉柩由京师潞河“舟行南归”，大约用四个月时间到达长沙。他往寻茔地，看到九子岭“顿跌起伏，峰峦秀发，如干尽枝穷，奇葩灿发，理势然也”，然后亲自督建，按重臣规制起建陵园。何绍基的老师阮元，是清代鼎鼎大名的名臣、学者、书法家，亲撰《何凌汉神道碑铭》，何绍基极为看重，亲自恭勒，以志不朽。这个陵园以后葬入何凌汉多位直裔子孙，何绍基是否也在其中呢？

何绍基为道光十六年（1836年）进士。他在出任福建乡试主考官这年，恰父亲何凌汉也出任顺天乡试主考官，官史大书“父子同持文柄，时人荣之”，是中国科举史上齿有余香的一段佳话。但何绍基的仕途不如父亲无险，缘于他与父亲性格相仿佛，直言无忌。本来，他被擢升四川学政，道光皇帝陛见召对，“询家世学业，兼及时务。绍基感激，思立言报知遇，时直陈地方情形，终以条陈时务降归”。大概他太直言无忌，惹得道光帝不悦，从此终结官场生涯。他的余生如同封建时代有良心的士子一样，去书院“教授生徒，勖以实学”。他先至山东泺源书院，后归长沙城南书院，风声、雨声、读书声，交织拂过，他会听到长沙南门外的洪恩寺的晚钟吗？道光二十二年（1842年），他父亲的灵柩经长途跋涉，暂厝于此寺，他何种心绪于青灯之下？他大概一定会付诸诗笺、形之笔墨，可惜我案头无《东洲诗文集》，只好付之阙如，留以遐想。

今人若涉书楮，多知他是大书法家。殊不知他更是一个通才。《清史稿》将他入“文苑”传，可谓名副其实。不妨抄之如下：“绍基通经史，精律算。尝据《大戴记》考证《礼经》，贯通制度，颇精切。又为《水经注刊误》。于《说文》考订尤深。诗类黄庭坚。嗜金石，精书法。初学颜真卿，遍临汉魏名碑至百十过。运肘敛指，心摹手追，遂自成一家，世皆重之。”何绍基，字子贞，号东洲，传中评价他的书法“世皆重之”，并非虚誉。他初学未临欧体，是觉得难入堂室？旧时学书法很推崇颜真卿的凛然正气。何绍基也许受父亲的影响，以颜为根基，兼融米芾笔意。但一个读书人，除书法外，能精擅那么多门学问，在今日也仍然值得敬佩。

清代以名臣自居、不肯轻许于人的曾国藩，视何绍基为翰林前辈，曾赋长句予以盛赞：

九嶷山水天下清，中有彦者何子贞。
大谲老谋不自白，世人谁解此纵横？
八法道卑安足数，君独好之如珉珵。
终年磨墨眼不眯，终日握管意未平。
自言简笺通性道，要令天地佐平成。
怡神金鲫朝吹浪，失势怒猊夜捣营。
同心古来亦有几，俗耳乍入能无惊？
可怜四十好怀抱，空使九州播书名。

曾国藩在诗句中不惜赞美其如“珉珵”（美玉），慨叹“世人谁解此纵横”，大有仰慕之意。后人有评论曾国藩的书法可以与包世臣、何绍基并列，不知是否为定论？但他不以诗名是毫无疑问的。曾与何不仅是同乡，与何绍基之弟何绍祺更有谊情，二人同在京城为官，曾国藩酷嗜何绍祺亲手腌制的“酸咸”——一种湘地腌菜。何绍祺在家乡辟园种菜，每年皆腌藏以自用，据说味佳于当地乡人所腌。曾国藩品尝过，“极嗜”，曾写诗《琐琐行》代笺向何绍祺求乞腌菜：

琐琐复琐琐，谋道谋食无一可。
大人夭娇如神龙，细人局蜷如蜾蠃。
皇皇百计营齑盐，世间龌龊谁似我……
君家腌菜天下知，忍不乞我赈朝饥。
丈夫岂当判畛域，仁者况可怀鄙私……

诗中大赞“君家腌菜天下知”，大呼“忍不乞我赈朝饥”，谐趣横生，可见二人交谊之深。

曾国藩于前赠何绍基诗尾曾慨叹：“可怜四十好怀抱，空使九州播书名。”“四十”，曾国藩是说何绍基年40岁出任福建、广东、贵州等地学政。辜负“好怀抱”，大概是预言到奉朝廷谕旨访察地方，直言无忌引起侧目。“谤熖腾炽”，加上条陈时事引起道光皇帝不快，最终离开官场？何绍基更因不同流俗，高标自许，“故多不惬于并时诸人”，这与欧阳询生前曾被贬毁真是相仿佛，已有人注意到距何绍基甚近的咸丰至光绪年间，官宦阶层对何氏“均不无微词。名之所至，谤亦非随之，甚矣处高名之难也”。并举出若干名人的评论，多出于日记，如李慈铭《越缦堂日记》："何绍基实不学而狂，绝以善书倾动一世。敢为大言，中实柔媚，逢迎贵要以取多金，益江湖招摇之士。而世人无识，干谒所至，争相迎奉。余尝疾之，以为此亦国家蠹乱之所由生也。"李慈铭是有名的在日记中爱乱骂同时人者，肆意判评，不可当信史读。再如翁同龢在苏州拜见视为前辈的何绍基，也曾在日记中冷冷地说："苏州晤何子贞前辈，七十四岁，是不能行留滞江南何为哉？"何绍基一年后逝去［同治十三年（1874年）七月］，翁同龢日记的笔法往往曲笔，欲言又止，不如王闿运（湘绮）直言："何贞翁（何绍基），乃甚自信其诗。亦如曾侯（曾国藩）自信其书，不足为外人道也。"王氏曾为曾国藩幕僚，对曾都如此不客气，对何绍基当然更无忌。何绍基的诗源自苏、黄一脉，是江西诗派的风韵，且好用白话俗语入诗，当然会被宿儒所骇怪。不过，若据我见，何绍基在对联上的艺术成就应高于其诗。如他为湘军悍将郭子美八十寿撰联："古今双子美，前后两汾阳。"用典、对仗颇工稳，一时传为佳话。

有趣的是，如后人评欧阳询"如武库刀戟"，何家仿佛欧阳家，书学渊薮不绝。何绍基的孪生弟弟何绍业，并何绍祺、何绍京，孙子何维朴皆宗颜体，均工书法，但《清史稿》何绍基本传中评价何绍京、何维朴二人是"笔法颇似其兄""字摹其祖"，看来书法成就未能超过何绍基。绍京、绍祺均是举人出身，官至道员，不仅工书，亦擅绘事。何维朴在清末任道员，清帝退位后，寓居沪上，以书法驰名，与以碑学著称的李瑞清双峰并峙，逝世时80岁，比他的祖父享年多5岁。何家从何凌汉、何绍基到何维朴，为官皆无劣迹。因此，望城若将何氏陵园修葺，加以开放，使人们可以观仰这个文化世家的君子之风，对望城人文渊源的厚重当可延续有之。因为贤者，对一个郡地来说，应该只嫌其少，不嫌其多。所谓出乎其类，拔乎其萃，不正是我们对家山的留恋之情吗？

其实，若按贤人的评判标准，何凌汉应无愧者也，文章道德，清节清望，谥“文安”，很名副其实，教育出后代“何氏四杰”，皆有父风，也是很难得的。

望城不仅有欧阳询父子的书脉、何凌汉何绍基的遗踪，还有三贤的大名如雷贯耳。古街栉次，暮霭秀色可人；青衫过我，趋步可沐清芬。中华民族的优秀传统，从来在各地祀祭出生于斯、经历于斯的君子贤人。望城建三贤祠，祀祭屈原、贾谊、杜甫，这三位皆为中国历史上脊梁式的人物，华夏文脉的基石。据说这三位皆曾行吟泽畔，履迹斯土。人们宁愿相信他们在望城衣袂飘飘，襟抱块垒，留下了印痕，留下了灵气，留下君子的仪式，留下贤者的风范，所以建祠以祭，俎豆千秋，以使君子之风、贤者之仪永远流布浸淫于斯地斯人。

“既见君子，云胡不喜？”望城，是有此遗风的。望城在明、清附属长沙县和善化县，经查善化县治始于宋哲宗元符年间，1912

年才更名。何得名于“善化”？乾隆十二年（1747年）《善化县志》云：“至得名之义，总取衷于守令‘倡化邑人’‘彬彬向善’云。”看来，是从八字中取“善化”二字而名之，取名的县令乃谁？无记。但三贤祠则已将“善化”二字延续凝铸成具象的地标，镌刻为有形的符号。

读《杜工部集》，知杜甫暮年饥寒交迫、流连忘返于湘水。大历三年（768年），“以其家避乱荆楚。扁州下峡，未维舟而江陵乱，乃溯沿湘流”。只有一首诗提到屈原：“中间屈贾辈，谗毁竟自取”，按郭老的说法“是带有谴责意思的”，而提到贾谊的诗句有五处。古人并不都推崇屈原、贾谊，如对屈原，班固、颜之推等有“露才扬己”“显暴君过”的责评。大历四年（769年），杜甫经望城乔口，写下五律《入乔口》。他的心情是苍凉的，“贾生骨已朽，凄恻近长沙”，这种心绪感染了后来无数的诗人。从宋代至清代，可查有数十人用他的诗韵奉和抒慨。杜甫集中还有《铜官渚守风》，他望见了铜官窑烧窑的壮观景象，而以诗记之，此应是纪实诗，在杜甫1000多首诗中非耳熟能详之作。也许贫病交加、日暮途穷，使他诗意的生命蜡炬即将成灰。大历五年（770年），旷代诗圣，病逝于孤舟一叶，他的诗篇将“乔口”“铜官”镌刻在了诗史巨卷上。真是湘水长吟，望城有幸，“诗人不幸家山幸”；而望城有幸，幸何如之，遗留下了先贤的吟咏。我去拜谒三贤祠时，天色如幕，微雨轻风，脑海里忽然浮出了杜甫的诗句：“凉风起天末，君子意如何”，辄令人而生感慨。杜甫，是有着悲天悯人君子情怀的诗哲，激荡着安得广厦、大庇天下人格的襟胸。《杜诗镜铨》中慨然言道：“《赴奉先》及《北征》肝肠如火，涕泪横流，读此而不感动者，其人必不忠。”在望城三贤祠前，面仰萧森气象，眼底仿佛滚滚长江，无边落木，悲秋万里，天地沙鸥。若不肃然起敬，心生景仰者，何若炎黄苗裔也夫?

仰观先贤君子气象，心底怆然设问：“君子意如何？”

杜少陵自“七龄思即壮，开口咏凤凰”，到山河飘摇之际，“麻鞋见天子，衣袖露两肘”，再到“戎马关山北，凭轩涕泗流”，他的君子人格和襟怀从未凋零、消逝，而融化在他在神州大地的屐痕处处，也郁结在望城古街的三贤祠中。湘水洋洋，国之有士，香草萋萋，城之有祀。屈原、贾谊的诗文名句万千萦系，更仿佛听见祠内回荡着“叹息肠内热”的老者那苍凉悲辛的低昂吟哦：“君子意如何”……

惠州西湖情思

如果苏东坡没有贬谪到惠州，惠州人或外地人来此地还能感受到什么呢？

满目欲滴的绿？淅淅沥沥的雨？感受正朔的中原音韵？令人朵颐的岭南美食？总会令人感觉缺了些什么吧？清人有一句咏西湖的诗：“家山也要伟人扶”，才是中的之笔。没有苏东坡在惠州的遗泽，则没有今日惠州的人文之厚重。当年的大宋朝廷对苏东坡是何其寡恩刻薄，而上天对惠州又是何其眷宠和恩赐？苏东坡一生颠沛流离的宦海生涯，只整修疏浚过三个湖泊，皆称为西湖，即杭州、颍州（今安徽省阜阳市）、惠州。杭州西湖闻名于世，是因为苏东坡称它为“西子”，用一个传世美人的名字称之为湖，何其用心？盖因苏东坡写的那首千古绝句：“水光潋滟晴方好，山色空蒙雨亦奇。欲把西湖比西子，淡妆浓抹总相宜。”这首诗真的是写杭州西湖吗？也许，西子其实是比拟他的爱妾王朝云，那个聪慧伶俐、才识过人、忠贞不贰，被苏东坡称为“天女维摩”的女子？

因为挚爱，苏东坡每谪一地，只要有湖的地方，他就会模仿杭州西湖，再疏修一个西湖，颍州如是，惠州亦如是。惠州西湖也有个曼妙的别称："苎萝西子。"这是相对杭州西湖"吴宫西子"而言。因为苏东坡的诗，西湖被赋予西子湖的别称。惠州西湖原名丰湖，苏东坡在赠人的一首诗中，将其称为西湖，被人们所沿用。明人张萱在《东坡寓惠集》明确指出：惠州西湖"标名亦自东坡公"。其实，杭州西湖的名字也应该是苏东坡正式命名的，因他再任杭州知州疏浚湖区，向朝廷上《乞开杭州西湖状》，才在朝廷文书中首次命名"西湖"之名。西子之湖，苏东坡以后在诗作中竟不可忘怀，"西湖真西子""只有西湖似西子"，其中苏东坡该有怎样的心结呢？真是令人怜惜，令人遐想。

那天游惠州西湖，一天细雨如帘，游览了苏公堤、苏公桥，遥想当年，苏公贬谪了，还不忘惠泽斯地，拿出自己微薄的珍藏，奔走倡议，修堤筑桥，还写了《西新桥》二诗记之，西新桥即被惠州人尊称的苏公桥。

苏东坡在惠州，据《宋史》本传称："居三年，泊然无蒂芥，人无贤愚，皆得其欢心。"但他已不同于在杭、颍两州，已非大权在握的最高长官，是贬谪远窜。据史载："绍圣元年（1094年）六月，由英州[①]至惠州安置"，责授建昌军司马，不得签书公事。八月再贬宁远，仍惠州安置。时已无权，亦无资财。

① 英州即今广东省清远市英德市。

当时惠州处于数条溪流汇流之处，虽有桥，皆废坏，百姓只能以小舟往还，甚为不便。为修桥，苏东坡捐出珍藏的“犀带”，他的弟媳、苏辙之妻史氏也捐出“黄金数千助施”，即诗中所云：“探囊赖故侯，宝钱出金闺。”

苏东坡修桥不是为了浪得虚名，招摇“政绩”，借此钻营复官。他的心是真诚的、无私的。这座桥很坚固，不是私欲驱使下的“豆腐渣工程”。他在《西新桥》诗前小序中说：“州西丰湖上，有长桥，屡作屡坏。栖禅院僧希固筑。进两岸，为飞楼九间，尽用石盐木，坚若铁石，榜曰西新桥。”可见“坚若铁石”，可以让百姓得益于久远。在诗中苏东坡记录了建桥的艰难，也生动地描述了百姓的欢喜：“三日饮不散，杀尽西村鸡。”这是一幅何其生动的图画！

桥名“西新”，但百姓们宁肯称“苏公桥”，延长的堤坝被称“苏公堤”。这是一个标志，从此惠州西湖可以媲美杭州西湖，可以并称“西子”。南宋杨万里诗云：“三处西湖一色秋，钱塘颍水更罗浮。”“罗浮”在这里指惠州。苏东坡的人生是不幸的，坎坷一生，命途多舛，九死投荒，蹉跎至殁。人们津津乐道于他在惠州时写的“日啖荔枝三百颗，不辞长作岭南人”的名句，有谁知道他内心的酸辛、凄楚和孤寂？

惠州西湖的碧波会悲悯这位善良的老人吧？他不仅给惠州留下了永远值得记忆的一湖涟漪、一堤绿意、一桥温馨，还留下了他挚爱女子的一缕香魂——朝云墓。朝云是他的侍女，一生没有名分，却承担了妻子的义务和责任。如果没有朝云的陪伴，苏东坡在贬谪的险途上恐怕早已魂归道山了。

来惠州的人，应该必来西湖，来西湖也会必至朝云墓，如果西湖没有朝云墓，那就只有静止的画面，而没有供人发思古之幽情的浮想联翩。细雨中，沿苏公堤踽踽而行，雨乍停乍起，手中的伞时开时收，脑海里涌出的苏公的诗句也时断时续。过苏公桥即可看如六如亭和苏公墓。这个挚爱苏公坡的聪慧女子，一直长眠于此。在惠州时年仅34岁的她染上了瘟疫，不幸夭亡，再也不能追随“夫君”走完颠沛流离的坎坷路途。几年前，我曾路过河南汝州，专门拜谒三苏坟，徘徊在陵内大片向西南方向侧斜的“思乡柏”下，不禁吟出一阕《浣溪沙》：

一到汝州欲断魂，江山借重葬才人，坡翁梦里似家门。

郁柏思乡皆侧侧，冢台夜雨比肩邻，朝云有憾未陪君！

苏东坡曾观此处山色颇似故里眉山，遗嘱葬于此，并愿他的弟弟亦葬此处，以生死相伴。朝云应是杭州人，从12岁时就侍奉苏东坡，一直被苏东坡视为红颜知己，苏轼写给朝云的诗最多，包括那首著名的《蝶恋花·春景》。这阕词历来写作时间不确定，我宁愿相信与朝云和惠州有极为密切的关系，我据一些野史不妨大胆推测似写于惠州，缘何？

惠淡《冷斋夜话》载：朝云“病极”，而情系此词，“犹不释口”，是在惠州啊！

张宗橚《词林纪事》载：“子瞻在惠州与朝云闲坐，时青女初至，落木萧萧。凄然有悲秋之意。命朝云把大白，唱‘花褪残红’。朝云歌喉将啭，泪满衣襟，子瞻诘其故，答曰：奴所不能歌是‘枝上柳绵吹又少，天涯何处无芳草’也。子瞻皤然大笑曰：‘是吾正悲秋，而汝又伤春矣。’遂罢。朝云不久，抱疾而亡，子瞻终身不复听此词。”

朝云“泪满衣襟”地逝去了，歌声渺渺，不复人间，喜欢这首词的苏东坡终身不复听此词。这首词不就被定格在惠州了吗？

但是，仅有一阕词太抽象了。惠州幸甚，没有像当年杭州平掉苏小小、冯小青等才女的坟茔那样，只给西湖留下湖光山色。才女们的哀婉，对真挚爱情的向往，对所挚爱才人的忠贞，都隐入湖光山色荒草之下，而惠州却留下一个痴情女用爱意凝固的小殿堂。

惠州人多聪明啊！历朝历代都在保护、整修、珍惜这个女子的墓，这个女子了解苏东坡，她知道她爱的人“一肚皮不合时宜”，给不了她舒适、奢华、排场、金屋、轻裘。苏东坡被贬谪时，所有的侍女都不肯随他落难，只有朝云毅然决然跟随东坡上路。那年她才12岁啊！

惠州人多痴情啊！过去惠州逢到清明，倾城青年士女会到朝云墓酹酒而拜，补种梅花，竟成风俗。男婚女嫁时，更会到六如亭焚香沐拜，向长眠地下的朝云“问夙因”，盟誓生死。君不见《竹枝词》道：“六如亭上草成茵，红菱翠柳开野塘。郎坐船头妾船尾，朝云墓上去烧香。”聪慧、善良、痴情的朝云已成为惠州人向往美满爱情的化身。

苏东坡寂寞吗？朝云寂寞吗？苏东坡一生未将朝云扶正为妻子，将朝云葬在惠州，却最终未相托同穴！朝云有憾吗？东坡有憾吗？“朝云有憾未陪君”，唯一无憾的是，千百年来，惠州人给了朝云和苏东坡最大的尊重和礼遇，最真诚的称赞和景仰……

惠州人多有口福啊！苏东坡就地取材制成的惠州名菜有“梅菜扣肉”“惠州西湖醋鱼”“烤羊脊”“会群仙海鲜羹”“西湖莲”“琵琶虾”。他还自酿糯米黄酒，取名“罗浮春”。心灵手巧的朝云精心照顾身心俱疲的苏东坡，她也是烹调高手，今天客家人婚嫁吉庆的必备传统菜“宏志鸡”，即为朝云所创，而由东坡命名……

惠州多郁郁葱葱啊！“半城山色半城湖”，不仅是苎萝西子，还有那一城绿透，一天细雨，一片碧波，一穹明月，一种怜爱，一缕诗意……

惠州人多闲适啊！不仅是所有的公园都对市民开放，不仅是美食、荔枝滋养着惠州人，“享受慢生活”，惠州人名副其实，是受了苏东坡、朝云旷达超脱襟怀的影响吧？……

惠州人多有福气和幸运啊！“大中国西湖三十六，唯惠州足并杭州”，惠州西湖和朝云墓、苏公桥、苏公堤，苏东坡的人格魅力，对百姓的真心挚爱，在惠州留下的脍炙人口的诗词，还有朝云一往情深的婉转歌声，这一切将会永远取之不尽、用之不竭、遗泽子孙……

诗人傅天琳有一句诗：“惠州西湖/将诗人送上天空/抵达女神的翅膀。”其实，来到惠州西湖，不是诗人也会产生盎然的诗意吧？

我在惠州游西湖，口占了一首小诗，抄来作为本文的结束吧：

秋雨一天入碧波，荔枝吟到瓮头歌。
词人不幸家山幸，莫管西湖愁几多。

苏东坡祠

飞到惠州的次日上午，便去拜谒苏东坡祠。天高云淡，艳阳普照，竟好似北京的夏日。仰面四望，亭阁参差，很喜欢新修建的苏东坡祠，临流而筑，倚岭而修，仿佛像屈原祠，屈原祠高高矗立在三峡江波之畔。想不起还有哪位贤人的祠庙会在江边，虽然苏东坡祠的海拔没有屈原祠的那么高，但德邻碧波，在祠内临江而建的娱江亭上凭栏眺目，不由得颔首赞叹：东江之水流兮，可以忆先贤。

苏东坡贬谪惠州，于白鹤峰择地筑室以为终老之地，有诗为证："已买白鹤峰，规作终老计。"据说苏东坡履痕所至的地方，只有这处居室是他亲手规划筹建的。惜乎仅入住两个月，朝命下，再贬儋州。长子苏迈携眷在此居住了4年，遇大赦，始随父而去。人们感念于苏东坡对惠州的遗泽，建祠以祭，近千年俎豆馨香，不绝于祀。只可惜在抗战中被毁，仅仅留下荒芜的地基。2012年开始重修，2018年正式开放。数年前我曾至惠州，那时苏东祠还没有修复。这次受邀参加惠州东坡文化节和采风，研讲《苏东坡与屈原》。在研讨会上，听一位惠州学者谈道：苏东坡祠自建成以来，历朝历代共修葺过30多次，平均20多年一次，这在历代各地名人祠庙中是极为罕见的！2012年发起重建苏东坡祠的倡议，竟无一例反对意见，一致通过，这在全国文物修复史上也是极为罕见的！由此可见惠州人对苏东坡的尊敬与热爱。

至清末的历朝，据统计共有600多位名人诗家至东坡祠和惠州西湖，留下大量诗词，这和苏东坡在惠州写下的500余篇诗文，皆成为惠州用之不竭取之不尽的珍贵文化财富！真是：“一自坡公谪南海，天下不敢小惠州！”

苏东坡祠右侧还有个悬山砖木结构的仿古建筑。我穿过院廊，见屋上悬额曰：三贤祠。乾隆年间重建苏东坡祠寝斋，当时的惠州知府顾声雷筑室供奉苏东坡、陶渊明、葛洪为三贤。中国过去几乎每处地方都有三贤祠，或更多贤人，诸如“四贤”“六贤”等，例如湖南望城，那里的三贤祠供祀屈原、贾谊、杜甫，即在此地出生或在此地留下遗迹功业的贤人。

古人云：“一为文人，便无足观。”我揣测此言或有隐意，文人不出仕，便辜负修齐治平和兼济天下的本质。苏东坡是大文人，但入宦海，直言谠论，以忧天下为出世，遭谗嫉而不免，故一生颠沛终殁。其非小人，忠直不改，故不可于官宦沉浮中如鱼得水。但后人却会怀念他，尊敬他，纪念他，修祠以祀，并不仅仅因为他是一个全才式的大文人，也不仅仅因为他是一个耿直的大忠臣，在古代不是每一个显宦或才人都能得到祀为贤人的至高荣誉。

苏东坡刚贬到惠州时，很惊讶当地人去迎接他，这当然是他的才名远播而致。但是我想去迎接的必是有文化的士绅，不识字的农民大概不知道苏东坡吧？真正让老百姓们知道他，感恩他，是他为当地百姓们做了不少民生实事。

苏东坡被贬谪惠州，“不得签书公事”，没有了实权，但俸禄待遇还是有保证的，如果他悠游山水，明哲保身，韬光养晦，当然可以浮生且过。不多事等于不惹事，不给政敌攻击口实，等于有机会离开贬谪地开复官职。但他深怀兼济天下的襟抱，不因身处逆境而休止，仍然不改初心，不停地为百姓造福。从改造丰湖，为方便百姓出入，始倡修“两桥一堤”（东新桥、西新桥和苏堤）。看到当地民众插秧技术和工具落后，亲绘插秧船形图，请工匠制出推广应用。他偶在香积寺见到溪流落差很大，想起设计水碓、水磨，教百姓舂米、磨面。看到当地百姓因瘟疫、瘴气缺乏医药，他到处搜罗药品为百姓治病。军士占用民房，他也会记念在心，极力调解。修桥缺款，他自己和家人解囊相助……

三年的遗泽遗爱，百姓的心里是有杆秤的，建祠也不是随便哪个人说了算。在封建时代，为一个人建祠，很慎重，地方长官、士绅、百姓都要同意，除包括官员带头集资外，官府也会相应拨款，要上奏朝廷核准。忤逆民意像魏忠贤之流的建“生祠”，下场只能最终是被愤怒的百姓拆毁。想想吧，从建苏东坡祠历近千年的岁月里，历朝历代的惠州人，隔20年左右便会修缮一次，无论正朔交替更新换代，无论不同籍贯的官员到惠州主政，惠州的在任官员、士绅和百姓，对苏东坡都会永远发自内心地爱戴、尊敬、纪念，将苏东坡对百姓的真诚挚爱，一代又一代化为馨香，传诵千秋！

阳光明媚，林木扶疏，暖风吹拂，江流荡漾，虽其建筑格式未必如旧，但终于有了一个对先贤可供景仰的徘徊凭吊之地，于惠州，于普天之下来惠州的游人，功莫大焉，益莫大焉。出得苏东坡祠，口占《浣溪沙》一阕，以抒不枉来此一观的沉思：

叹息足观不作文，
谪浮宦海几沉沦。
词篇仅供后人吟。

亭下清流长逝水，
峰前碧色欲为邻。
熙熙攘攘可知音？

魂兮归来

碧云天，艳阳秋。穿过已收割完稼禾的田垄，看见林木扶疏掩映下的两栋砖木乡舍。如果不是路旁立着的石碑标明是陈宝箴、陈三立旧居，想不到这是当年挥斥方遒变法图强的领袖人物的出生地——凤竹堂。

空旷的天井、斑驳的窗棂，似乎在娓娓细语：魂未归故土？归去来兮，云胡不归？落叶应归根，旧居仍在，主人的魂魄却再也没有归来。青草萋萋，故土殷殷，却未安一抔黄土。

当年，陈宝箴、陈三立父子是怎么走出大山去赶考的呢？走陆路？乘舟船？这皆是历尽艰辛的劳顿。一去迢迢，宦海沉浮。1895年，陈宝箴任湖南巡抚，举家迁往长沙，从此再也没有回到故乡。

他们的祖先从中原一路迤逦、沐风栉雨，先居福建上杭，从六世祖举家沿着长江到达这里安居，耕作、读书、行医，繁衍后代。不屈不挠、百折不回成为客家人的典型性格，追求理想、坚守道义成为客家人的执着信念。

陈氏父子考中科举，进入仕途，没有走很多官僚升迁发财、光宗耀祖的道路。单看他们的祖居，几乎没有改变模样，只是陈宝箴后来回乡修建了毗邻的新屋。考中科举按规定由官府出资立旗杆，现在仅存一座旗杆墩。沧海桑田须臾一瞬，不过百岁光阴，石头也历经磨蚀，依稀可辨刻有两行楷书大字："光绪乙丑年主政陈三立。"但，人或为过客，石或为齑粉，青史却留镌了他们的姓名。

陈宝箴，戊戌变法的领袖，率先在湖南巡抚任上推行新政，一时俊彦如黄遵宪、杨锐、刘光第、谭嗣同、熊希龄、梁启超等，齐聚长沙一隅，"或试之以事，或荐之于朝"，创立时务学堂、算学馆、湘报馆、南学会等维新机构，创办近代科技和官办企业，如火柴、蚕桑、工商、水利、矿务等局及轮船公司、武备学堂，开风气之先，"治称天下最"。杨、刘、谭被荐于光绪皇帝身边，为军机章京，直接参与变法中枢机要。陈三立过去人们只注重他清末同光体诗坛领袖的名声，实际他一直协助父亲招贤纳士，参与筹划。有痛于清代官场腐败，从吏部主事职上以侍父为由，请辞在长沙巡抚衙门父亲的身边，利用他位列"清末四公子"的身份穿针引线，联络四方。所以百日维新之举，慈禧太后视陈氏父子为主谋欲除之，下谕："湖南巡抚陈宝箴，以封疆大吏，滥保匪人，实属有负委任。陈宝箴着即行革职，永不叙用。伊子吏部主事陈三立，招引奸邪，着一并革职。"

修水的阳光很明媚，温煦着人的心扉；修水的秋风很温柔，吹拂着人的联翩思绪。我穿行在旧居连通的居室中，往返流连，面壁沉思：陈宝箴为什么被削职后不回到故里而回到南昌呢?

落叶归根是那时人们的归宿，哪怕死在客地也要尸归故土。陈氏父子所尊崇的乡贤，且奉为诗文宗伯的黄庭坚，逝于广西宜州任上，四年后仍由子侄将灵柩千里迢迢归葬修水双井故里。

陈宝箴不思念故乡吗？西太后要斩尽杀绝维新党人，秘密派出亲信率兵弁疾驰到南昌西山“崝庐”，“赐死”他，并割下喉骨向西太后复命。他的魂魄宛若游丝，当时他想到了什么？青山依旧，故土迢迢，也许这永远是一个谜。

如果选择仕途，陈宝箴会有很远大的前程。光绪皇帝一直感念不忘他的国是陈策。他是一个性情中人，对国事蜩螗忧心如焚，情之所至往往失控：英法联军攻入北京火烧圆明园时，陈宝箴正在酒楼与友人谈及时势，遥见西天火焰遮光，痛彻肺腑，竟欲跳楼。被友人抱住落座，复捶案痛哭。李鸿章签马关条约，他亦痛哭大呼：“无以为国矣！”

他对亲人一往情深。被褫夺顶戴后，返回妻子已停灵一年的长沙，扶柩于南昌，于城西葬墓，其侧筑居室曰“崝庐”，楼上可与墓相望。他本想放鹤于墓旁，澹游于山水，但西太后仍然没有放过他。

他对友人情挚不辞。文廷式（珍妃师傅）为帝党中坚，西太后欲密旨逮问已革职回籍之文氏，其逃至陈宝箴处，他不顾杀头之罪，赠银三百两送文氏至日本避难。

客家人的性格刚强、弘毅、豪爽、执着，文天祥也是江西客家人，陈氏父子身上有着文天祥的流风遗韵。而陈三立与他的父亲在性格上很相像，几乎是一个翻版。甲午战败，陈三立致电张之洞，请他联合督、抚，“先诛李合肥（鸿章），再图补救，以伸中国之愤”，可见他的凛然大义！陈三立在庐山过80岁大寿，峻拒蒋介石送来的寿金，可见他的富贵不淫。他85岁时在北京拒绝日伪拉拢下水，竟绝食五日而死。死前闻京津沦陷，伤绝悲号：“苍天何以如此对中国耶？”可见他的拳拳之心！

在旧居中徘徊，似闻诗声绕梁，似见凤尾潇潇。陈氏故居又名“凤竹堂”，源于《义宁陈氏家谱》：“盖凤非梧桐不栖，非竹实不食，凤有仁德之名，竹有君子之节。”思接浩荡，天地悠悠，归去来兮，“田园将芜胡不归”？

长江的浩瀚养育了客家族裔，她的支流修水一脉蜿蜒，滋孕出了陈氏父子这一代英杰。

修江之水兮浩浩，可以涤我胸；愿我赣人，勿忘英杰。

修江之水兮清清，可以濯我足；愿其故土，勿忘英魂……

魂兮归来！田园向荣胡不归？

三峡·屈原·五色丝

去三峡之前，正逢端午，用七虞韵写了一首七律吟咏：

每到端阳思蒲剑，
离骚一卷感同孤。
帆樯分向双湖水，
艾叶来熏五色图。
三户秦亡遗姓楚，
八千越甲志吞吴。
小人不得加君子，
澎湃滋兰气绕觚。

屈原是楚国丹阳（今湖北省宜昌市秭归县）人，沉于湖南汨罗，故曰“分向双湖水”。这是说为纪念屈原，龙舟竞渡至今兴盛，苏州则传说竞渡初为纪念伍子胥。浙江竞渡起源则云纪念曹娥。北方则以介子推为“五月五日不得发火”。古人将端午视为

“恶月恶日”，阳气极盛，故灭毒驱邪。其实，南方纪念屈原的一些风俗我们北方人并不熟悉。

来三峡前，几位挚友端午雅集，一位从相邻超市中购来粽子，以为节日点缀。同时拿来一些五色丝线，说是商家所赠，故每人缠之于腕，卮酒间不禁令人饶有意趣。朦胧记得这应是汉时习俗，回去查书，果然有载。唐代、北朝时端午习俗，帐上要装饰五时花。汉代则有五色印饰门户、五色丝系臂等习俗，故拙诗所咏有“艾叶来熏五色图”之句。

临去三峡，不禁神驰遐想：若至屈原祠拜谒，会不会每人送一条五色丝线缠于臂而去敬礼如仪呢?

乘轮船至秭归，雨中登岸，拾阶而入。祠始祀于唐代；宋神宗时重修，尊封“清烈公”，遂更名“清烈公祠”；元代改称庙。原祠址临江，早已沉入江底，这是建葛洲坝后迁移按原貌重建的，更名“屈原祠”，匾额是郭沫若的手书。清代格局基本是院落。新建祠庙倚山叠层，嵯峨肃穆，高耸的山门歇山重檐，三面牌楼五彩斑斓，更令人赞叹。祠前是片广场，虽然广阔，但没有了原来临江上岸时仰视的角度，缺失了仰止敬畏的心绪。但有个广场的好处是，逢到端午，百姓们可以在此聚集举行纪念仪式。滋兰九畹，树蕙百亩，天地云影，江波唱和，“辛夷车兮结桂旗”，人们会缠着五色丝用楚韵吟诵屈原的《离骚》《九歌》吗?

在三游洞游览时，曾听导游大谈屈原的浪漫诗赋，其实屈原的

“美人香草”是喻贤人，与爱情无关。

屈原在封建时代的诗人中名声最显赫，地位最崇高，封公祀祠应该是绝无仅有，须知孔圣后裔也只是赐封“衍圣公”。野史记载，一度有人还想将屈原从祀孔庙。李伯元的《南亭笔记》说余联沅“为侍郎时，曾奏请将屈原从祀孔庙”。余联沅似未任过侍郎，只当过礼科、工科给事中，是光绪三年（1877年）科榜眼，当过军机章京，宦途最高官阶是湖南布政使，署理浙江巡抚，算是个清官，有“铁面御史”之誉。

据《南亭笔记》说，余联沅上奏入祀孔庙的结局只是礼部发了一道给湖南巡抚的咨文，“咨请贵抚将该先贤籍贯、官爵、有无著述，足以裨益圣教，查明咨复”。屈原投江发生在湖南境内，故咨文到湖南巡抚，李伯元嘲笑是“官样文章，可发一噱”。看来最终没有下文。

不过，据我的判断，即便当时湖南巡抚正式行文请将屈原入祀孔庙，朝廷也不会同意。因为屈原并非儒者，入祀孔庙显得有些不伦不类。况且他的忠君爱国方式一直受到正统意识的非议，这以班固、颜之推等人为代表。班固责其“露才扬己”“强非其人”；颜之推说屈原是“显暴君过”，是为“轻薄”！在后代的文人中，如贾谊、司马迁、李白等，盛赞屈原，极力讴歌。而宋玉、杜甫等对屈原是有微词的，杜甫入湘写过不少诗，只有一首《上水遣怀》提到屈原，而且有谴责之意：“中间屈贾辈，谗毁竟自取。”

游三峡而有古诗文基础的人，会油然而生想起古人咏三峡风光的名句。我在江轮中，俯瞰江波流泻，两岸青崖，自然也从脑海中浮现出杜甫的诗。杜甫写过《咏怀古迹》五首，是因从夔州至江陵地段有古迹的五位历史名人有感而发，依次为庾信、宋玉、王昭君、刘备、诸葛亮。秭归有屈原故宅，杜甫不可能不知，却偏偏不肯为之吟咏，这就是杜甫正统观念“每饭不忘君”及“臣罪当诛，天王圣明”的真实体现了。

尽管旧封建时代正统的人不喜欢屈原，但千百年来老百姓却会热爱他，会以各种习俗纪念他。一般地方官府也会顺应端午竞渡之类的习俗，因为人心所向的事情是根本不可能禁止的。

老百姓善恶分明，不会讲什么微言大义，但会以善良的心去寓意道德理念。其实若按专家考证，端午竞渡最初是为了攘灾辟邪，后来才发展出纪念屈原，有的地方还纪念伍子胥、曹娥。人们解释竞渡是为了抢救投江的屈原或打捞屈原的遗体，粽子则认为是要喂水中鱼鳖，免得去危及屈原遗体或祭祀屈原的祭物。这些解释只有善良的中国老百姓才做得出。

一般公认端午节的文化转型自唐代形成，但其实老百姓的习俗更具人性化，比如灭五毒、雄黄酒、悬艾草菖蒲、佩香囊等，寄寓了人们的美好生活愿望。我最欣赏五色丝的习俗，查《风俗通义》，记：“五月五日，以五彩丝系臂，名长命缕，一名续命缕，一名辟兵缯，一名五色缕，一名朱索，辟兵及鬼，命人不病温。”

温，同瘟，看来起源也是辟邪。不过我喜欢“五彩缕”的名字，多有诗意啊！“折疏麻兮瑶华”“结桂枝兮延伫”，是不是人们发明五彩丝的起源呢?

过去，缠五色丝线是端午最普及的装饰，在艾蒲雄黄混杂的香气中，各家将红、黄、蓝、白、黑色线混合成五色线，在端午清晨缠绕在小孩子手腕或脚腕之上，寓意保佑健康。那千千万万条五色丝线，在人们的眼前飞扬，寓意着千家万户的美好祈愿，也寓意着那位2000多年前给我们留下斑斓色彩诗篇的诗人，会享受人们永远的祭祀和永远的怀念!

“风飒飒兮木萧萧”，雨色如帘，雾气飘忽，屈原祠里没有人发放五色丝，不免有些小小的遗憾。登上屈原祠大殿，细雨中凭栏眺望迷蒙中的江水，那感人肺腑的吟诵似乎冉冉升起：“路漫漫其修远兮，吾将上下而求索”“仆夫悲余马怀兮，蜷局顾而不行”“唯草木之零落兮，恐美人之迟暮”……也仿佛看到伴随吟声的是无数的幽兰香草、蒲剑艾旗，还有那千千万万条五色丝……

千古万古摇清风

朱熹说“泉州满街都是圣人”，是说泉州多出经学家。其实泉州不仅出圣人，也出实干家，诸如俞大猷、蔡襄等。蔡襄实干家的事迹是被其大书法家的名气遮掩了。

如泉州大名鼎鼎的洛阳桥，原名万安桥，即为北宋时任泉州知州的蔡襄主持所建，是中国历史上第一座海港大石桥，在中国桥梁建筑史上赫赫有名，也堪称世界奇迹，是史无前例的创建大型石桥基础工程的典范，所以被茅以升先生誉为“福建桥梁的状元”。

此去泉州，安排日程有参观洛阳桥，无比喜悦。不仅因为是千年古迹，还因为大书家蔡襄的三绝碑名扬后世，非常值得观瞻。

蔡襄名列北宋四家，号称“苏（东坡）、黄（庭坚）、米（芾）、蔡”，“蔡”原为蔡京，因是遗臭之大奸臣，为人神共愤所不齿，故后人换上蔡襄。民国大书法家沈尹默喜蔡京书法，也并不敢公开，只是偷偷习临蔡京的字，可见字因人湮，公判在人心。二人为同族兄弟，蔡襄是兄，但品行事迹却大不相同。蔡襄外放为官，关心民间疾苦，大行兴利善事，曾两次知州泉州，遗爱甘棠，口碑传颂。主持修桥并作《万安桥记》，后人誉为“三绝”，即字好，文好，刻工好。

从平潭到泉州，途中恰好路经洛阳桥，下得车来，忽降急雨，未携伞具，只得作罢，心中不爽，但亦无可奈何。谁知车至泉州，天大晴，艳阳灿烂，更令人气倒。幸好饭后文联的朋友提议，可利用午休时间驱车去一观。这真是柳暗花明，令人大喜过望。

天气颇热，气温已达28摄氏度上下，车到洛江区万安街道，走过一条小街，先望见一抱郁郁古榕，有碑亭，大书“西川甘露”，并有“天下第一桥”横额，还有“万安桥”“万安古澜”碑刻，浏览了后来朝代修缮的碑文，可见后人对石桥的爱护。

步履踏上石桥，那块块斑驳的石条，令人生发思古之情。风和日丽下的江波粼粼荡漾，抬眼望去，江上人工栽植的是一片红树林，郁郁葱葱，怡人目眸。几只白色的鸥鹭，安详自得，让人的心底也安详起来。再望眼迤逦延伸的石桥，信步走去，一步一步，似乎脚下在映射着一千年前的影像，回荡着号称是泉州十景之一的“洛阳潮声”。“潮来直涌千寻雪，日落斜横百丈虹”，看来临桥观景宜在夕阳霞照中。

回溯1000年前，天下第一桥的美誉恐怕是当之无愧的。洛阳桥建成长达三百六十丈（1200米），宽一丈五尺（5米），修建历时6年8个月，凌波卧虹，飞架碧波，是很壮观的。据说此地渡口称“万安渡”，起此名是人们的祈愿。北宋庆历年间修浮桥，即起名“万安桥”，蔡襄任郡守时主持改建石桥。这座桥真是遗泽后世，著名的泉州安平桥、五里桥、石笋桥、顺济桥等，都是仿照洛阳桥修建的。万安桥后来改称“洛阳桥”，那是因为迁到泉州的中州人，看见此处山川地势仿佛洛阳，故取地名洛阳，桥亦名洛阳，是寄托思念中原的拳拳乡愁。

徜徉桥上，触手石雕扶栏，穿缀其间有亭、塔、造像，盘桓摩挲，触怀良久。沧桑古意，大可供幽怀遐思。其中还观瞻了一尊月光菩萨雕像，令人十分欣然，慈目低眉，沉寂无尘，我想那一定是修桥者为护佑渡桥百姓平安而造的吧？

洛阳桥的桥墩极有特色，共46座，扶栏俯瞰，见是用长条石交错垒砌，两头尖尖，这是用以分水势而减轻浪涛的冲击。望眼可见条石遍铺斑斑点点的白色牡蛎，这即是我们的先人首创的“种蛎固基法”，在桥墩基石上养殖牡蛎，坚固砥柱，千年不磨。这是世界上最早在桥梁工程中应用生物学的范例，据说还是蔡襄发现付诸应用。诸如洛阳桥应用的“筏型基础”“浮运架梁”等创造，都闪烁着我们先人的智慧，令人赞叹，令人仰视！

可惜的是，藏有三绝碑的蔡公祠未能一入瞻仰，经询是中午休息，观不得三绝碑，只好叹息而别。

好在三绝碑名扬天下，稍有书法基础的人是该耳熟能详的。因为蔡襄于“书画颇自惜，不妄为人”，以至“其断章残稿人悉珍藏”。因之传世书作较少。何谓三绝？应该是指蔡襄撰文《万安桥记》，亲书，精雕刻工。一座浩大壮观的工程，其记全文仅153字！记，是古代一种文体，蔡襄此记不在文辞华美，贵在精简扼要，尤贵在全无炫耀自己，特别写出造桥“职其事”者庐锡等“十有五人”，为后人留下具体参与主持造桥者的名字。仅有一句“既成，太守莆阳蔡襄为之合乐宴饮而落之”，恰恰反映出蔡襄的喜悦之情。当然，最佳是书法，“大字刻石最佳”。周必大甚至说：“……大字端重沉着，宜为本朝第一。”直到明代，王世贞更认为：“万安桥天下第一桥，君谟（蔡襄表字）此书雄伟遒丽，当与桥争胜。”

在宋朝，若论辈分，蔡在苏、黄、米之前，苏东坡、欧阳修等极力推崇，东坡有“本朝第一”之赞，欧阳修盛誉是“独步当世”，《宋史·蔡襄传》一语定评为“工于手书，为当世第一”，最关键是宋仁宗“尤爱之”，致使天下向往洛阳纸贵。当然蔡襄书法还是恪守晋唐法度，稍逊创新。蔡襄逝世较早，卒年才56岁，如果天假以寿，其书必有大可观。

其实蔡襄最该流芳的功业是实干家，惠泽国计民生，宋孝宗赐他的谥号“忠惠”，真是实至名归。他在朝为官，直言敢谏，大多关系天下利弊。权贵们听闻他有关辨别邪正的奏疏，每心存畏惧，必加收敛。故周必大有“昌言直道，文章政事，廷臣鲜出其右”的感慨。他曾主管国家财政，“较天下盈虚出入，量入以制用。划剔蠹，簿书纪纲，纤悉皆可法”，堪称理财专家。撰《国论要目》改革方案，力陈择官、任才、去冗、辨邪佞、正刑、抑兼并、强兵等，惜乎英宗未纳，辜负了一个政治家的恳切治国方略。难立于朝廷的他请疏外任，而在地方做官，更成就了他实干家的一显身手。除洛阳桥工程外，他还主持修建福州至泉州、漳州七百里大道；修建沿海州县城池防备海寇；整顿吏治，戒除陋俗，劝诫百姓有病勿拜巫而去求医；组织百姓抗旱，修复古五塘灌溉民田；减免福建百姓“身丁钱”至半。他保护龟湖塘水利工程，定规维护，“自蔡襄定塘规至明朝五百年间，粮食产量往往二三于他乡”。“计利当计天下利”，这是一个发自内心关心百姓生计的埋头苦干“脊梁”式的人物，留给后世何其珍贵的贡献和榜样！

蔡襄遗留后世的贡献当然还很多，除诗文书法外，博学多才的他研发出“小龙团茶”，提高了北苑贡茶质量，促进当地经济发展，并著有《茶录》一书。欧阳修虽承认他制茶工艺之精，却对他进呈岁贡大有非议。苏东坡更在《荔枝叹》中讥嘲蔡襄制茶进贡是“争新买宠”，其实蔡襄时任福建转运使，辖地建安（今建瓯地内）即设“北苑御茶园”，不研发新茶，无可非议，研发了进呈皇上，似亦无关人品。“创造小龙团以进，被旨仍岁贡之”，不好说像苏东坡诗中比拟如汉唐进贡荔枝给百姓带来灾难吧？因为茶不是荔枝，也许增加就业人口也未可知。但小龙团将北苑茶业大大发展应是无可置疑的。

说到荔枝，他还著有《荔枝谱》，是世界上第一部介绍荔枝的专著，看来他对植物学也有专门研究。还比如著有《墨谱》等专著，对经学也有著述，所以朱熹所说“泉州满街都是圣人”，当然其中也有从容行走着的美髯飘拂的蔡公（他的胡须很有名，连宋仁宗都夸漂亮）。蔡襄的学问与他藏书之多有关。南宋刘克庄说：“何人藏书，乃富于蔡公耶？”可见名声之大，亦可见他堪称是有宋一代名副其实的大藏书家。

蔡襄的有名当然还是书法，古时书因人重的范例很多，如颜真卿、王阳明等。蔡襄作为实干家和博物学者的事行被大书家遮掩了。古代名书法家，大多追求立德、立言、立功，皆有利国利民的业绩事行。当然也有例外，像被以康熙、乾隆为代表的后世捧到天上的董其昌，一生为官18年，归隐27年，无任何建树，纯是明哲保身的“巧宦”，更逐利熏心，敛财纵欲，80岁告老还乡，仍淫秽劣行，纵容子侄横行鱼肉百姓，最终被愤怒的百姓抄家焚宅！与蔡襄相比，判若云泥，真是辜负了他的衣冠尸位和一笔好字！

福州鼓山灵源洞摩崖石刻有蔡襄的墨迹擘巢大字“忘归石”，

令人遐思，何以忘归？提笔“忘归”，他心有何想？山崖有林涛，风拂云徘徊，是想起他倡议修建的从福州到泉州的那七百里两侧遍植松树的大道吗？松涛阵阵，他的耳畔是不是又回荡起歌颂他的民谣：“夹道松，夹道松，问谁栽之我蔡公。行人六月不知暑，千古万古摇清风”？

是啊，生于闽地仙游，几次为官福州、泉州，一条林荫路，一座跨江桥，阡陌塘田，八闽山川，一位生于斯逝于斯，关心民瘼为百姓求福祉的清官，老百姓是会永远怀念他的。好一句“千古万古摇清风”，真是发自内心的歌讴！

龙虎阁与吴大澂

龙虎阁，位于珲春市防川景区中、俄、朝三国交界处。珲春，在金语是“边远之城”之意。这座建筑在边境的堡垒式建筑，共12层，64.8米高，仰视苍穹，巍峨矗立，寓意中华边关龙盘虎踞不可摧也。登上顶层，眼帘尽收“一眼望三国”的景色，然出海口原属中华，早已失之而不可得，故游人登而多“望海（口）兴叹”！其实何止一个出海口？在屈辱的年代签订的中俄《瑷珲条约》、中俄《北京条约》，失去的是100多万平方公里国土，心中的隐痛真是不可名状！风拂于面，一江蜿蜒，眺望粼粼碧波，令人凭栏感慨。

下得龙虎阁，一层内有珲春的历史沿革展览，其中一大幅两个条约失地范围图，仰观许久，心中仍是不可名状！一层内还有一尊石刻，是清末儒将吴大澂的篆书“龙虎”大字，凛然之气拂面而来。这幅字是他在图们写下的。光绪六年（1880年），受命协助吉林将军铭安督办宁古塔、珲春等东陲边务整顿八旗，建立靖边军1.4万人。创建图们江、松花江水师营，修筑东、西炮台，购置克虏炮20尊、格林炮4尊，以防御沙俄入侵。首创生产枪械的吉林机器局，屯储来复枪、毛瑟枪等共8000支，并移民垦荒，修筑宁古塔至吉林省城达600公里大道及北、东线道路，建桥百余座及多处驿站，目的都是增强边疆防务。光绪十一年至十二年（1885—1886年），以三品卿衔都察院左副都御史、会办北洋事宜大臣身份，与沙俄勘界谈判，据理力争，重签两个条约，补添界碑，争回黑顶子领土和图们江航海权，是有功于中华的爱国将领。他还于珲春长岭子中俄边界建铜柱，自篆句铭曰："疆域有表国有维，此柱可立不可移。"真是黄钟大吕振聋发聩，豪迈之情令人振奋！他后请胡开文制铜柱墨留为纪念，这是洋溢着爱国情怀的珍贵文物。可惜铜柱早已被沙俄窃走，一腔激烈竟不可再见于天地之间。"龙虎"二字是他与沙俄谈判前所书。而且在谈判期间，他写下多幅"龙虎"二字，可见在抒发激荡于胸中的磅礴之气。据说在今珲春市区也有龙虎石刻、五角碑亭、他的石像、纪念馆等，是珲春人民为纪念吴大澂而建，可惜行旅匆匆，不能前去瞻仰，是为一憾。吴大澂对图们是很有感情的，正史所载只是大概，地方志载他曾五至珲春。他写过一首勘界纪事诗赠友人，后四句为："旧事思量纪龙节，新图商榷定鸿沟。国恩未报归程远，敢把闲情寄白鸥。"字里行间可见抒发爱国之情的流露。

吴大澂的爱国精神是贯穿其一生的。光绪九年（1883年），曾奉诏赴朝鲜处理甲申政变，坚决抵制日本侵略朝鲜和觊觎中国的图谋。光绪十三年（1887年），任广东巡抚，奋力抵制葡萄牙强占澳门香山七村的侵略行径。光绪二十年（1894年）甲午战起，他在湖南巡抚任上，请缨“奏请统帅湘军”与日寇作战。次年初，率新老湘军二十营出关，反攻海城，但因他的职衔是“帮办军务”，无法指挥其他部队，麾下湘军将领多“诓怯不前”“相率而退”，再加上他过于轻敌，“湘军力战而败”，他愤欲自裁，被部下格阻，随即被朝廷以“徒托空言，疏于调度”，先革职留任，三年后又革职永不叙用。这极不公正的严厉处分，将他的爱国功绩一笔抹杀。“永不叙用”的上谕说吴大澂“居心狡诈，言大而夸，遇事粉饰，声名恶劣”，这完全是一派胡言。读至此，真是不由得不为吴大澂倾一腔不平之气。

《清史稿》本传对吴大澂的一生功绩基本如实书写，品行“尤以勤廉著”，但在传后却也说他“而好言兵，才气自喜”，不免前后矛盾。吴大澂其实是得罪了西太后，“时诏修颐和园，大澂复言时事艰难，请停止工作，疏入，留中”。后来又为醇亲王疏请“称号礼节”，惹得西太后震怒，“几得严谴”。更深层的原因是他与维新派翁同龢、张之洞等一干人交往密切，恐怕早已引起西太后注意。所以他被革职后，闻《马关条约》签，义愤填膺，去电姻亲张之洞，愿变卖古董书画以充赔款，张回复“窃谓公此时不可再作新奇文章，总以定静为宜”，这是警告他不可再引起西太后注意惹祸上身。

吴大澂岂是“言大而夸”？《清史稿》称赞吴大澂“治河有名”，确非虚誉。他不仅是儒将，还是治河名臣。同治七年（1868年）中进士，授编修。出为陕甘学政。曾办理赈灾事务，受到保荐。他对治理黄河有过贡献，形成“固滩保堤”的治河方略。他提倡用新法测量黄河，完成《御览三省黄河全图》并以署理河南山东河道总督之职，主持日夜赶堵决口，终致合龙，并首创用水泥加固砌筑砖石坝。他博学多才，举凡金石、书画，尤擅篆书，蔚然成家。据说他洋枪枪法极准，并著有《枪法准绳》，如“练枪之法有四：要眼明、手稳、心细、气平，兼此四者，方有进益”，以现代射击眼光来看也是很正确的。说他“好言兵”者，看来未读过他的这部军事操典著作吧？吴大澂是清官，《清史稿》本传说“罢官后，贫甚，售书画、古铜器自给”，晚景颇凄凉，68岁逝于故里苏州。大画家吴昌硕是他过继的孙子，曾随甲午从军掌书记文书职务。

吴大澂与清流派邓承修、李秉衡勘定广西边界，与曾纪泽中俄谈判争回国土划界权益，皆是清末值得称颂的功绩，历史自当铭记而不湮。

登龙虎阁时，披襟四望，云叠如垒，秋风吹骨，想起清末黄遵宪至香港写下的诗句："登楼四望皆吾土，不见黄龙上大旗"，怆然不能自持！即口占小诗以抒心绪：

眺望苍茫出海口，
天低风荡此登楼。
名将留镌龙虎字，
波光云影见渔舟。

沙湖之异

“塞下秋来风景异”，沙湖之异，不仅仅因其是宁夏最大的内陆湖，而且居然是一半湖波一半沙，沙湖的闻名是黄沙碧水比邻，颜色的强烈反差，令人瞠目，令人称奇。

本来去沙湖应该是欣赏落日夕照，时间错位，月落中天才到。要坐渡船到岛上，塞上秋风吹彻骨，湖面如漆，芦苇亦如黑色的屏障，似乎水天相连不见尽头，渡船缓缓前行，满天的繁星闪烁，天穹好像很低，银河似乎很近。低到让人感觉星星要掉到手掌上，近到似乎星星的明亮是如此咫尺熠熠。因为宁夏位于北纬38度附近，中国陆疆的几何中心，而成为离璀璨星空最近的地方。“大漠孤烟直，长河落日圆。”大漠几乎日日阳光灿烂，云层稀薄，到了夜间，就是一幅星空最美丽清晰的奇观。

没有看到沙湖的落日，想象中一定很美吧？可惜无从领略。看到了，会想起“夕阳无限好”那句诗吗？但是见到了繁星满天，那么明亮，那么清晰，天幕如盖，仰望星空，也不枉此行。

第二天上午，见到了沙湖上灿烂温暖的朝阳，映着湖波，闪闪烁烁。小艇划破平湖潋滟，“舟摇摇以轻扬，风飘飘而吹衣”，望眼云影波光，秋风满湖，苍苍蒹葭，瑟瑟芦荻，塞上的秋风吹拂着它们，芦苇丛似乎发出阵阵的歌吟。沿着湖岸走去，莲花、荷花，虽然凋谢了，在湖水中仍向世间展示着顽强的风姿，荷花的莲蓬亭亭玉立，在风中微微摇曳，似乎在向着高扬的芦花打着招呼。几只不知名的水鸟沐浴着阳光，在湖水里气定神闲地栖立。沙湖也是全国闻名的湿地，如果再早些时候，可以观赏到白鹤、黑鹤、天鹅、黑颈鹤等珍稀鸟类，“鸟倦飞而知还”，它们都已经迁徙飞走了吧？

秋光里的沙湖宁静安详，秋风里的沙丘粗犷深沉，登上沙丘四顾看去，其实这处沙漠也就几平方公里，却也令人有一望无际之感。一半看湖水，一半观大漠，黄沙浩瀚与碧波荡漾相映成趣生辉，在秋阳中是那么豁达和洒脱，人会感悟到大自然奇景敞开的怀抱吗？会感悟其中的无尽韵味吗？呼吸着清爽的风，无论是凝眸湖水，还是仰望星空，都会使我们对大自然的奇妙发出惊叹，体味着深邃与奥妙、绚丽和神奇、沧桑与轮回。

在沙湖，处处可见一种抗沙耐旱的植物马鞭草，成片成片，像紫色的地毯，低调而优雅，离远看还以为是薰衣草。这种草是生命坚韧不屈的植物界精灵，沙湖人种植它一定有深深的寓意。沙湖，是既悠久而又年轻的世界，30年前这里还是一个军垦、农垦的隔世之地，而今成了一个看湖、看鸟、看沙漠、看芦苇、看星空的塞外桃源。“给心灵放个假”，来到沙湖才算是实至名归吧？与沙湖相逢，真是缘分，一半湖波一半沙，如此奇妙的景致，人间哪得几回看？永远会留在人生的记忆和履痕中，难道不是吗？

悠然见南山

南山，是中国文化史上一个极有诗意的符号，也许《诗经》中的“秩秩斯干，幽幽南山，如竹苞矣，如松茂矣”（《小雅·斯干》）是中国诗史中最早的诗境，“采菊东篱下，悠然见南山”，是陶渊明的名句，也是诗人气质的凝缩。

采风一行去深圳南山区，为何取名“南山”？陶渊明诗里的“南山”，一般注家认为是他居之于北，遥望庐山，故曰“南山”。沈从文先生生前有文章考证，以考古南朝汉墓砖举例有“南山四皓”刻字，故认为陶诗中的“南山”是指“四皓”。陶渊明当然是挂冠隐逸，但东篱采菊，悠然自怡，非要想起“四皓”，理论上是通的，但是不是太煞风景了？

听到将赴南山区，心中有些憧憬，因为我的别号和常用的一个笔名即为“南山”，即从陶渊明诗意而来。这是人生履迹中的一个巧合吗？神州有若干称为“南山”的地方。查志书，乃知深圳南山古称南头，属先秦百越，至汉属南海郡，历经各代，今仍存南头古城门。直至20世纪80年代，“南头”一直是行政区域，1990年才成为南山区，其境内确有个大南山，海拔仅336米。其山不在高，而今的南山区名噪遐迩，其经济总量排名广东第一，据说今年的GDP将超5000亿元！2017、2018年皆入选中国工业百强区。

南山区有157家上市公司，被誉为“中国上市公司集聚第一区”，采风团一行前往金蝶集团（香港上市公司）参观座谈，这是一个互联网出现后的云计算集大成者，也是中国第一只上市的财务软件股票。互联网的横空出世，使知识积累超过数十年，而云计算的凌霄出现，如罗马大道般可以快速为客户云服务。

老实讲，我在深圳湾科技生态园和科技创新展示中心参观，心中感到扑面而来的强烈震撼。那种鼓励创新的气魄令人尤其振奋。这是继农业、工业、计算机、互联网四次革命以来的再次创新，是深圳改革开放40年的辉煌绽放。那一行行充满着活力的数字跳入眼帘，使人振奋莫名：2017年，南山计算机软件著作权登记为43172件，深圳占51%；专利申请量57277件，占深圳总量32.34%；PCT国际申请量11275件，深圳占55.11%；商标申请量68375件，深圳占17.3%；商标有效注册量124680件，深圳占17.6%……令人满眼璀璨、满怀自豪。尤令我惊奇的是，在金蝶集团参观座谈时，不仅是金蝶体验馆、财务管理新世界、阳明学院等使我们眼花缭乱，不仅是“金蝶云协同办公”居中国第一列国际前茅、中间件技术列全球第四、“金蝶云苍穹”成为全球首创，令人感受到高科技爆炸的力量，尤其是金蝶集团所推崇的王阳明“致良知”心学，将阳明学说贯穿于企业管理、员工教育，以“知行合一”的精神，将格物致知与企业管理、科技开发的关系凝聚于斯。

这几令我吃惊，尤其当我听说徐少春董事长当年曾率数十名公司高层，一路迤逦前往贵州阳明洞参拜、领悟，这证明不仅要知行合一，更要将“致良知”推重于顶层设计。

中国的传统商业不乏将儒家理念贯注于营业宗旨，但无非是信义忠厚。改革开放后亦不乏引入外国先进管理模式，水土不服者亦有之。而王阳明，是“立德、立功、立言皆居绝顶”，他的影响不仅绵延后世，也被及域外。

当年［弘治十八年（1505年）］，仅正六品衔的兵部主事王阳明挺身上疏，营救疏劾权阉刘瑾的言官，被刘瑾矫旨逮入诏狱，杖五十，苏醒后贬谪贵州龙场驿为驿丞。刘瑾伺机追杀，王明阳机智地做出投江而死的假状。隐于山中后又坦然赴谪所，栖于岩洞，即后世盛传的“阳明洞”。后静坐顿悟，这个过程明人雷礼、清人徐开任等皆有具体的叙述，兹不再引。所谓“心外无物”“心外无理”“心外无学”，“良知”即“人心”，“致良知”即“向内用心”，由此颠覆了“习熟先儒之成说”的模式，是中国思想史上的一次大地震。

王阳明不仅立学，亦有干才，少有“任侠之气”，后“学兵，往塞外观山川，学骑射”。刘瑾被凌迟后，王阳明任庐陵知县，以独特的治理方式而驰誉，迭获晋升。阁臣均以他为“不世出”之奇才，放南赣汀漳巡抚，“破山中贼易”，平定数十年之匪患。尤正德十四年（1519年），指挥若定，生擒宁王朱宸濠，被誉为“明世文臣用兵未有如守仁者”，后册封新建伯，赐“奉天翊卫推诚宣力守正文臣”，特进光禄大夫、柱国，兼南京兵部尚书、参赞机务，岁支禄米一千石，三代兼妻追封，享尽封建时代文臣的最高荣耀。

但，“破心中贼难”，这句话并非仅叙己心。世事险恶，从王阳明首创心学，即遭受一波又一波的攻讦、诬陷，“邪说”“伪学”的指斥屡见不绝。

从平叛宁王始，武宗身边的佞幸即诬陷他“始同宸濠谋反”“将叛逆”，幸而武宗信他是“忠臣”，才免陷囹圄。嘉靖即位，桂萼等宵小又散布他“勾通宸濠”，攻击著述是“伪学”。

在他病逝前，以不战而屈人之兵平定广西土官叛乱。桂萼等污蔑其“擅离职守”，引起皇帝震怒，严厉谕旨“其学术事功多有可议”，继而下旨指斥王阳明是“诋毁先儒”“坏人心术”，并“榜谕天下，敢有踵袭邪说，果于非圣者，重治不饶”。

但是，在嘉靖一朝，阳明学说生机勃勃，倡而不绝。各地建书院75所，生祠420所，可见人心所向。直至隆庆元年（1567年），穆宗皇帝才正式昭雪，认定王阳明是“学术纯正，勋名熛烈”，赠新建侯，谥“文成”。这与明初开国勋臣刘伯温的谥号相同，可见其生平事功终得到盖棺论定。万历朝又从祀孔庙，使昭雪为之大圆满。

但至神宗年间，仍有不少人诋毁王阳明，受到神宗皇帝批驳。至清代，仍然对王阳明的学说持异议，如康熙年间著名的理学家陆陇其，笃守程朱。另一个理学大家汤斌则出于王阳明衣钵，宛如“鹅湖之会”。汤、陆之间不乏驳辩。在修《明史》时，贬王之意又浮出，当时引起激烈争议的是：是否立“道学传”？主张“将明儒学术醇正，与程朱吻合者，编为‘道学传’”，这明显是意在贬斥王阳明学说。由于汤斌的反对，最终不设“道学传”。雍正十年（1732年），阳明学派传人汤斌谥“文正”，从祀孔庙。而反对王阳明学说的陆陇其，由乾隆特旨谥“清献”（陆的官级不够得谥），也从祀孔庙。汤、陆二人不仅是理学家，与王阳明一样也是著名的清官。但不同学说的理学家，同祀孔庙，显示出清代对于理学不同流派的宽松。即便只宗程朱的曾国藩，行事却完全是王阳明“知行合一”的典范。

所以不厌冗长谈起王阳明心学的一波三折，几乎不被世人所认同，可见发扬光大一个经世致用的学说，是多么地不易！由此，我对金蝶集团充满着由衷的敬意。

明代大力为王阳明学术辩诬的黄绾，言简意赅地论及其学术大要为三：“一曰致良知”“二曰亲民”“三曰知行合一”。万历时的陈于陛曾释为“其致良知之说，大意谓：心之本体即天理之昭明灵觉，即良知，人能实致其知”，王阳明本人的语录亦有“知善知恶是良知，为善去恶是格物”。可以说，“致良知”成为金蝶的灵魂、企业的追求、同人的向往，那么是不是也可以说，一个高科技的企业选择阳明学说作为管理的理念，是不是也经过了反复的探究、心灵的碰撞、思维的交流？

据统计深圳今日生活着打拼的400万湘人，金蝶的掌门人徐少春是其中的佼佼者。王阳明的学说自清中期以来对三湘四水产生了深远的浸淫，湘之英才无不受其影响而史册镌名。

在采风作家与金蝶集团员工的对话会上，从徐总到员工对“致良知”的内涵娓娓道来，引人瞩目。金蝶集团接待过不胜枚举的学者、精英，但从来没有过作家们的履痕踏入。

主办者事先定好了场地，再征求报名，不料报名者踊跃，不得已反复筛选。场地挤得满满的。我们一行的作家蒋子龙、陈世旭、刘玉民、何立伟、董立勃、荆歌、褚佩荣……员工们都熟悉他们的作品。我本以为这些遨游于大数据穹际的白领精英，不会对文学回眸一瞥，谁知他们宛如文学青年，所提的问题充溢着文学的品位。最令我吃惊的是一位曹姓青年员工，热爱旧体诗词和书法，不仅读过我的书，居然还知道我多年前在广播电台的一次关于谈诗歌韵律的节目。他请我对他的诗词和书法予以置评，我再次惊讶他的诗词中的蕴涵韵律和情感。我说：“焉知金蝶在不远的将来，会产生一位写旧体诗词的诗人！”会后，徐总对我说：“我也对诗词一直有着浓厚的兴趣。”

“致良知”，一定会给金蝶人带来儒雅的修养和品位，带来悠然的诗意和气质。金蝶的名字本身不就蕴含着悠然的诗意吗?

我发现金蝶集团从徐总到员工，都有着一种从容、悠然、谦逊的气质。这是王阳明其人其学所陶冶的气质吗?

王阳明，不仅是大哲人，他的事行从来就有一种从容若定的风度。谁说王阳明的“致良知”仿佛禅宗的“顿悟”?

在贬谪龙场驿后，面对深山沟壑、瘴气毒虫、食物的匮乏、阉宦的杀机，他从容不迫，置石棺一副，静坐之外，谈笑吟诗，唱“绍兴高调”，“动心忍性，恍有所悟”：己心即有良知，良知可以自致!

在庐陵知县任上，淡定而治，居然请里正三老诉讼调解各种案件，结果“囹圄空虚”。平定赣南匪患，前任皆束手无策，而他仅用数月，以保甲法、赏罚严明而立绝之。

平定宁王之叛，是从容不迫，一如游刃。广西戡乱，更是悠然羽扇间不战而胜。

一个人，一个团队，一家企业，一项事业，应有从容若定的气质，“猝然临之而不惊，无故加之而不怒”，必然发达，必以致远。金蝶人的从容背后，一定会有许多卧薪尝胆、奋力拼搏的故事，可惜短短的行程不可与闻。

一个人，一个团队，一家企业，一项事业，是要有一点精神的，但这精神不是巧言浮躁，急功近利，而应是知行合一，矢志不移，登高望远，不断前行……

王阳明说过："你未看此花时，此花与汝同归于寂。你来看此花时，则此花颜色一时明白起来，便知此花不在你心外。"玄妙吗？未必。悟到了就不玄妙。因为中国的改革开放的成果，不仅在国力、科技、民生等领域，也使中国古老的哲学获得了新生。2000年以来的中国哲学思维史，在重新交融、碰撞、探索，经学、宋明理学、佛学，都在焕发出新的意境、修正与充实。王阳明的"知行合一""致良知"无疑延续着新的生机与际遇。金蝶人对阳明学说的应用，就是一个将道德世界与科技领域探索结合的良好实践。

曾几何时，1978年改革之初，中国西南一家大型炼钢企业，还在使用着150年前的英国机器，瑞士的发电厂则已经使用计算机进行管理。而今天的金蝶的大数据应用已经具有国际先进水平。我们望着金蝶集团那面硕大的专利墙，这只是金蝶过去一年所获的各种先进科技专利。金蝶的"中间件技术"，在世界排名第四，且是自主知识产权，并参与了全球标准的制定。25年来，金蝶不断实现蜕变，其宏伟规划是到2025年成为全球领先的高科技公司。在已经开始的全球布局中，已率先在西雅图设立了研发中心，金蝶的"梦蝶"宏图不仅布局研发，而且要主动转型，要发展服务业跻身全球500强！

500多年前的王阳明，从信服朱熹的"格物致知"，到面对一丛青竹，苦思冥想而不可"格"。500多年后的今天，金蝶的企业精神汲取了他"致良知""知行合一"的底色，创造出新的企业管理方法理论。世间没有停滞、僵化的哲思，王阳明心学创立后，后人从来没有停止过对它的思考、实践。明末王阳明的笃行弟子大儒刘宗周就是一个范例。他大胆地修正宗师王阳明的心学，将“心”释为本心和外物在内之宇宙整体，所谓“心亦一物”“体用一原”，这闪烁着独立思考的光芒思维，阳明有传，无愧后继有人！但是王阳明、刘宗周地下有知，会惊诧于在南山的一家公司，受到再一次的应用吗？这是一个大题目，不知金蝶的阳明研究院是否列为课题？

曾几何时，深圳第一座地标性建筑——电子大厦于1981年1月20日破土动工，次年8月竣工。高20层，69.9米，成为当时深圳第一高楼。而今的最高楼是平安金融中心，高592.5米，塔楼118层。据说将开建的龙岗摩天大楼高668米；未来规划将建的深圳蔡屋围高楼达739米！这真是令人赞叹！多么像知识爆炸的速度、新科技的日新月异，让人永远翘首去仰望云霄、仰视苍穹。而今改革必将再出发，深圳速度向着深圳质量升华，金蝶就是群蝶升腾中的一束耀眼的图景。

金蝶，一个有诗意的名字，它使我想起大自然中的艰苦卓绝的迁徙，人们只知道飞禽走兽们的长途跋涉，殊不知在墨西哥有一种墨脉金斑蝶（俗称“帝王蝶”），每年4个月、5000多公里迁徙至加拿大、美国，产蛹繁殖。死亡、出生，百万只蝶循环往复，不折不挠，万里展翼时，是多么从容，多么悠然，这像不像金蝶的精神与气势？

悠然见南山，南山也有惬意。我无暇登临大南山，据说山上有古庙和烽火台，天高云淡，葱葱郁郁，俯瞰抱海，环视四野，当会令人心旷神怡吧？

悠然见南山，南山也有美景。晚上，主人安排一行在人才公园观赏灯光秀。月夜清风，湖波荡漾，霓虹四射，灯光璀璨，与波光、星光、月影相辉映，宛如一束束上下翩翩的金蝶，炫人眼目，伫人凝眸，心际悠然，襟怀岑寂，脑海中竟浮现出王阳明的哲句："心无外物，心外无事，心外无理，心外无义，心外无善"，不由得扶栏吟出一首短诗：

千里换衫轻，凌桥俯海岸。
束霞秀霰光，上月乱星汉。
恍境若蜃楼，华枝如霓散。
波裂跃惊鱼，悠思或至旦？

悠然见南山，南山有金蝶，更有说不完的群蝶狂舞般的宏图愿景……

小乔毕竟与周侯

安徽潜山天柱山之游，未至小乔故宅，颇为一憾。归来倚窗读书，更心生寥落。中华之阔，履痕即便假以寿亦不可皆至，如至彼处，匆匆流光，失去因缘，心有所憾，也许终生不复得矣。

检《三国志·吴书》载孙策“攻皖”后：“自纳大乔，瑜娶小乔。”《刘表传》亦可见孙策抱得玉人归的欣赏：“乔公二女虽流离，得吾二人做婿，亦足为欢。”

潜山胜境，宋人黄庭坚诗云：“松竹二乔宅，雪云三祖山。”原来松竹雪云，梵声玉人，互为辉映，是最令人盘桓雅逸的向往之处。

但岁月倏忽，到了清代，“二乔宅”似乎只剩下乔公墓和胭脂井了。陈慎容将胭脂井“重为浚治”“井之上仍覆以亭，颜其额‘秀英’”。

胭脂井的得名缘于大、小乔以井水为镜，日复梳洗，残脂粉落于井中，故呈泛浅红色。其实，这也许是人们艳羡二乔天香国色而已。现在，此地正在修葺，不得一观，不唯不辨井之胭脂色与否，更不得感受那缕缕思古幽情。

《三国演义》中说曹孟德“愿得江东二乔，置得铜雀台，以乐晚年，虽死无恨矣”。这是小说家言，不足置评。唐代诗人小杜“东风不与周郎便，铜雀春深锁二乔”，那是诗人的浪漫想象，更当不得真。有的戏剧将二乔初嫁衍成是孙策以剑相逼，劫娶二乔。虽说有戏剧性，但不知据何所本。苏东坡才是大手笔，一阕《赤壁怀古》，一句“小乔初嫁了”，写出英雄美人的翩翩隽永，无愧后人一代一代地吟诵遐想。人生若此，当可无憾。惜乎周郎短命，不堪白头，也是令人有无限怅惋。“自古美人与名将，人间不许驻白头”，嗟乎！

才郎佳人，是千秋佳话。但不可多得或再得，可以羡而不可效吧？虽然遗憾不能凭吊，但还是希望尽快修好，让更多来潜山的人们至此一游。二乔仅仅是国色佳人或许还是才女，明人高启《过二乔宅》诗说二乔嫁后“日共诗书自怡悦”。“曲有误，周郎顾”，羽扇纶巾的周郎也许会指点娇妻小乔抚琴顾盼吧？

恢复小乔故里的意义何在呢？相比起仁人志士、先贤忠烈的遗址故迹，也许不足以媲美。但我们今天却不必像当年西湖非要把苏小小、冯小青这样的痴女佳人墓迁毁，留下小乔的胭脂井，虽然不是“江山也要伟人扶”，可大好的河山如果没有那么多的人文胜境，会单调枯燥许多吧！

“小乔毕竟与周侯”，禅意也好，爱意也好，在今天全球化肆流的社会里，有那么一个角落，可供人们有些许静谧、些许温情、些许羡慕、些许爱意，真个是不为过吧？！

所以，虽然未至胭脂井，也诌了几首有些许思古之幽情的小诗，作为小文之结束：

其一

小乔毕竟与周侯，遗爱倾城泪始休。
井水至今胭脂色，问谁痴断水枯流。

其二

玉人残井胭脂色，似有泪痕入水流。
可惜才郎空有憾，不能梳妆诗上楼。

其三

才郎顾曲复谁听？一半胭脂一半情！
泪里东风吹落絮，春深怕见又朦胧！

窗瞰鸥波可钓鱼

古人常写有关钓鱼诗，若加以搜集，恐怕历朝历代数量甚大。元代著名画家柯九思也写过一首与钓鱼有关的诗，题为《题王晋卿钓鱼图》，从诗题看并非他自己垂纶，而是题咏他人所绘钓鱼图。诗为五言四句：

雨歇见春山，
菰蒲第几湾。
鸥来又飞去，
只有钓鱼闲。

柯九思的诗被诗论家评为“诗格庄严瑰丽”，从此诗可窥诗风确有清丽之韵。笔意洗练，将雨后的景致、钓者的恬淡勾勒得十分简洁明快。他著有诗文集《丹丘生集》，“丹丘生”是他的别号。

我去过台州仙居市，是去天姥山游览，这也是元代画史上有地位的柯九思的故里，记得距“烟霞第一城”崖刻不远，即可见

“九思亭”，当是今人为纪念他而建。青崖之下，有亭翼然，杂树掩映，不失为山中一景。记得《历代碑帖法书选》未收入其书法，大约是柯九思在元代书家中并非一流之故？柯与赵孟頫、鲜于枢、邓文原、康里巎巎、周伯琦、饶介等，风气所至，虽皆师法晋唐，但毕竟柯九思专力画竹和鉴赏，书法不列名著，情有可原。因其书作流传稀稀，故坊间似无其书帖印行，《元史》亦无他的传。民国后的《新元史》倒是将他入传，撰者柯劭忞自称是他的后人，但早有人考证柯九思只有女儿，如陶宗仪《书史会要》明确指出：“柯氏，天台人，九思之女，通经史，善笔札。”柯劭忞抑或其柯氏族人后裔？其权威性尚存疑。虽然徐世昌以大总统之权势兼与柯劭忞姻亲之情，将《新元史》颁列“二十六史”（含《清史稿》），但终不被后世主流学界所承认。当然，柯劭忞在元史研究上的成就还是应予肯定的。

柯九思首先是画家，其墨竹师法宋代画竹名家文同，故有论者谓“文同后一人”，兼擅行楷。与赵孟頫、王铎等类同，以汉人仕元，颇遗后人诟病。柯九思不是正途出仕，“遇文宗皇帝于潜邸，及即位……特授学士院鉴书博士”，应是御用品鉴侍从。文宗皇帝即图帖睦尔，两次在位，共计4年。“潜邸”指文宗还未登基时即欣赏柯九思的才学。文宗本人喜好艺事，登基后对柯九思颇为恩宠，“赐牙章，得通籍禁署。念其父谦善教，赐碑名训忠，敕侍读学士虞集为文以旌之”。柯九思的父亲柯谦也入仕元朝，曾任翰林国史检阅、江浙儒学提举。尤其是柯九思被文宗皇帝“赐牙章，得通籍禁署”，即可自由出入宫内，得以与文宗“常侍从，以讨论法书名画为事”（陶宗仪《辍耕录》卷六），颇得欣赏，“眷顾日隆”。如此受宠于文宗，引起蒙古贵族们的厌恶，继而攻讦，柯九思想逃避，“乞补外以自效”，即到外地做官远离朝廷，但被“诏不行”。3年后庇护他的文宗逝世，终被罢官，被劾“性非纯良，行极矫谲，挟其末技，趋附权门”。元代汉人入仕是非常困难的，本来就受到蒙古贵族的排斥和鄙夷，在他们眼里，汉族文人与乞丐娼妓等下九流无异。尤其是文宗时代，权柄被数个蒙古大佬掌控，文宗想保护柯九思，亦受掣肘。柯九思的这段入仕经历，也影响了明清文人对柯九思的评价。柯九思对仕途较为热衷不可否认，以至他被罢官之后为他人鉴定字画时，还常署印“鉴书博士”，可见眷恋之意态。晚年对仕途彻底绝望后始入道教，还取了个道教色彩浓厚的别号“丹丘生”；后又取了“非幻道者”“五云阁吏”的别号，道教色彩更为浓厚。后人考证他之逝世与服药导致砷中毒有关。

但以现存史料看，柯九思在官场上并无劣迹，天姥山只有那座九思亭，未将他的墨迹摩崖刻石，是缘于倪瓒以来对他的贬低，还是因为他只是以鉴赏、绘画知名，其书法未列入元之大家行列？其实他的书法很有功底，可见他从欧阳询出处窥来，无书法功底，是画不好墨竹的。其实封建时代士子求仕途无可指摘，只不过逢到异族入主中原，气节，即“人格”便成为千夫所指的标准。我个人认为，譬如在九思亭之侧刻块碑，镌刻他的书画也似无不可。

如上引他那首钓鱼诗，完全可以勒石供人欣赏。毕竟他是台州籍最有名气的画家之一。南宋末年，为避元兵锋焰，文人士子相率南迁，琴曲大家郭沔遁居衡山，“每欲望九嶷，为潇湘之云所蔽”，作琴曲《潇湘水云》以抒故国之思。柯九思不知是否聆听过此曲，曾出仕又被贬谪的他会写出“以寓倦倦之意”的诗吗?

柯九思本人不知是否擅垂钓，他写与钓鱼有关的诗并不多见。如《钓月轩》：“凭栏看月出，倚钓待云生”，大概是未入仕途时所写，意并不在垂钓。偶尔会题诗垂钓画卷，如题《赵孟頫秀石疏林图卷》：“水晶宫里人如玉，窗瞰鸥波可钓鱼”，这应该是他在宫中为文宗皇帝鉴赏书画时所写，春风得意之情溢于字里行间。他擅长鉴赏书画。他收藏的前朝名画，只要读一读徐邦达等有关考证的著述，就不由得不赞叹。至于他经手鉴赏过的知名画帖，就更可观了。所以他罢官归隐之后，常被邀请去品鉴，加上迷恋于道教，他大概也没有时间去闲散垂钓。所以，我很怀疑他这首题钓鱼图的诗，是写于被罢官之后。“鸥来又飞去，只有钓鱼闲”，触景生情，有感而发，是很形象的心态自画像。他对仕元的那三年经历，是有悔意呢，还是依依留恋呢?从诗句看，“只有钓鱼闲”，是大可值得玩味和推敲的。诗写得很好，而心境则只有他自己知道了。

他归隐后，“每忆大都，皆不堪往事”。“大都”即元大都，可见他还在留恋在北京的三年仕途风光。他在北京时写过一首《退直赠月》：“西华门外玉骢骄，新赐罗衣退晚朝。绣枕魂清疏雨暮，海棠银烛度春宵”，描述他以特授学士院鉴书博士的职衔，在皇宫内的奎章阁值班，为皇帝整理鉴定书画。皇帝喜悦，新赐锦衣，乘上御马，迤逦出宫，归家后天降细雨，心情更是格外舒畅，倚绣枕享受那春宵一刻……何其优雅，何其意满！这类诗句他写过不少，但可惜他只享受了三年的“眷顾”。被赶出北京后，在他54岁那年就逝去了，史载是“暴卒”，就可知他还是郁郁寡欢所致而折寿。他临逝世前一位道士请他作画吟诗，他心情烦躁拒绝，说：“山不入目不能画，水未入怀不能吟。”这，恐怕才是他真正的心理状态吧？他也许只是羡慕“只有钓鱼闲”，实际真是做不到。“窗瞰鸥波可钓鱼”？真是化作一缕轻烟四散消逝了。

日升昌咏叹调

平遥的知名度越来越响亮，我前几年去时，据说已经规划，除了幼儿园、学校、医院等都基本迁出外，老城里的几万居民也要逐渐迁出。

登上城楼，扶墙眺望城区，夕阳残照，暮烟袅袅，不禁生发感慨。

这次又来平遥，我想，平遥也许以后会变成一个彻底的旅游化兼商业化的城市，其中利弊也许只有专家才有权评说。我从未写过平遥，这个旧式金融业里创造了“票号”业务而为旧式商业经济做出辉煌贡献的古城，这个票号云集、豪宅毗邻的晋商聚集之地，还会保留它的原始气息吗?

穿过街巷，来到久负盛名的“日升昌”票号。

“日升昌”票号今已辟为游览之地，楼舍依旧，风貌依稀，只是再无人声喧哗、算盘作响。在这个当年极享盛名的揭开中国金融业新纪元的兴盛之地，不仅令人追忆，也令人不胜感慨。从众多的史料中可以看出，平遥票号的兴盛居然是和尊崇孔孟之道、崇尚诚信为本密不可分的。票号的业务完全凭财东与掌柜之间以“信”为凭，无须任何抵押，这在今天已然是完全不可想象的天方夜谭了。而掌柜与伙计则以共同遵守店铺规约为行为准则，票号实行高薪养廉，著名的日升昌票号的伙计们年薪从12两到100两白银不等，以今天的眼光和当时的平民生活水平来看，这是较丰厚的收入了。须知当时清朝四品大员的“岁俸”不过105两白银，七品知县“岁俸”才45两（当然“养廉银”即奖金是因地因财力另算的）。

最令我感到惊奇的是，票号对员工的管理不仅靠加薪，而且实行末位淘汰制。票号的惯例年终时大家要坐在一起吃年夜饭，业务成绩末等的只能坐在八仙桌最下首位置，只要连续三年“叨陪末座”，来年就须卷铺盖走人了。

现在金融商业管理，时不时听到末位淘汰的呼声，但往往雷声大雨点小，实行起来难矣！相比于日升昌的精于管理，恐怕仍有借鉴之处吧？

另外使我感兴趣的是，那时的票号老板居然会有很现代的预防犯罪意识，例如伙计入票号之前，家世要经严格审查，三代清白而无犯罪前科者才可录用，而且在3年学徒期里更要接受除业务能力之外的各种考察。再加上高薪养廉，灌输以孔孟之道及严格管理之类，票号里就几乎没有内部犯罪。联想到现在商场里的内盗（其中若干比例都是良莠不齐的保安所为），很应该汲取票号的宝贵经验。

日升昌“汇通天下”的盛名，今天看来，并不逊于犹太商人、威尼斯商人的传奇。如此等等，值得今天的商家借鉴之处极多。我倒想建议有志之士，写一部晋商票号经营管理经验方面的书，请当今商业管理者以备参考，定然大有获益，比舶来的稀奇古怪令人费解的各种“大全”之类应该是实用多了。

旧有的不合理的经商理念当然也必须要改变，日升昌所标榜的“明礼诚信”，固然曾经辉煌，诚信使日升昌在全国40多个大中城市设立分庄，据说各地分庄悬挂的“京都日升昌汇通天下”的招牌，是道光皇帝所题，这当然是讹传。在封建时代，以天子万乘之尊，绝无可能。而且，皇帝赐字，有森严的制度和书写格式，不可能纡尊为一家商号题匾。如同北京的“都一处”，传为乾隆皇帝题匾，也是绝无可能的。这，大约是商家的宣传策略而已。再比如，日升昌内有条幽僻的甬道，专供学徒走动。一面墙的砖缝里，塞进若干铜钱。传说是为考验学徒，学徒若窃之，掌柜记录，3年后则被辞退。但为学徒颜面，并不以此为理由。这恐怕也有传说的成分，须知学徒能入日升昌，是无数贫家子弟的梦想。3年学徒白吃白住，出师后衣食无忧，取了几枚铜钱，砸掉饭碗，无任何意义。铜钱入墙的真正目的大约还是炫富，以证明票号的实力吧？

日升昌股东之间、与顾客之间讲“明礼诚信”，固然有助于壮大和发展，但若无法律条款约束，也会成为制约发展的分化剂。日升昌前身是西裕成颜料庄，在北京的分号经常为北京的山西商人往老家捎钱提供方便，采用了原始汇兑的方式：分号收银，告之平遥总号，兑予现银，收取费用，这已具备了金融汇兑的简单模式。西裕成总经理雷履泰发现商机，即建议东家李大全将颜料庄改为专营银两汇兑的票号，使银两异地汇兑。号即取名“日升昌”。

从现有史料来看，大掌柜雷履泰和二掌柜毛鸿翙功不可没，雷总揽，毛主业务。但后来二人脾气不合，理念产生分歧，李大全亦不善调和，在雷、毛二人矛盾激烈爆发时，雷令全国各地分号暂停营业。毛辞职出走，李大全竟然跪求雷，业务才勉强恢复。但这已造成巨大损失。毛出走后，被别家礼聘，重金双股，言听计从，成立与“日升昌”抗衡的“蔚”字五联号。这使得“日升昌”的业务必然为之分流。现在来看，雷、毛二人的矛盾，其实就是制度规范的不完善，管理权力的不明确，导致互存猜忌，互相拆台。东家又无协调能力，不以制度为平衡。所谓“明礼诚信”，与西方所重视的契约精神和法律保障相比，自然略逊一筹；在复杂的人性面前，自然被弃之如敝屣。

百年晋商和叱咤一时的票号终于衰落，翻一翻近代史就可知道，资本主义金融势力以汇丰银行为代表大举入侵，使得代表封建金融业的票号缩小了市场，清政府的没落使其失去了依托。想当年，票号们为清政府承担了举足轻重的财政业务，举凡海防、修路均由票号汇兑，清政府依靠它们发收京饷、赈款、河工经费，还向其贷款周转财政。连慈禧逃亡时还特地在平遥停留，目的就是意图借款。遥想当年，山西商人们是何等睥睨天下，踌躇满志。

其实，同在神州大地，当年沿海城市被西方列强一一侵入之时，不可否认也涌入了新的商业观念，旧的商业模式自然不能适应。沿海的商人们适者生存，顺应了潮流。而腹地的山西商人们，却依旧腐朽保守，只会赚钱置地买房享受，大量投资不动产，使得流动资金日趋枯竭。子女们甚至沾染恶习，坐吃山空。仍举日升昌为例，后期欠外债500万两，别的商号又欠它七八百万两，又不思改革，不亡才怪。

改革关键在于思维。世界上没有一成不变的东西。再说到今天的银行（包括保险业），在服务手段、诚信度、功能等方面，也必须承认与发达国家的同业有一定差距。在全球一体化的浪潮面前，墨守成规是足以致商家于死命的。一体化的利与弊、荣与辱都是值得今天的商家们深思与借鉴的。

风义无双

徐悲鸿与《八十七神仙卷》

艺术大师徐悲鸿不仅在油画、国画领域有极高的造诣，而且还是一位独具慧眼的鉴赏家和收藏家。人们大多知其为画家，而对他的鉴赏功力和诸多国宝的收藏却知之甚少。

徐悲鸿以毕生心血收藏了许多国宝级古代书画，这首先得力于他的鉴赏功力，其次归功于他的拗脾气，凡他看上的藏品，不“磨”到手是决不肯善罢甘休的。

我父亲学鉴赏时的老师张效彬先生，在鉴赏收藏界名气很大，所收藏的碑帖、古砚、字画精品极多。1949年，徐悲鸿慕名拜访，老人请他观看了珍藏的董其昌自题画像册页。当时徐悲鸿赏玩之后“惊其神妙”而爱不释手。告辞之后，竟一直“辄萦梦寐”。两年之后，他出千金托人求张效彬先生割爱，老人不允。徐悲鸿便拿出“烈女怕缠郎”的拗劲，又等了两年，再让妻子廖静文恳请启功先生与张老商量出让册页。张老本是一个有怪脾气的老人，但这次终被感动，遂将心爱之物让于徐悲鸿。为了一件古画，拗了4年，可见徐悲鸿的执着。

上　篇

徐悲鸿收藏的国宝精品，其过程大都有一个个令人感动的故事。尤其是他收藏国宝《八十七神仙卷》，更具有传奇色彩；其得而失又失而复得，以徐悲鸿视为生命般的钟爱之情和坚韧的必得之志尤为感人至深。

七七事变后，徐悲鸿为宣传抗日，走出画斋，先后在长沙、广州、香港等地举办画展。徐悲鸿到香港举办画展时，得到了著名作家许地山先生的帮助。许先生利用自己香港大学中文系教授的地位，把画展安排在香港大学举行，同时邀请徐悲鸿住在自己家中。

正是由于这个机缘，一个极富传奇色彩的故事由此展开，一件价值连城无法计算的国宝得以重见天日。

一天许地山与徐悲鸿闲谈时，忽然想起一件受人托办之事：一位在中国生活多年的德国人临死前遗留了四箱中国古字画，但他的女儿马丁夫人却对中国字画一无所知，于是她找到许地山请代为寻找买主。许地山并非鉴赏专家，但他亦不愿中国古书画流失异域，他凭着自己外行眼光感觉这些字画绝非平庸之作，他一直拖延想寻求办法使这些字画经内行鉴定，最好回归国内。徐悲鸿来到香港是一个绝佳机会，许地山将自己的想法告知徐悲鸿，徐也颇感兴趣。但当时徐悲鸿并不是很坚决，因为办画展事情繁杂，行色匆匆，加上徐可能认为藏主并非专家，所收藏品不一定有价值。

这就要感谢许地山先生了。许地山是一个非常重视祖国文化遗产的人。仅举一例：抗日战争爆发后，郑振铎在上海买下3000多部元、明版善本书籍，但苦于无处可藏，是许先生利用香港大学图书馆得以将这些珍贵古籍保存下来。这次，许地山又自告奋勇去见马丁夫人，向她介绍徐悲鸿其人。可能是马丁夫人对徐悲鸿一无所知，也许是不太信任，当时并没有应允立即看画鉴定。所以后来许地山又专门邀请马丁夫人去参观正好开幕的徐悲鸿画展，向她介绍徐悲鸿的艺术。这之后，许地山又请自己的妻子与马丁夫人居间牵线联系，终于促使马丁夫人下决心请徐悲鸿来鉴赏和挑选收购自己的书画。

许地山陪同徐悲鸿来到马丁夫人家中，对四箱书画进行鉴定和挑选。当时徐悲鸿是一箱一箱打开、一幅一幅鉴定的，他将有价值的单挑选出来放在一边。前两箱大部分书画在他认为是没有什么收藏价值的。在打开第三箱时，他一眼发现了一幅画卷，当他展开画卷后，眼前为之一亮，目眩神摇，连托卷的手都微微颤抖起来。他起初强迫自己镇静下来，但是他控制不住，仍然激动起来，连连对马丁夫人说："我只要这一幅！"马丁夫人希望他能否再对另外一箱尚未打开的字画进行鉴定，但徐悲鸿已无心再看画了，他手中的这幅画卷已令他神魂颠倒了。这幅画卷为深褐色绢本，以白描手法绘有八十七位仙人，人物栩栩如生，线条衣纹飘逸疏朗，虽无款识，但他凭自己的博学和眼力，断定此画卷非一般人所作，从手法上看必出于唐代名家之手。徐悲鸿立即提出用自己仅有的近万元现金和此次画展中自己的七幅精品来交换，以现在的眼光来看，当时徐悲鸿的开价太便宜了。也许是徐悲鸿当时惊喜万分，太急于成交了，马丁夫人有点犹豫不决，她大概是希望全部用现金购画。许地山唯恐失之交臂，他向马丁夫人劝说：这七幅画是徐悲鸿画展中的佳品，是画家的难得之作。马丁夫人终被许先生说服，最终同意了徐悲鸿提出的交换条件。

徐悲鸿欣喜万分，无比快慰。回到许地山宅所，即刻“悲鸿生命”印章一枚钤于画卷之侧，两人共同把盏痛饮，庆贺国宝如愿以偿收归故土。

因此卷有87位人物，徐悲鸿将其命名为《八十七神仙卷》。此卷是当时国内唯一所能见到的唐代人物画卷，徐悲鸿曾将此画卷让好友张大千鉴赏。张大千判定此卷极有可能是唐代画圣吴道子的粉本，北宋画家武宗元所绘《朝元仙杖图》则是此卷摹本。其他鉴赏家也有同感。徐悲鸿得此珍宝自然欣喜莫名。

当然，徐悲鸿当时在马丁夫人家中看画时过于性急，以笔者之揣测，那么打开的最后一箱古字画中，也许还有精品之作也未可知。就是前两箱中徐悲鸿挑选出的若干幅中意之作，也因资金不足放弃了。这也许是一个遗憾吧。如果没有《八十七神仙卷》的丢失被窃，也许这段收藏佳话就应该结束了。但是，正是因为这件国宝的丢失及失而复得，更增添了浓郁的传奇色彩。而徐悲鸿因失此画，得了高血压，也最终因此症发作而逝世。

下 篇

徐悲鸿得到《八十七神仙卷》后，视同生命，唯恐失去而须臾不离。1938年他去香港，要将重新装裱并加题跋的画卷交中华书局珂罗版精印，他怕不慎丢失，将画卷存于香港银行保险柜中；但他仍不放心，思来想去，仍然取出随身保管。1940年，他应印度诗哲泰戈尔之邀访问印度讲学，因去新加坡办展为抗日募捐，他唯恐画丢失，将画存于泰戈尔之手。

按徐悲鸿以往的做法，他连银行保险柜都不相信，怎肯将画托之于私人保管？也许是他被泰戈尔的人格所感动，但恰恰是这种阴错阳差，使此画卷未失于新加坡。徐悲鸿新加坡画展的40幅油画精品，因行程仓促，未及时带走而全部毁失。

抗日战争期间，徐悲鸿在国内外奔走呼号抗日，几次往返于印度、新加坡、中国香港等地，国内也多次迁徙，如他去印度时取道广州，正逢广州陷落，致使他在江西漂泊一个多月才转道香港。无论他怎样颠沛流离，几年来除了短暂将画卷存于泰戈尔之手外，他都是携带于身，未曾有丝毫破损。

但在徐悲鸿在昆明筹办画展之际，这幅得来不易的珍宝终于不翼而飞了。他当时住在昆明的云南大学，日军飞机常来空袭，徐悲鸿为躲空袭到防空洞，等空袭警报解除，他发现自己的住所已被撬开，《八十七神仙卷》连同自己的30多幅作品均被窃走。

徐悲鸿如同五雷轰顶，魂魄皆失。虽经报告警方，但终未有线索而无法破案。他寝食不安，大病一场，血压升高，并由此种下高血压的顽症，而且最终以此症导致猝死。他神思昏沉，认为此画卷再不会复得，因此写下一首七绝自责忏悔："想象方壶碧海沉，帝心凄切痛何深。相如能任连城璧，愧此须眉负此身。"

此窃案后来一直未曾破获，当然也绝非一般窃盗所为，因当时徐悲鸿声名大噪，一般人都知道他画的价值。所以肯定是为画而来，但值得庆幸的是窃贼并不知《八十七神仙卷》的价值，估计可能是顺手一起窃走，否则就不会有后来此画卷的失而复得了。

1944年，徐悲鸿迁到重庆。他的一位女学生在成都某人家中，竟然发现了《八十七神仙卷》。因为这位学生在徐悲鸿教课时临摹过画卷，也知道此画卷后来丢失，因而特此写信告之。徐悲鸿获此信息喜极而狂，原本想立即到成都索画，但他又怕吓坏画的持有者，因为徐悲鸿是大名人，如果画的持有者万一就是窃贼，很可能会惧怕被捕而将证据毁掉。

徐悲鸿尽管焦灼，但还是深思熟虑决定私了，而且不亲自出面。他委托了一位在新加坡办画展时结识的朋友，请他帮忙将此画花钱买回。这位朋友先后从徐悲鸿手中取走了20多万元现金和十多幅徐悲鸿的作品，终将画卷完整取回。画卷上原有徐悲鸿装裱的题跋及“悲鸿生命”印章，均已被割去，但所幸画卷未有丝毫损伤。国宝得而复失，失而复得，最终化险为夷；且不说丢画时愁肠百结，失魂落魄，就是委托朋友取画时等待之心情，也非寻常笔墨所能形容。他手捧画卷，感慨万千，不禁又赋诗一绝：“得见神仙一面难，况与伴侣尽情看。人生总是葑菲味，换到金丹凡骨安。”

不过，这之中还有一个小插曲。那位朋友其实并未将20多万元和十多幅精品去赎画，而是统统据为己有，知情人很是愤慨，劝徐悲鸿去找其理论。但徐悲鸿却拒绝了，他认为国宝收回已足矣，其他钱、画都是过眼云烟。

徐悲鸿是聪明的，他没有兴师动众而是暗箱操作，避免画毁之险。

那么这张画究竟被谁窃走？成都画持有者究竟是何许人？徐悲鸿的那位朋友是通过何种办法一文不花将画取回？画的题跋及印章为何被裁掉？如果为了保真存留徐悲鸿的题跋不是更能卖大价钱吗？可惜这一切至今仍不为人所知。发现此画的女学生应该说为国宝回归立下大功。她叫卢荫寰，是中央大学艺术系的学生。但是，她也不认识画的持有者，她是随丈夫的朋友去此人寓所的。如果她未见到此画卷，失此机缘，可能此卷就不会重见天日了。

1948年10月，徐悲鸿重新装裱画卷。88岁的白石老人题写卷名，张大千、谢稚柳写跋。张跋称此卷与他收藏的《韩熙载夜宴图》为“唐画人物，唯此两卷，各尽其妙”；谢跋则云此卷为“晚唐之鸿裁，实宋人之宗师也”。徐悲鸿自己亦写跋记述此卷传奇经历本末，并将失画、得画所作两首七绝抄于跋后。但由于其珍贵，真正亲眼欣赏过原件的人极少。

20世纪50年代后，此卷曾由人民美术出版社出版，但因印数极少，能看到印刷品而一睹唐人人物画风韵者，也为之甚少。徐悲鸿先生逝世后，此卷和他的其他藏品及住宅均捐献国家，原宅修成“徐悲鸿纪念馆”，20世纪70年代迁到现北京市西城区新街口豁口。据我所知，徐悲鸿经常携此卷到课堂让学生临摹，到了20世纪60年代，如范曾等在中央美院临摹时就已经是印刷品了。由此可见，能真正一睹国宝原件风采者，可谓凤毛麟角矣。

徐悲鸿的慧眼、坚韧和他的拳拳之心，以及他视为生命一般的珍爱，使这件国宝在现在和将来永远留存于天地之间，成为中华民族引以为傲的瑰宝。

满城争说萧龙友

萧龙友先生为近代京华四大名医之首，声闻遐迩，极享盛誉。他生于1870年，逝于1960年，是四川三台县人，27岁考中清光绪三年（1876年）拔贡。拔贡是清代地方贡入国子监生员的一种，由各省从生员中考选保送入京。朝考优选者依次以知县、小京官、教谕等使用，拔贡是科举的补充，地位很高。拔贡保送名额一省府二人，州、县各一人，而且自乾隆朝后每隔12年才考一次，可见选拔之不易，亦可见萧龙友的才学之实。入贡前，在弱冠时即已入成都尊经书院读辞章科，每次考试迭获第一。可见他有深厚的学问功底。他经朝考后即入京任八旗官学教习，后任山东巨野、嘉祥、淄川、济阳知县。由他的任职可见其出类拔萃，因为不是所有考试通过的拔贡都能任知县的。民国后任过财政、农商两部秘书、总办等职，黎元洪执政时任过府院参事。

萧龙友本名萧方骏，字龙友，又有别号曰“息园”，故世人尊称“息园老人”“息翁”。他自学成医而成大家，故有“北方萧龙友，南方陆渊雷”之誉，更称誉为“京城四大名医”之首。

“四大名医”的称谓古已有之，称为扁鹊、华佗、孙思邈、李时珍，也有称张仲景而非孙思邈，且四人非同一朝代之人。萧龙友、孔伯华、施今墨、汪逢春却为同时代人，医德医术声望极高。1930年，成立北平国医学院（后更名北京国医学院），萧龙友为院长，孔伯华、施今墨为副院长，为社会培养了大批中医人才。1935年，民国政府颁布中医条例，对中医从业者进行考核，萧龙友等四人为负责命题阅卷的主考官，由此被呼为“京城四大名医”。

萧龙友青年时代虽以读经书为业，但也涉猎医书，因其家族开有药店，母亲身体不好，故常留心医方。1892年，川中瘟疫，波及成都。他不忍日死千人的惨况，毅然与一位中医用中草药救治了很多患者，致声名鹊起。他人在仕途，却心向医术。精研医术之余，也为人看病，并取得行医资格。1928年国民政府南迁，他决然辞官正式在京城行医。据说他的成名是治愈黎元洪之母，此后显宦名流皆延请诊病，诸如孙中山、袁世凯、梁启超、吴佩孚等皆曾经手。因他的诊断精准，愈加驰誉。如孙中山先生，1924年带病入京，众多名医难以确诊，后延请萧龙友诊断，他认定病之源在肝，非汤药可解，故未处方。后经西医解剖遗体，确为肝癌。这引起业界的佩服。此后连外国医生遇到疑难杂症，有时也会恭请萧龙友会诊。

又如袁世凯称帝，全国讨伐，他惊恐而致病危，长子袁克定请萧龙友诊断，萧诊为尿毒之症，嘱静养服药，但次子袁克文力主西医而拒服中药。萧龙友事后对他人说：此病须静养，以袁当时之心状，必不可医救。果然月旬之后袁一命呜呼！再如梁启超，患肾病，先入协和，西医嘱割除其肾，又请萧龙友复诊。他劝梁慎重手术，告之并无大碍，坚持服中药即可痊愈。但梁启超未听其言，仍做手术，致失误酿成悲剧。

著名史学家谢国桢是萧龙友的亲戚，当时在梁启超天津家中任家庭教师，亲见梁本人包括梁夫人患病，若萧龙友由京至津出诊，一律管接送食宿。谢先生请示馈赠礼金（出诊费）数，当过总长的梁启超签“礼金大洋贰佰元正”交账房。这给谢国桢印象极深，多年不忘，叹为“真是总长的派头”！为何印象深？因为萧龙友不门诊，只出诊。一般在京西城出诊费八元，东、北、南三地加倍。如患者家中顺便有其他人诊脉，开方只需加二元。处方基本不开贵重药，也并不指定药店。老先生自备汽车出诊，诊费交随来的管家。这在名医中派头已然很大了。我的两个中学同学的祖父也算是西城的名医，其宅是后马厂胡同三进四合院，二房同学的父亲与我父亲同为经贸大学同事，长房同学一起学画，情同手足，常去其宅玩耍吃饭，每流连其宅院雕栏回廊的气派，但也并无自备汽车。当然，萧老的派头若比起梁总长，是略逊一筹吧？再说萧龙友的出诊费八元，在当时算不算贵？20世纪30年代发行纸币与银圆是等值的，姑举几例（七七事变前）看一看当时物价：白面每袋44斤不到4元，猪肉6斤至7斤约1元，保姆工钱每月3元至6元，可见一般穷苦人家是不敢请萧龙友这样的名医出诊的。

不过，萧龙友是有大医之德的。他对病人一视同仁，诊断开方无论贵贱皆慎重之至，对贫困者常免费诊病，还会施药，这也是他为人广受人们敬重称颂的原因。

萧龙友不仅医德高尚，医术亦极高明，甚至颇具神奇色彩。熟稔老北京人物的掌故大家邓云乡先生，与萧家是世交。20世纪80年代初，我与您同为中国新闻社写海外专栏文章，且共用一个笔名，他讲过不少亲见亲闻的萧龙友医术的神奇医案。邓家当时租住西皇城根22号，是清末邮传部尚书陈璧的大宅邸，占地60多亩，200多间房。陈氏几房后人仍居于内，闲房院出租。故邓家与陈家后人相识，并得以闻见名医医术之神奇。有一房后人的夫人曾卧床不起，几致奄奄一息，延请众多医家皆束手无策。始请萧龙友来诊脉，未开方时，陈家一位上学的亲戚恰骑自行车回来，其母闻名医来诊病，即携女请诊脉，说是女孩一两月未来月经。萧望闻问切之后，在开药方时独对陈氏后人讲：夫人病虽凶险，包在我身上；那女孩却不好治，人恐过不去八月节。陈氏后人大惊，问为何？答：治疗晚矣，现瘀血，药力已打不开。听者当然半信半疑。时值端午，夫人经萧龙友多次诊治服药，渐渐痊愈。而女孩却在放暑假后面黄肌瘦，待开学后卧床不起，竟如萧龙友所预言，于阴历八月上旬病逝。

另一个广受传闻的是俞平伯夫人许家的亲戚，十二三岁得怪病，气喘吼得停不下来，遍请中外名医，皆无办法。家人偶然在由津回京火车遇到萧龙友，谈起此怪病。萧应允回京诊脉，开的处方主药是“细辛”，服后出汗，大吐，所吐是绿萝卜滓状之物。至此喘吼彻底消失，人健康而长寿。上述这些神奇的诊案流传不少，其处方尤其珍贵，如汇集成书，绝对是中华医学的宝库，极值得研究继承。

萧龙友古稀之后，基本不再出诊。有1936年出版的张恨水审定的《北平旅行指南》为证：“萧龙友：为北平名医，惟年届古稀，精力就衰，摒去外缘，不再诊病。但亲友中有疑难大症请求者，间或出诊。”看来是颐养之余，去吟诗作画了。其实萧龙友淹贯文史，精擅书画，却为医名所掩。他的父亲萧端澍为清末光绪十四年（1888年）举人。他幼承庭训，学有根基，每日诵读四书五经、诸子百家及诗赋等，每每至深夜乃止。其书法亦自幼严受父教，且师从甚广。他喜褚遂良体，亦好兰亭。隶书临曹全碑，篆书临周鼎，草书临贺知章，因之对篆、隶、行、楷、草各体皆有造诣。当时大江南北对龙友先生的医诊墨案，皆视为珍品。因其不仅有医道价值，而且为书法上品。当时曾有人出高价向病家收购龙友先生诊脉处方装裱赏玩，其书名之盛不亚于明末清初以医道书法称绝的傅青主。今山东曲阜孔府仍存有他联屏多幅，有篆、行、楷等各体。如他的楷书对联“道德为师仁义为友，礼乐是悦诗书是敦”，极有神韵，每令观者仰止。著名女书法家萧琼（重华）女士乃其女（著名画家蒋兆和夫人），她即自幼随父亲习书。

萧龙友不仅书法名重一时，也擅诗画，尤擅指画，喜作梅花。他的后人今仍存有其指画扇面一帧，为其86岁时所作。一面为手书唐人李白行乐词，一面为亲绘指墨梅花，傲干铁骨，疏枝茬丫，甚为雅致。梅枝旁并自题诗一首："人老半身麻，带病度年华。指头有生活，随意画梅花。"据说他每日清晨五时即起，伏案读书，或挥毫作书绘画。这个习惯直至年届九旬卧榻不起才辍。萧龙友一生医名虽盛，却无傲气，他与当时画家、书家交游甚广，如齐白石、溥心畬、陈半丁、汪霭士等皆为其挚友。他70寿辰时，在报子街聚贤堂饭庄举办祝嘏堂会，名角言菊朋等捧场，国内书画名流400余人书画祝寿，盛况非常。萧龙友自印《七十自寿诗》分赠亲朋，为一时之韵事。可惜的是那数百幅名家字画，在20世纪60年代中期，逢遭变故，弟子只抢救出诊脉医案和部分诗稿，字画则付之一炬灰飞烟灭，实在令人痛心。

其实萧龙友若不为名医，必为鸿儒式的书画家。八国联军入侵北京时，他因生活所迫，还曾卖字于琉璃厂，成为鲜为人知的逸事。除诗书画艺事外，龙友先生还精通文史，故1951年，被特聘为中央文史馆研究馆员。他晚年不再行医，但社会活动甚多，1954年被选为第一届全国人大代表；1955年被聘中国科学院学部委员（院士），并任中华医学会副会长等多种职务。闲暇之余，他还雅好珍藏文物古玩，其中颇有稀世之品。遵其遗愿，他逝世后家属悉数将150件（套）书画、碑帖、瓷器、古墨等珍品捐献于故宫博物院，并将数千册珍贵医书捐给有关部门。

萧龙友善诗词联语，所作往往文采斐然。20世纪二三十年代，老辈旧学诗人陈宝琛、樊樊山、章士钊、叶恭绰雅聚国风社，萧龙友与其胞弟萧方骐（清代举人，书法家）也名列其间，可见大有诗名。我曾见过萧龙友贺人新婚联云："红鸾对舞珊瑚镜，海燕双栖玳瑁梁"，联语工整奇巧，加之书法如锦，知者无不赞叹，而斯时已81岁老人矣。

萧龙友寓所位于北京西四南兵马司，其弟方骐宅则在玉带胡同，近在咫尺，故兄弟二人常盘桓诗酒，吟诗挥毫。"晨兴酣饮屠苏酒，小坐花间意湛然"，可见娴雅悠然之态。萧龙友自四川三台来京，60多年从未归故里，1957年侄辈来京看望，萧龙友表示如身体强健，一定回乡扫墓，与亲友聚谈。还动情地写诗二首：

其一

年华九秩时光过，
老病侵寻习见磨。
寄语亲朋知近状，
眠餐无恙事无多。

其二

出门整整六十年，
未得还家扫墓田。
中国地区足迹半，
何时归里总由天。

字里行间流溢出思念家乡的深情。可惜3年后他逝去，再也不能归里与亲友闲话桑麻、酾扫祖先墓庐了。

忆侯仁之先生的一封信

1985年2月中旬，我在《北京日报》“广场”副刊“话北京”栏目，发表了一篇小文《酿美醇凝露》，谈及有关北京四大名酒之一莲花白的有关掌故。这只不过是一篇不到600字的小文，却引起侯仁之先生的注意，您给我写了一封信，恭录如下：

朱小平先生：

本年2月15日《北京日报》“广场”副刊载有大作：《酿美醇凝露》，已拜读。文中论及有关白莲池及莲花白酒的传说，是否出自所引《清稗类稿》一书？如果是，可否请将该书中有关白莲池的记载原文，抄录或复印一份寄下，并注明该出版作者、版本、抄文页数。需款若干，当照付。

曾到北大图书馆查阅《清稗类稿》未得，敢以相扰，谨此致谢。顺祝撰安。

侯仁之

北京大学燕南园61号

当我读到来信后，吃了一惊，我没有想到侯先生如此会关注。首先，文章中引用的书名排错了（当时还是铅字），《清稷类稿》应为《清稗类钞》，是清人徐珂的一部野史笔记，书中有不少北京的地方掌故逸闻。书名中两字之错，害得老先生“到北大图书馆查阅”而“未得”，至今想起来心中仍甚为惭愧。我在文中没有引用原文，故侯先生想看到原文。书中原文不长：“瀛台种荷万柄，青盘翠盖，一望无涯。孝钦后每令小阉采其蕊，加药料，制为佳酿，名莲花白。注于瓷器，上盖黄云缎袱，以赏亲信之臣。其味清醇，玉液琼浆，不能过也。”徐珂谈是“瀛台”，当在中南海内。“孝钦”是西太后的尊号。而我文中所引另一说为明代王府于万寿山前海淀村白莲池旁宴饮，并以此池荷花制酒，故以此名，后传入宫廷。不能说以讹传讹，但未引出处，今天想来恐以传说成分居多。

侯先生是我国历史地理学的创始人，曾主编《北京历史地图集》，历时30年，记录从旧石器时代至1949年的北京地理印记，可惜书出版只差两天，侯先生没有看到自己的心血结晶就去世了。但侯先生为何关注这样一个小地名——白莲池？当时不解，我后来才知道，早在1950年，侯先生应梁思成之邀，任北京都市计划委员会委员，参与北京城市的规划，并写出第一篇论文《北京海淀附近的地形、水道与聚落》，为海淀区的规划提供依据。以后还撰写了《海淀镇与北京城——历史发展过程中的地理关系与文化渊源》等论文。“白莲池”进入您的视野，并受到您的重视而致函下问，是理所当然的。

穷究探微是一个大家做学问的谨严之处，侯先生的来信对我震动很大。我当年不到30岁，写文章信手拈来，以无出处未经考证的传说入文，也没有查对《清稗类钞》的原文。面对侯先生客气、诚恳的来信，根本无颜也不敢回信。28年过去了，我仍然保留着侯先生的信。以后我在《北京日报》《北京晚报》发表了很多谈北京文史掌故的文章，后来结集出版——《无双毕竟是家山——传说之外的老北京》，是遵循严谨、考证的写作态度，侯先生治学态度的影响当不无其中。

当年，我这篇小文的责任编辑是王振荣（笔名阵容）老师，我至今不知道，是侯先生看到报纸后，先打电话询问作者的地址，还是直接寄到《北京日报》由王老师转给我？因为侯先生的信是圆珠笔所写，信封的地址、姓名却是毛笔字，与侯先生笔迹不同；信封是《北京日报》的专用信封。是不是王老师收到侯先生的信重写信封寄给我呢？但这细节都不复可问了，因为王老师已于2003年故去了。

点滴忆斯人

惊闻苏叔阳先生于7月16日逝世，不胜震悼，真是令人不敢相信。其实心里是有预感的，也就十天前，与作家万伯翱一家小聚，说起病中的苏先生还是摇首叹息。伯翱感慨：若非其顽强乐观的精神，他的生命里程不能延续到今天。他与苏先生私交甚笃，以师视之。他的文集多由苏先生作序，其新书发布会亦每由苏先生主持。我因与伯翱熟稔，因此常叨陪末座由此结识苏先生。

因而也由此结识苏先生的公子苏雷，有时给他主持的《中国钓鱼》写稿。近日，因为一篇写钓鱼题材的稿件，与苏雷短信往还，几次忍不住想询问他父亲的近况，终于觉得唐突而噤言。

现在回想起与苏先生的多次接触，感觉他是甚为和蔼的人，完全没有大作家的派头。逢到雅集相聚，我基本是沉默寡言不多置喙，我注意到苏先生谈笑风生中，并非旁若无人，会注意到不怎么说话的我，会亲切与我接谈询问，会使我忘掉拘谨，也会与同桌第一次见面的地位并不显赫的人，亲切问询。这使我越发坚定了固有的信念：一个真正的大家，一定是永远虚怀谦逊而非傲慢凛然的。

苏先生在文学、戏剧、电影等领域的成就，有目共睹，当然无须我赘述。他在其他方面的才华，我想很多人大概并不知晓，如书法，飘扬洒脱，不轻易示人，其书并不逊于一些所谓“书法名家”，可惜每次见面我都不好意思索要，致使今日想睹物思人也不可能了，真是深以为憾。

苏先生还有主持人的才智，抑扬顿挫，妙语连珠，沉稳中不失幽默，极有风度。万伯翱每次新书发布会，必请苏叔阳主持，常受到参会者报以热烈掌声。而且机敏而从容，这是我亲历而由衷佩服的。

有一次伯翱出新书举办发布会，大概其中有他在武警部队服役的内容，故委托我约请武警总部领导，我请总部一位副政委和司令部办公室主任与会，皆欣然同意。未料会期即日，两位皆因公务不可前来，我提议由二位分致贺信在会上宣读，也不负盛情，但写信的差使均落在我头上。两位虽是戎旅半生，但都擅书法翰墨，故我用浅显四六韵文写成，以示雅致。一函以副政委个人名义，一函以司令部办公室名义，均需奔去请审阅并签名加盖公章，以示对一名武警老兵的褒扬。这往返奔波导致新书发布会已开始，我才将贺信送到会场，交到苏先生手里后，不免惴惴：他都没有预读，四六韵文，会不会磕磕绊绊？担心完全多余，我印象他拿到手中，大概也就令人不易察觉地快速浏览后，即朗朗诵读，行云流水般充满感情！朗读毕还称赞军旅之人的文学修养令人刮目。会后他还对我说：贺信写得很好啊！我说：还是您朗诵得有感情！我相信很多人在电视上见过他主持、访谈的风采，但一定不常见他在为朋友主持活动时的挥洒风度，那是更加从容、更加自信的胸襟流泻。

苏先生不常写短稿，我作为编辑只刊发过他的两篇文章，发之前还和苏雷说：我们杂志稿费低，老爷子不会计较吧？苏雷答曰：放心！他不是那种人！

苏先生有一项创作，是人们极少提及的，即他是《新龙门客栈》的编剧之一。我个人认为这是一部石破天惊的武侠片，打破了港台此类题材的固有模式，使之前的各种套路均黯然失色！之后《双旗镇刀客》《卧虎藏龙》《一代宗师》几种，勉强望其项背。而这一划时代的剧作，必有苏先生心血于其中，非常值得加以研究，以利武侠片（当然包括其他题材）的推陈出新！

一个作家能留下让后人含英咀华的作品，虽千万人，犹记矣！如此而已，夫复何言？

坎坷年华总萧然

——怀念马常先生

一

廿年结识到如今，薤露笛声不可闻。
萧瑟孑然无涕泪，炎凉世态最混沌。
一支镌刻春秋笔，三载树华半立身。
叹息天公夺寿数，文章谁更赐评论。

这首诗是2007年6月22日我去平谷医院探望马常先生，看到处于弥留之中的马老的痛苦，看到他已不能言而泪盈于眶，从重症监护室出来后仰天而叹，口占默诵出的。其中感伤、失落、怅痛，不足达于万一。

在4月下旬，马老刚住院曾给我打来电话，希望见一见我。我因即刻赴日照、青岛开会，不能趋奔，故委托一位朋友采购食品代我慰问。不想我将平谷医院错说成顺义医院，故无功而返。待我归来，诸事繁忙，一直没有抽出时间前去探望，也心存幻想，认为他还会像以前一样转危为安的。直到谢德山大哥（我后面要专门提及此人）打来电话，才明白大势已去矣！

果然，2007年6月24日中午，我接到谢大哥电话，犹如晴天霹雳：马老于今日上午10时06分停止呼吸！我欲哭无泪，思维恍惚，听不清谢大哥在说些什么，我只好含泪说，请向我述主要的话。我听清了，26日由朋友为他下葬。

第三天清晨5点多，我赶到平谷谢大哥家。谈起马老，音容笑貌不时掠过脑际。家属没有来，我看了马老生前写给他所在单位北京市司法局的类似遗嘱的一份文字，不妨摘要，以见马老心况：

> 北京市司法局：我自退休后，一直缠绵病榻。最近以来，心脏病、脑血栓病、糖尿病、前列腺病及肾病，均有日渐加重之势，自知沉疴难起，不可逆转，然头脑尚是清楚，意识思维均很明白，鉴于脑血管病、心脏病均随时可能恶化，因此，事先将我死后之事，向组织上报告几点：
>
> 一、我的后事，全权委托谢德山同志办理：1. 坚决火化，不留骨灰。2. 坚决不办任何殡葬仪式，也不设墓

碑。3. 坚决扫除办丧事请客、交份等旧习。

二、由于我的三个妹妹均在外地，都已七十岁以上，年老多病，不能行动，我早已征得她们同意，不必来奔丧，也不由她们参与丧事……

其中第三条、第四条是关于家属子女问题的，这里不便摘录。谢大哥还向我出示了家属的委托书，即将马老的治疗、丧事全权委托给谢大哥处理，我无复多言，唯有沉默。

谢大哥谈起马老住院的69天，每天两次去看望，谈起从1990年就为马老所做的一切，不禁失声涕下。我再一次热泪盈眶……

在炎炎烈日下，我们一行两人、马老的外甥、谢大哥夫妇和他们的两对女儿、女婿等共八九人，开始瞻仰马老遗容，将遗体抬入殡葬车，驰向殡仪馆……我将马老生前迫切想看到的我新出版的诗集（附有他的一篇评论）在化纸炉前焚化。随着一缕缕青烟，我的心在一阵阵抽紧……护送着骨灰，来到一片林地，坟坑已挖好。按当地习俗，火化后要入土为安，供亲友们凭吊。马老不是本地人，村民们破例允许他落在这片土地。这是一片长满了高大的榆、槐、杨等各类树木的小树林，马老的长眠之地背倚一座小山，名头陀寺山，寺早已没有了。我有些感慨。头陀者，带发修行的人。马老是不信佛的吧！不过坟茔前有一条窄窄的小溪。听林涛溪流之声，马老应该也不觉得寂寞吧！骨灰放入圹穴，我们培上一锨锨黄土。人们开始焚纸，火焰在忧伤地跳动。前天、昨天都下过雨。唯独今天艳阳高照，是上天要给坎坷终生的马老一个温暖的笑脸吗？

烟在缭绕，人们在哭泣。鞠躬告别。走好，马老！

二

马常先生是一位老新闻工作者，也是一位很有功力的作家。我于20世纪80年代初服务于新闻事业，他后来也调入《北京法制报》成为我的领导。他非常赏识我的才干和文笔，惺惺相惜之意常常溢于言表，对我的诗和文史随笔尤其垂爱。

我上班料理完工作后，常常与他扪虱而谈，每获教益而心存敬意。他的文字功力至今我认为在新闻界前辈中首屈一指，无可挑剔。他的小说、散文、随笔都非常优雅，尤其是他对红学的研究，我至今认为并不亚于某些“权威”。我原来不大写杂文。正是受了他的影响并得益于他的点拨，始兴趣盎然，常有涉足。杂文讲究论点、论据、论证，逻辑思维的缜密非常人所可及。我们常在一起探讨，其心得我后来运用于讲课之中（20世纪80年代中期曾业余为新闻学校授课，主讲杂文），也使我的杂文创作得到裨益。他小说的代表作应是曾发表于《北京文学》的《水钻别针》，但我以为最见功力、最见光彩的乃是他的散文随笔，其叙事之流畅，其情感之绵长，其文字之讲究，尤其思想性之高洁，我尤为佩服。马老出身名门，他家身世我不甚了了。但他的外祖父是中国瓷器史上赫赫有名的殿军人物郭葆昌（字世五），是当年袁世凯的陶务总督（实际上是袁氏的内账房），以“居仁堂款”的所谓“洪宪瓷”流传后世。他本人也是著名的鉴赏家、收藏家。抗日战争时保持气节，抗日战争胜利他去世后，由郭葆昌的女儿（马老的母亲）等子女代表他将藏品瓷器等捐给当时的故宫博物院。

我见过马老小时候在外祖父北京秦老胡同家豪华花园的照片，可见他是见过奢华的。我总感觉，他对《红楼梦》那样热爱，是有某种心灵沟通的。他曾在一篇回忆外祖父的文章中谈到，他随着母亲去外祖父家吃奢华家宴，“极不情愿使用那极细又极沉重而且用细链子连在一起的银筷，我曾用那玩意儿夹鸽蛋掉在地下，却遭过外祖父的斥骂，数十年后读《红楼梦》，竟然看到刘姥姥与我有一模一样的遭际，感到十分真实与亲切”（《一代瓷家郭葆昌》）。我非红学家，但依我所见，马老所写有关红学文章还是很有见地的，有独立见解，言之有据。我还发表过他反驳大家的文章，是颇独树一帜的。另外，他写过一篇谈《红楼梦》蒙太奇手法的运用，也令人耳目一新。很可惜，他不当红，这些文章若汇集成书，应该在现今的“红学热”中有一席之地。

他的小说，我看得不多，据他自己说，他在小说的成绩永远达不到从维熙（从曾是他的难友）。他还写过科幻小说、侦探剧本，我都没有见过。但他的杂文、随笔，我经手发了很多篇，确是大家风范。我印象最深的一篇是《邓亚萍的眼睛》，确实角度新颖，观察细腻，笔法简洁，令人击案。我在数家报纸主持副刊，马老都是我的重要作者。

前年开始，他又成了《海内与海外》杂志的重要作者之一。我统计，共发表14篇。由篇目看，可见他涉猎之广：《儿时年节漫忆》《洋人爱中餐》《一代瓷家郭葆昌》《野鸽子》《红楼梦中的饮馔描写》；《小白熊和豆豆——写给狗年新岁》《漫话“红楼糕点”》《山村婚俗今昔谈》《为“变味”而嘘唏》《红楼梦的蒙太奇意境》《“坛口”的二荤铺》；《黛沉玉娶在何时——谈〈红楼梦的真故事〉》《遥远的榅桲——兼忆旧东安市场的点滴》《奇语含饴弄孙人》。

这14篇（还有两篇未发出），其中有关“红学”4篇，其他散文只有1篇，多为怀旧之作。我个人认为，他那些怀旧随笔，不仅充满温情，而且文笔隽永，也极具史料性，结集出版，将非常有意义。否则时间久远，必致湮没。

20世纪80年代末期至90年代初期，常常晚上跑到他东四九条的寓所，扪虱而谈。有时他炒些简单的菜，我酌酒而侃，愈添兴致。他不喝酒，只是一根一根地抽烟。那时他老母尚在，马老先侍奉老母，然后在里屋与我天文地理无所不涉。我感觉到，他非常欢迎我的到来。他对我有一种父辈的情感。我几天未去，心中也生惦念。他退休金不高，与老母生活不免拮据，我除常发他文章用稿费补贴外，印象最深的是他交我家里一些遗物小古玩之类，嘱让我转给我父亲，代为变卖。先父学鉴赏，搞收藏，在圈里有一定名气。但当我交给父亲鉴定时，他只认定一件印盒为雍正官窑——豇豆红，但盖大约是郭葆昌补做的，所以价格上不去。由此我才知道他的生活如此不堪！所以，后来我都向单位财务提醒，专门为马老提前支付稿费。也为马老联系过一些文字性工作，可惜他要照顾老母，加上身体不适，都没有成功。

三

写到此，按说应该结束了。但我不得不提及谢德山大哥——这位纯朴的平谷农民和他的妻子张桂珍。如果没有他们，马老可能早就仙逝了（马老享年78岁）。

马老少年时代起，家境就没落了，参加革命后，在公安部门工作。后被不公正地判处劳改，送往山西煤矿（当时从维熙与他同为“劳改犯”，从先生曾与我谈及）。家庭随之解体，身体渐渐垮下去。后来恢复工作，分配到《北京法制报》直到退休。但仍有不少遗留问题未能解决，也一直独身一人与老母相依为命。他性格耿直，脾气孤僻，加上多年坎坷，没有家庭温暖，与子女基本无来往，故造成郁郁寡欢的心境，或因此也影响了他的身体。

他多次与我谈过，老母过世，他亦趋年迈，将来怎么办？一次他很郑重地与我谈起，希望我能考虑赡养他。可见他那时心情郁闷之一斑。但所幸他结识了谢德山。1990年马常经人介绍到一家单位做文字性工作，没有几次就因身体状况而未坚持下去。但却认识了当时也在这家单位打零工的谢德山。两人一见如故。也许正如佛说：前世五百次修行的因缘，才能换来今世的擦肩而过！如按佛之所云，马常、谢德山的结缘，会经过多少次修行呢？因此，他们的结识，始衍生了一个非常感人的情义故事。这种故事只有小说中才会出现，但现实中却令人感泣地发生了。

17年！谢德山风雨无阻为马老取工资、取药、报销、购物、取物……2000年起，又将马常接到平谷双营北扬桥家中，由妻子张桂珍悉心照顾，使马老的生活有所保障，心境较有好转。这种付出不是金钱所可以支配的。马老并非富翁，谢大哥一家包括两双女儿、女婿，都将马老当成亲人。他们所重的是中国人千百年来所崇尚的情义二字！“君子怀德，小人怀土”，其实有时恰恰相反。张中行老说过“读书明理”，恰恰是不太识字的下层劳动人民最懂义理。谢大哥谈起对马老的嘘拂，汪然出涕，这里的艰辛外人恐不为所知！扪心自问：能做到谢大哥那样吗？谢大哥的妻子张桂珍女士，更是一位典型的纯朴农妇。在瞻仰遗容和下葬时，她几次哭泣出声，那种真实情感绝非演员庸俗的演技所能替代。我非常感动于他们的德行，我自认为有义务将他们写出来。非为春秋之笔，在于昭彰德义，策励吾侪。这也使人们知道，在金钱几乎万能的商品社会，没有读过多少书的农民，是怎样焕发着人性的光辉！

马老有这样的挚友，可以安息于九泉之下矣！我敢断言，不写此文，无人会撰文悼念一个老人；不写此文，更无人知谢德山、张桂珍夫妇的德行义举！本想再赋悼句，以记痛惋和伤感，但只想出一句，便回萦于脑际，再未终篇：“坎坷年华总萧然……”

“后来居上见英雄”

久闻周慧珺女士盛名，早年既已读过她的书帖，而心向往之；《汉书·邹阳传》说：“白头如新，倾盖如故。”虽未相识，但读其书每有“如故”之感。

我对书法理论，研究甚少，但对周女士的书法艺术成就，一则以爱，一则以重；常不时思忖：一个身患畸疾的弱女子，何以彪炳书坛，四海驰誉？甚至极有可能在将来的中国书法史上留名？

中国过去的书论之玄妙甚于画论，如以古人之论，我个人之见周女士的书法成就首先应得于她的慧根天赋。曾传书道于日本的清人杨守敬在其著《学书迩言·绪论》中云：“……谓学书有三要，天分第一，多见次之，多写又次之，此定论也。……而余又增以二要：一要品高，品高则下笔妍雅，不落尘俗；一要学富，胸罗万有，书卷之气，自然溢于行间。古之大家，莫不备此，断未有胸无点墨，而能超轶等伦者也。”

同是清人的朱和羹在《临池心解》中则更强调“立品”，“书学不过一技耳，然立品是第一关头。品高者，一点一画，自有清刚雅正之气；品下者，虽激昂顿挫，俨然可观，而纵横刚暴，未免流露楮外”。古人论书者甚多，如汗牛充栋，但“天分第一”“立品是第一关头”，实乃中的之语。杨、朱二人都不约而同推崇“品高”。周慧珺女士的人品和为人有目共睹，这在李静、张亚圣所著《周慧珺传》中着墨甚多，兹不赘述。而天资奇纵，则不可否认。当然，天分也非天马行空，如杨守敬而言，还需“多见”“多写”“学富”诸种因素，才可成为“大家”。

譬如“多见”，除开古人碑帖之外，地域风气的浸淫至关重要。海上书坛自开埠以来流派纷呈，名家辈出，古有陆机、张翰、张守中、沈度、陈继儒、董其昌等。至清末民初，大家迭现，如曾熙（晚年自署农髯）、李瑞清、沈曾植、吴昌硕、康有为、陈三立、郑孝胥、吴湖帆、陈曾寿等，及至李叔同、于右任、沈尹默、邓散木等，蔚为大观而成就“海派书法”的盛誉，在全国都为之引颈瞩目，以至古都北京亦退避三舍。上海书家的开风气、引潮流，对于后来者影响极其深远，以至书画家如欲出名，上海办展则是终南捷径。如曾农髯兼擅南北两宗魏碑；李瑞清26岁才习隶书，后学苏、黄、米、蔡，已负盛名的吴昌硕对他极其佩服。曾、李二人均是进士出身，后者还点过翰林。进士的楷书功底，在我们今人来看，已经是判若云泥而颇难达到的境界了。曾、李二人当时在沪上润格鬻书，兼收弟子，有比肩齐名之盛。举例来说，“五百年来一大千”的张大千，入二人之门墙学书。尤在李瑞清点拨下，融隶篆魏碑，参以山谷笔意，终创苍劲飘逸自成一体的行书。张大千的书法是可以成家的，但倘如他无上海拜师的经历，则天分再高，也恐怕于书道终不得登堂入室。

以上拉杂而谈，无非说明地域风气对书艺者的影响，这种影响是绵绵不绝“润物细无声”的，包括艺术界万马齐喑的年代，上海书法界也仍孕育生机。清末民初的上海不仅收藏书画者众多（这是与上海的经济龙头地位密不可分的），学书画者亦甚多，不只是文人，商人亦好风雅。书界早就认识到海派书法的影响，如费新我先生，为不使行草“油滑”、过分“流利”，始临沈曾植。至今沈曾植的书法已开始受到当今书界一些人的重视。

“海派书法”的影响首先使周慧珺的父亲周志醒雅好收藏书画和酷爱书法，甚至延及他要求周慧珺自幼临帖：“人生在世，书一定要读好，字一定要写好。学书要学赵孟頫，学赵能似管道昇。”我颇注意周父对周慧珺成就书家的启蒙，这是功不可没的一举，犹如封建时代考科举，“开蒙”是重要的奠基。周父是一个商人，却如此锦心，若不如此，周慧珺很有可能是不过粗通文墨的闺秀而已。学赵孟頫，为周慧珺走向书坛打下根基。以今天的眼光看，周志醒对书法是有研究的，他让周慧珺临赵帖，而无其他，而让周慧珺之兄周坚白拜师，立志让其成为职业书画家。周坚白溯颜、柳，后遵父命法赵孟頫，并参阅米芾《蜀素帖》。但周慧珺无意中看见米帖，竟被深深震撼，由此被米芾书法魅力所吸引，所浸淫，心摹手追，绵延不绝，由此及他，举凡米帖如《苕溪诗卷》《自叙帖》《珊瑚帖》等，几无遗漏。

一个弱女子，何来对米字的钟爱？如果按周志醒所嘱让周慧珺习赵孟頫，应无大错。字体温润秀媚，适合女子临学。这也是20世纪中期海派书坛帖学的时尚。

米芾是“唐宋四大家”之一，其人癫狂不羁，虽然先学颜、柳、欧、褚，后涉二王，但循王献之脱俗标新，融于己之行草，尤以“刷字”称绝一时，侧锋下笔、四面出锋，所谓“善书者只得一笔，我独有四面”。故周慧珺亦云：“米芾的风格跌宕取势，一泻千里，有‘刷字’的美誉，我很喜爱。我觉得这还是和我的性格有关联，我喜欢刚强的一路。”

但，固然感觉“有关联”“喜欢”，临字则并非易事，古人尝论米字难学，故临之者稀。以周慧珺初见之《蜀素帖》为例，“蜀素”难以受墨，通篇几乎枯笔，但诚如董其昌跋云“此卷如狮子搏象，以全力赴之”，沈周赞为“超妙入神之字”。“超妙入神”不仅是沈周的评价，此后书贤多以“超妙”视之，如陶宗仪《书史会要》中亦称之“字则超妙入神”，又说“然异议者谓其神锋太峻，有如强弩射三十里”。这也显见米字“气则迈往凌云”的风格。马宗霍《书林藻鉴》卷九录有古人对米字的评价，不妨略录数则，如宋四家之一的苏东坡对米芾佩服至极，亦称赞“米书超逸入神”，“风樯阵马，沉着痛快，当与钟王并行”。黄庭坚云其字“如快剑斫阵，强弩射千里”。刘克庄云其“笔法超诣”，朱熹称之为“如天马脱衔，追风逐电”。赵孟頫赞其“书如游龙跃渊，骏马得御，矫然拔秀，诚不可攀也”。明清书家盛赞者更是不可胜举，姑不再引。这样一种超妙入神的书境，诚如古人所云：“然喜效其法者，不过得其外貌，高视阔步，气韵轩昂，殊不究其中本六朝妙处酝酿，风骨自然超逸也。”

再不妨举米芾《行草书盛制帖页》（故宫博物院藏）为例，此虽为米芾致蔡天启尺牍，早期小行草，却形态曼妙，笔势轻疾连绵，圆转流溢中见跳动之态，尤最后一行“天启亲”三字，一反如前而字大如拳，放笔跌宕而大行草，淋漓而下，酣畅飞扬，雄姿勃发，纯为“刷字”。故董其昌跋其裱边云：“笔墨、字形之妙，尽见于此。”这样的超脱胸臆、欹侧起伏，绝非常人所能学。董其昌亦临学过米字，《明史・董其昌传》曰其“超越诸家，始以宋米芾为宗，后自成一家”。虽未入米字堂奥，但对于他的书法却不无得益。

周慧珺是一位敏行讷言之人，宽容有度，却不喜欢赵字。而赵孟頫正是书学上贬抑宋代书风，尚意失形而缺失唐人谨严法度。而米芾则是挣脱法度神游八极，从法度中出而不失法度。如果周慧珺仅入米字之囿，恐怕正如古人所云是“不过得其外貌”，而无“自然超逸”的“风骨”。

我注意到，周慧珺不是走皮毛之径，而是步步为营，有着极为规范的学书之道，经过规范化的训练和名师的点拨。尽管在1962年她23岁时，所临《蜀素帖》经过严格评选，参加上海中国书法篆刻研究会（上海市书法家协会前身）举办的市级书法展，后被刊载于《新民晚报》。但她并未志得意满，而是决心拜师，精进书艺。

她首先进入中国书法家篆刻研究会创办的上海市青年宫书法学习班，执教者皆为上海甚至全国书坛一时之翘楚，如沈尹默、白蕉、翁闿运、拱德邻、钱君匋、方云疾等十数人。

上海中国书法篆刻研究会是20世纪50年代后全国首家成立的书法协会，沈尹默为主任。该会举办的书法学习班的创举：一、革除书法自古以来私相授受的惯例。二、因材施教，老师不强求学自己，对学生临习碑帖不加限制，只教用笔技巧、临习要点，分析各种碑帖的妙处。不似今天学生只临老师的字体，形成书法艺术的严重倒退。三、取法乎上，推崇海派书家对魏晋风度的风雅蕴藉和二王终极审美情趣，强调帖学的掌控。

这三点对于周慧珺来说是极为重要的奠基，如果说其父周志醒的引导临帖是遥望宫墙，进入书法班则是登阶叩门，而她得到真正书家的点拨则是进入堂内。她在书法学习班的指导老师是拱德邻，古诗文根基深厚，为人“寡会萧索”，讷言好静，与周慧珺性格相仿。拱先生是沈尹默的好友，周慧珺因此也受教于沈先生，并得益示范；尤为重要的是得到沈尹默“悬腕抬肘”理论的启迪，对周慧珺日后喜直立悬腕挥毫和形成书法凌厉的风格起到重要的开蒙作用。得益于沈老的教诲和示范，是周慧珺之幸。同时她还得到胡问遂、翁闿运的亲炙，用周慧珺的话说是“指点迷津，茅塞顿开”。尤其翁闿运对周慧珺影响甚重，成为周慧珺书法艺术和书学思想的“直接灌输者和启导者”。翁氏对颜字有深厚研习，后又遍习百家，四体兼长，真行更妙。且指导周慧珺遍读名帖，眼界放宽。翁氏甚为推重周慧珺，多次赠诗，有“后来居上见英雄”之句，可见慧眼识人，预见成就。

拜师使得周慧珺修得正果，未走歧路。沈、拱、翁三人，不仅是书学名家，而且于旧学诗文无一不通，这对周慧珺影响极大，使她不同于一般学书者，而是胸襟致远，修文明志。

受过名师点拨是非同小可的，周慧珺的大量读帖、临帖非寻常人所能想象。她进入上海画院成为专职书法家，是她人生的大获益。资料室中所藏珍贵碑帖册牍几乎日日研读，上溯晋唐至宋，下及明清，其草、篆、隶、榜书、小楷，无所不涉，每临帖而似真，她的心得："大量地临习碑帖是非常重要的，只有把诸多经典碑帖所蕴含的技法与内涵都学过来丰富自己，才能积累跳入书法艺术堂奥所必需的'内功'。"周慧珺曾有文章《临帖》发表，其心得在今日亦不无指导意义。

诸位老师的引导使周慧珺更上层楼，使人不得不相信因缘的造化。拱德邻的名字无疑取自"德不孤，必有邻"的圣贤名言，与周慧珺德行相得益彰。翁闿运，字慧仁，与周慧珺名字中一字相同，故翁老欣然赠诗云："君名我字偶相同"，亦是缘分使然。这首赠诗中还有"可喜灵犀能自点"之句，是赞誉周慧珺于书道的融汇聪慧。

周慧珺在20世纪80年代前，深受沈尹默门派影响，属帖学一派。对碑版几无涉猎。前溯海上书坛无不尊碑卑帖，清末民初沈曾植、曾熙、李瑞清等以碑取法，包世臣、康有为大力倡导，及至吴昌硕、李叔同、谭延闿、经亨颐等，声气相应。20世纪50年代前才趋弱势被帖学所取代。周慧珺在临帖中，视野触及碑版，在翁闿运的指导下，又广涉其中，逐渐达到"碑可强其骨"的新高度。2004年由上海人民美术出版社出版的《周慧珺教魏碑》中可见她在碑版上的功力，此不赘述。

周慧珺初学赵字，后又精临米家，借法颜、柳、欧，取法"宋四家”，遍及魏晋南北朝之碑版，由表及里，广收博览，心手精熟，才于20世纪80年代中期始真正意义上地开始书法创作。

一个书法家仅有功底，而无天时、地利、人和，欲脱颖而出，难矣。周慧珺的成功的一个重要因素，在于机缘。

随后，上海举办书展，周慧珺作品始得以参加，1973年，《人民中国》为庆祝中日邦交，发表日文版《现代书法作品选》，全国共选出21位书家作品，周慧珺赫然入选。当年11月上海举办第一届书法篆刻展，周慧珺又入选。

1974年1月，上海书画社约请周慧珺出版字帖《行书字帖——鲁迅诗歌选》。数年连印十数版达百万册，其影响之大，不可枚举，当时书法爱好法临此帖者甚广，谓之“慧珺”体。周慧珺也于1975年在翁闿运的引荐下入上海画院，成为专职书法家。

周慧珺在出行书帖时，机缘脱颖，一帖成名，她自己后来承认：“创作水平远不是现在可比……太年轻，技法还不成熟。”“或许是一次‘历史的误会’。”她还说：“老一辈的著名书法家被打成牛鬼蛇神，不准写；……全国范围内唯有上海书画社就有能力出版字帖。”尽管这本字帖书风刚健俊逸，含有米、颜的韵味，但与她此后的字帖相比，当然功力、技法略显稚气。但周慧珺确占地利、人和，如她不在上海，当与此无缘；如无功力，亦不会入选，恰逢天时，真正是风云际会，因缘眷顾。

我个人还认为，除开天分、广收、勤奋、好学、师从、环境、机缘等之外，周慧珺的刚强性格也是她成功的一个重要条件，她疾病缠身、体弱多舛，加上家庭困厄，苦难坎坷，几乎伴随其不惑之前。《周慧珺传》中有详尽叙述，此不多引。上述种种反而玉成于汝，孟子“天降大任”的名言恰好成为她功成名就的注释。

作为女书法家，在中国历史上凤毛麟角，屈指可数。如王羲之的启蒙者卫夫人，唐代吴彩鸾、赵孟頫的夫人管道昇、武则天，五代黄崇嘏，明代邢慈静、卞赛、李因、徐范等，清代姜淑斋、吴芝瑛等。其他如李清照，传说书法颇佳，但无片楮流存。我个人感觉，妩媚工楷者居多，如管道昇，擅小楷，其清丽或可逼迫钟王，能行草，有索靖笔意。吴彩鸾所造墨迹《唐韵》（今藏故宫博物院），也是小楷，遒丽而已。卞赛、吴芝瑛等均以小楷见长。徐范据载也不过能摹诸家书体而已，被一时追捧的秦淮八艳等，其书法有风尘气，绝非上乘。相比较周慧珺无疑如翁闿运所云是“后来居上”。不妨浏览周慧珺自1974年《鲁迅诗歌选》行书帖后历年出版的各种书帖：

《长恨歌楷书字帖》（黑龙江人民出版社，1986年）

《周慧珺古代爱国诗词行书字帖》（上海书画出版社，1988年）

《周慧珺行楷书千字文》（中国和平出版社，2001年）

《草书千字文字帖》（上海书画出版社，2001年）

《周慧珺教魏碑》（上海人民美术出版社，2004年）

《三字经行书字帖》（上海人民美术出版社，2005年）

《周慧珺楷书前后赤壁赋》《周慧珺行书杜甫诗选》（东方出版中心，2007年）

《楷书金刚经》（上海书画出版社，2009年）

《金刚般若波罗蜜经》（上海书画出版社，2010年）

这还不含周慧珺在各种场合书写、参展、发表的个体作品，触目所见，直、行、草、魏等尽情挥洒。即便是楷书，也令人有“酣畅磅礴，风樯阵马”之感。《周慧珺古代爱国诗词行书字帖》，毫无明清以来帖学柔纤之弊，有浓郁的米芾、山谷笔意，既法度谨严，又雄爽刚健，此帖刊印数十万册，可见世有公评。至于草书，书风愈加成熟，早已脱离“出帖难”之藩篱，不仅笔力遒劲，而且姿志奇逸，意气风发。表面看，书法定式有米芾之意，其实内有北碑的风骨，故笔底波澜，大气出于胸臆。必须承认周慧珺的书法功力和技法在当代堪称一流，且作为女性，摈弃柔媚之气，亦堪称女书家中之豪杰。可以说古代女书家如卫夫人以下，皆不如周慧珺在书道上的精进和广博，从周慧珺若干字帖来看，她在用墨、用笔、章法布局、行气等都在寻求新的变化，可见其用心良苦。周女士曾有文曰《书道苦旅》，可见巅峰之攀缘亦不甘停止。由此看来，周慧珺并不满足于现状，尽管她毫无疑问在女书法家中堪称巾帼第一，远逾古代女书家，在当今书法界也堪称大家。在中国书法史上必留有一席之地，这样的定位应该不是虚誉。

与中国书法史上的一些前贤相比，似如诗之“功夫在诗外”，书法亦如是，国学修养对书法极其重要，所谓“胸罗万有”，是化外修炼。又如行书参以北碑，对书家裨益极多，如周慧珺曾先入《张猛龙》，但总觉险峻有余，疏朗不足。后见《嵩高灵庙碑》，如获至宝，其横平竖直、雄浑古拙之状，使她终身受用。她的书法也大有“帖形碑质”之感。但其雄浑、粗犷、古拙之气概，非苦功不足以达其上境。我相信周慧珺女士的“书道苦旅”绝无休止，尽管她已成为一代书法大家。

中国书法史的规律是一二百年甚至二三百年才会出现彪炳书坛的宗师巨匠，要具备天分、学识、阅历、功力、环境、机遇、胆识、体魄等种种条件，遑论缺一不可，即便皆备亦难脱埋没之险。

周慧珺几乎具备上述种种因素，当然天公悭吝，周慧珺在种种因素中略欠一二，但这不妨碍她已为中国书法史增添了绚丽的浓墨重彩。前程不可预料，亦可预料，海上前贤陆机《文赋》有句云：“观古今于须臾，抚四海于一瞬。”有大襟抱之人，必有大因果。清人刘熙载尝云：“书者，如也。如其学，如其才，如其志。”我云：“试看明日之书史，‘后来居上见英雄’！”

平生风义兼师友

墨池更有幽香在（8月25日）

天街细雨去轻尘，吉相从来兆一身。

早欲程门真立雪，归来祈愿更精神。

上引小诗为今年6月书法家贾诚隽先生住院时所写，短信发给他祈多珍摄。也有吉人天相之意。贾先生亦师亦友，我习书法多所请教。“早欲程门真立雪”，几有拜师之念，为其所止。

8月20日文联在京郊山中召开座谈会，也是给大家休闲放松的机会。本以为他能成行，不料之前得到他不能去的消息，甚怅。初还以为是身体不适，经询方知内情。去冬京郊开会时我可以照顾他，他是非常想去的，如不是因为疾病缠身实在不能成行，他是不会放弃的。不能像去冬开会时同室抵掌扪虱，只好期盼他摄心休养，终逢大吉。22日仍作小诗祈福发致先生：“雨色归来是一肩，未能抵掌在君前。墨池更有幽香在，如椽健笔祈无边！”诗后更诚意“衷心祈先生康复大吉”。

开会后第二天下起大雨，会议也不得不中止。心里惦念着贾先生的状况，真心地祈福：“吉人自有天相”，永远的“墨池更有幽香在”！有很多话想说……

焦桐逸响有知音（8月31日）

铁笔如镌动心惊，何止擦肩廿年情；
嵇山独鹤每纵横，玉润行间字金声。
钧剑锋芒鱼龙态，其实才大夺冠盖；
灵光数体皆擅精，垢面蓬头草野在。
焦桐逸响有知音，知音只可一二人；
兰亭醉本必传世，四海岿然不寂岑。
我比云泥欲立雪，不能大醉心头咽；
万顷沧海万仞山，先生气概能摩岳。

以上是今年4月17日，为感谢书家贾诚隽先生为我写了真、草、隶、行书等六种字体的册页，而赠呈他的一首古风。那时他身体一直不好，我反复劝说，他执意要写。我非常感动，他还写了一封言简意赅的致函。这是一册人间逸品，其精、其雅、其功力，我以为恐怕当今之世无可匹敌（不以名气论英雄）。我无以报答，除了趋前问候，只能表达心中的诗意、敬意和感激之情，也许古人所表达的“结草衔环”即是此意吧？人应该常怀感恩之心，不仅应该感恩大自然可以生存、父母孕育肌体可以延续生命，也要感恩现在爱你或曾经爱过你的。佛说：五百年才能换来擦肩一过。爱是缘，是福分，永远都应该“朝朝暮暮怀念”，心里“留下情感”，哪怕在天涯海角！

我与贾先生订交20多年，半师半友的情谊一直不曾间断。去年8月我从他学习书法，原欲拜师，但被他坚决阻止。我明白他的心意。他本身专职即是书法老师，学生何止数千？我所以欲拜师，是珍惜。因为一般书家“盛名之下，其实难副”，“师者，所以传道授业解惑也”。贾先生真可称“舍我其谁！”

非常可惜，贾先生身体羸弱，而恰恰正当人书俱老之际，青云之志难凌霄，令人扼腕。贾先生几次对我叹道：真想将平生所学倾心授予可教的学生。这真是令人感慨！

婵娟只愿共相看（9月17日）

中秋那天，与医院中的贾诚隽先生通手机，没有接（他住院期间几乎每天与他通电话）。发了一个祝福的短信。回信说：“待出院相聚。”（后来知道是他儿子愈青代发的。）第二天上午夫人陈老师来电话，只叫了一声“朱先生……”便泣不成声。情绪稳定了，我知贾先生已送重症监护室抢救，起因是肺缺氧诱发心肌梗，人已昏迷，她征询我的意见：是否应该通知单位和亲朋。我说应该。

随即赶到医院，已上呼吸机，高烧不退。朋友们陆续到了。贾先生仍在顽强地与死神抗争。我盼望着奇迹出现。贾先生已然创造了战胜病魔的奇迹。8年前，医院确诊为肺纤维化，预言只能坚持三年至五年。贾先生做过两次支架手术，今年又查出患糖尿病。但他以他对生命的热爱，对艺术的执着，对情谊的留恋，对人生的达观，顽强不息地奋争到今天。我曾对他的一位学生有所暗示：贾先生不能离开书法。他自己说过：“如果没有书法相伴，生命也许早就终止了。”

想起9月20日，朋友邀请贾先生夫妇至香山一游，由我陪同。那天先生虽有疲劳之态，但精神极欢愉。吃了农家饭，我在归来的缆车上写了一首诗请他看：“也作浮生半日闲，秋阳明媚怅西山。栌枫未见涂如血，风絮再难缠似绵。碧峰登顶忍萦语，黄酒村食暂去烦。心底近禅非我愿，婵娟只愿共相看！”

我当然更愿为贾先生祈福，他不仅是我廿年友人，更有师长之情。三天了，他虽然仍在昏迷，但仍未停止对生命的呼唤和渴望。我为他祈祷，我祈盼奇迹！我也盼望远在天涯海角的人能一起祈祷：上天庇佑贾先生！

“婵娟只愿共相看！”

灵旗已昧折师友（9月28日）

9月27日，时在威海，晨得噩耗，闻贾诚隽先生魂归道山，不胜震悼，欲哭无泪。晚惶惶飞抵京，旋疾趋贾先生寓灵室，遗容宛在，英灵已昧。风义师友，跪送先生。归得友人短信，尽抒哀思。遂作一律，痛彻我心，目送云间，魂兮归来："一回谶语惊羁梦，薤露如冰泪已干。又有才人空抱憾，痛遗笔墨不能传。灵旗已昧折师友，阳笛生悲枉去还。我已闻言欲执手，此生心事入云间。"

秋风彻骨已相违（10月7日晨）

今天是重阳登高之日，如果贾诚隽先生不是骑鹤西去，他一定会像去年那样相约去香山登高吧。10月1日，应贾先生学生之约，清晨5时至雍和宫代表师母为贾先生超度。我不信佛，但我极尊重笃诚智慧的佛教。我相信人的赤诚，也相信贾先生会安息和感知。

古人九九重阳是要登高赋诗的，"遍插茱萸少一人"，是伤感，也是感慨。还会因爱艺术而九死不悔吧？！人生会因"不如意事常八九"而改变吗？要不是"余事作诗人"就好了吗？！也许就不会多愁善感、触目生情！

晨起，又读了10月1日为贾先生超度之后填的一首《浣溪沙》，感慨系之，往矣！还会"虽不能至，心向往之"吗？！重填

《浣溪沙》一阕，回忆烛影梵声中的超度。师友已逝，音容不在！词曰："烛泪如滴炬似灰，梵音恍见一慈眉，魂兮渺渺几时归？自写苦心莫可谅，秋风彻骨已相违，明年草絮泣飘飞！"

平生风义兼师友（10月10日）

"平生风义兼师友"，古人的这句诗这些天一直回旋在我的脑海中。人生有很多大大小小的憾事，错过了就永远不再了。我于20世纪90年代中期写过介绍贾诚隽先生的文章，他很满意。今年7月，《艺术》杂志约我介绍书画家，我将这篇文章连同他的书法交上。但杂志出来后，贾先生已住院了。他不让我去，也未告诉我住院地点，我以为还像以前一样，会很快出院。贾先生相约：等出院了我们相聚！《艺术》杂志是彩印，他很在意，想看到。但这已是永远的遗憾了！

按过去对逝者的风俗，今天是"二七"，我在博客上贴了这篇文章怀念他。文后附上我珍藏的贾先生颜、柳、欧、行四种字体的书法，极罕见，可见其功力，前几天还有他的学生想一观，难得的珍藏。珍惜遗墨，也会是一种"悲欣交集"吧！

万仞云霄上，戚戚有哀音（10月13日）

10月10日，恰是"二七"之日，与贾诚隽先生生前好友至贾寓慰问夫人陈老师，望遗容谈及贾先生德行，皆唏嘘不已。众友于9月29日向贾先生遗体告别后，往香山追思。因去年9月曾陪贾先生夫妇往香山一游。今日斯人已逝，再不复登临矣。

辞出，与诸友云：贾先生生前是联系吾等之纽带，因贾先生而相识，勿因贾先生之逝而疏之！众皆感慨，相约常聚以不负先生，盖而相识诸君皆先生绍介也。心有所感，不能为语。又因疾赴机场赴太原，遂于万仞云霄之上口占长句，以倾情愫："西山秋色逸，不可去登临。今岁登临日，痛楚送谊尊。去年曾临顶，历历不曾泯。殷红未霜染，泪欲入清樽。人生得相顾，廿载细论文。可惜天不佑，从兹闭程门。秋风已彻骨，无语对谁人？此心无可解，细读病中吟。逝者与生者，从此化烟云！烟云更渺渺，大悟彻劫心。人生谁无灭，岂可倚法轮？昨宵飞瑟雨，天花似纷纷。爱意已浮海，揖别向谪尘！万仞云霄上，戚戚有哀音！"（注：陈夫人出示贾诚隽先生于逝前医院中所写七绝二首，因曾短信发七绝二首慰之，疑为和作也。其诗凄哀，读之伤恻！）

一轮明月化冰心（10月22日）

刚刚写完贾诚隽先生的墓志铭。

10月14日，电子信箱里收到贾诚隽先生之子贾愈青发来的邮件，是贾先生逝世前的遗作诗二首，我看过他笔记本里的笔迹原件，特意请夫人陈老师让贾愈青整理后给我发过来。诗如下：

其一：户外秋风挟雨急，病魔阵阵紧相逼。当年豪气消磨尽，垂老卧床阅古籍。

其二：半生翰墨作生涯，阔论高谈忘岁华。无奈病床独僵卧，尚期斗室复喧哗。

写作时间在8月至9月，我猜测也许是我赠诗相慰的和作。但从中可以窥见他“无奈”的心绪和对战胜病魔的期冀。感喟之余，是日即和作二首：

其一：空有秋风难化雨，竟无一处可相倾。从今豪气付谁悉，锥管孤悬空有情。

其二：天亦无涯情有涯，临风凄意恋年华。回回想见淋漓意，最忆午桥不复嗟。

后一句引典自宋人陈与义《临江仙·夜登小阁，忆洛中旧游》词句：“忆昔午桥桥上饮，坐中多是豪英。”贾先生何等期盼“尚期斗室复喧哗”？可惜！达摩祖师说过：“清净、睿智、圆妙，体自空寂。这样的功德，不是在尘世上可以追求的。”在生命的最后时刻，“垂老卧床阅古籍”，是不是也是一种最清净、睿智、圆妙的境界？也许吧。

贾先生也有遗憾，这遗憾也许是他未尽功德的薪火难传，他生前多次谈起，不无嗟叹。未将平生所学付与后人，当然是遗憾，但也许是“体自空寂”吧？书艺未必传人，但必将传世，这应是无憾意的吧？

吟嗟故人遗作，感慨必然，16日又赋七律一章：

才忌不知谁抱恨，天公怜悯病中吟。宫墙空有三千士，衣钵难传一二人。四面青山皆海市，一轮明月化冰心。消磨豪气两行泪，莫在午桥坐湿襟。

哈代说过：人的一生最令人觉得有价值和回味的不是幸福，而是酸楚。我相信！

梅墨生书法散谈

梅墨生其实是个纯粹的文人，我对他的印象，总感觉类乎《世说新语》中那些高旷古逸的名士。就本色来说，他似乎应是书画家；但似乎又被批评家的洋溢才气所掩，例如他以《现代书法家批评》一书驰誉。因而，甚至有些圈子里的人也以为他只是书画批评的理论家。

其实，他在书画方面的功力与他学问的渊深简直难分伯仲。比如他的书法，不仅仅是纯粹的书家之作，也不仅仅划到才子书法或文人书法的类别中去。墨生的才气是令人惊羡的，但他又不仅仅靠才气。他博学而杂览，通鉴古今，横贯中西；早年拜过高人习武，又通玄学善言达辩。他以深厚的国学根底兼开阔的眼界，决定了他的书法不同凡俗。

梅墨生的书法须花力气读才可获得欣赏效果。如果只从碑派或帖派去溯源，只从神韵用笔去探究似乎不行，他的书法应该说是独树一帜的。但他的独树一帜——那种雄浑高古奇崛的风度，却有着一种令人荡魄摄魂的气度。有人评论：他在一些书法大赛中获奖的作品，并不是他的得意之作。他的流于精雅的书作，也不如奇拙高古的书作更令人击案铭心。

我以为，墨生以其襟抱、以其博学、以其多艺而孤高隐逸不屈尘俗。他的经历为人和性格，造就了他的书法风格和意境。比如他的书法批评是从文化学、历史观及哲学思维等角度来臧否，他的书法也融合了广博的艺术视野角度。书法自独立为一种艺术门类始，就有高下之分，所谓“书如其人”、书与人“皆有时焉以为之大界”，墨生做到了这一点。他不是一个书匠，也不仅仅是一个才子书家，他是以文化、历史、哲学的积淀，以自己对人生的感喟、博学的厚积薄发、一介书生的气质、抒散怀抱的忧思，造成了他的书法的一种气象。他书法的性情、神韵不是通过清丽和飘逸体现出来的，而恰恰是通过高古奇拙的气象而引发知音的赞叹。

作为批评家，墨生是犀利而有高屋建瓴之势的，作为博学的雄辩家他会彰显出其特有的书生之质，而作为一个书家，他却使他的性情世界被高古奇拙的气象所掩饰。有人说，他的书法气质可在广义的六朝碑版系统中找到来历，而抒以个人的情绪与怀抱。但是如果没有极其深厚的国学积淀，他的书法就不会有那样令野狐禅们所永远不可领悟的成就。

墨生的书法有时隐约流露出一种隐逸式的散淡，但我似乎总感觉他的书法还是会令人有惊心动魄之感。这，恐怕只有“这一个”吧？

夕拾依然最有情

石太有先生的文集《夕拾集》已由人民日报出版社出版，收到寄来的样书，抚之感慨不已。承他之前送来清样让我提意见，我很惭愧，因为是外行，只有可喜可贺的心情溢于言表。

太有先生年长于我，20世纪80年代在《北京法制报》任总编辑。我于1984年调入参与创刊。他是我的老领导，耳濡目染和具体指教，使我获益至今。作为记者和编辑的基础就是在那段时光打下的。说太有先生是我新闻事业的启蒙者，很恰如其分。

10年前的2008年，他出了自印本《夕拾集》，广征意见。经过长时间的修改补充，终于正式出版。而“十年磨一剑”，亦可窥见一位年逾八十的老新闻工作者的严谨。

我和太有先生在报社相处不过数年时间，后来各自调入另外的报社，他至《法制日报》任总编助理兼周末部主任，但却一直保持着友情，时常相晤叙旧。他自印《夕拾集》时，坚持要我写些文字。却不过老领导的盛情，我写了首俚句《敬题〈夕拾集〉》：

朝花已是入秋风，
夕拾依然最有情。
红叶霜浓看晚节，
相逢一笑忆樽觥。

诗后还附了短跋：“石公太有先生，颐养之余拟出《夕拾集》。余甚喜。石公为余之提携者矣，曾任《北京法制报》总编辑、《法制日报》总编助理等。为人宽厚，循循诱人，余得益甚多。忆昔廿余年前，公余之暇，每与公樽酒小酌，微醺而拍栏赏剧，亦一快事也。廿年前之往事，犹历历在目，嗟乎！公嘱余赋诗，欣然从命，敬题一绝，祈颂人寿。2008年10月20日。”

承他不弃，连手迹都印在《夕拾集》的前页。诗跋均不见佳，但表达出的是殷殷之情和对太有先生的敬重。

这次他正式出版文集，仍然坚持要我写些文字，几次推托而不获允。我只好循“长者命，不敢辞”的古训，用十年前题诗的原韵，再敬题一绝：

鬓霜犹自笑春风，
荏苒如稠夕照情。
一卷呕心先点读，
书香飘至欲传觥。

我非法律专业学历，在法制报工作时期主持副刊。对于法律素无深入研究，对于他文集中的较为专业的文章，不敢置喙。但从集中可以窥见他对现实的强烈关注，如对三峡移民、京冀护城河工程、基层法律服务、妇女儿童权益、社会治安、能源、雾霾等社会问题的关注，袒露出一个老新闻工作者对国家、对社会的强烈责任心。他收入集中的文章，绝大多数都在报刊上发表过，也皆产生了不同程度的影响。他退休后，还履及名山大川，写了一些游记随笔发表，读来也令人盎然生趣，可见他对祖国山川和生活的挚爱。

我时常回忆起30多年前在法制报工作的时光：按编辑流程请石总签审毕版样后，往往夕阳西下，会一同找个小馆子小酌，有时还会去剧院观赏京剧。他是标准的戏迷，犹记20世纪80年代中期，我参加中国戏剧家协会全国代表大会，每天打电话邀他来观京剧名角献艺，他那喜悦洋溢、击节陶醉的仪态，令我至今不忘。正如鲁迅先生在《朝花夕拾》中所说的“旧事重提”，如同“回忆儿时故乡所吃的蔬果极其鲜美可口”，“思旧的蛊惑”永远令人回味、温馨！

曹丕云：“年寿有时而尽，荣乐止乎其身，二者必至之常期，未若文章之无穷。”太有先生时来我单位小坐谈天，看他精神矍铄，身体康健，容止安详，话题不乏国计民生，时时不辍驰笔，视文章为“荣乐”，不由得心里感到由衷的高兴！

珪璋雅曲说张娜

古曲者，雅之极，深不可测，比昆曲更为典雅，更为小众。古曲之雅，之妙，真的只可意会而甚不可言传。古曲之溯源，定义首先应是流传下来的古器乐曲，如战国编钟所奏。历代诗词名家加入创作，如姜白石，因而流传下来的有乐曲《幽兰》《秦王破阵乐》《阳春》《白雪》《阳关三叠》《霓裳羽衣曲》《渔歌》等。脍炙人口的十大古曲，无词，是以古琴、琵琶、箫、二胡演奏。但琵琶、二胡之类非传统中国乐器，皆由西域而传进。

还有就是以姜白石等古人诗词谱曲，可唱。姜白石是中国词史上的大家，以自度曲之多名世，且对中国古曲的贡献亦具有里程碑的意义，他对之前古曲的格律、曲式、音阶等有所翻新，他的代表曲作《扬州慢》《疏影》《暗香》等，在词牌上说是长调，分阕，而他将上下阕曲调加以变化，固然更加抑扬，但确增大演唱难度。相对于小令，几令后世演唱者视为畏途。

最著名的古曲是嵇康的《广陵散》吧？今人大概只能从《世说新语》《晋书》中领略其人风度，再也听不到当时那种震撼心灵的韵律了！遥想当年，姜白石的词曲由红牙细板婉转清音，又该是怎样一种风情呢？而最高难的，是不是姜氏之曲，我想应无可置疑吧？张娜女士的音乐会，可演唱姜白石的十数种曲，甚见功力，令人击节。

我于古曲，真是槛外人。当年溥雪斋先生给我亲笔改过拙填之词，但对他在古曲领域的造诣真是无知。溥先生是中国艺术研究院戏曲研究所研究员，能改编古曲，也创作过数十首古词曲。我多次听过王苏芬女士演唱溥先生创作的古曲，而王女士是受到过溥先生教导的。近来欣赏到张娜教授的古曲，音腔古意，韵味典雅，别开生面。她也是王苏芬的学生，但有推陈出新的新风韵，这有很多行家的评价，我不必置喙。

如何是新风韵？比如说仅编钟或琴箫琵琶演奏的古曲，原汁原味就很好，决不可掺以混声合唱或西洋管乐。以古诗词谱唱的古曲，是不是可以推陈出新？比如明人于秦淮兴盛的唱曲，今日该如何依韵演唱？明代朱元璋定《洪武正韵》，以宋代中原雅音为正音，音之基础应是南京一带方言。明末人诗文所描绘的那种韵致，比如冒辟疆对唱腔的品评“如云出岫，如玉在盘”，大概也是恍如隔世了吧？

很多年前，我采访对南音有研究的樊祖荫先生，知道南音源溯晋唐，风行于宋元，其形式以“指”“谱”“曲”为主，尺八洞箫横吹，南琶软弦斜弄，真正是空谷足音。直到康熙年间还曾晋京

“御音清供”，于今在北方已是稀声。南音与古曲、昆曲应是有血脉相连。客家话、闽南话是很接近唐宋金陵音的官话，粤语则接近秦汉时的关中音官话，是正统的中原雅言音系，是很值得唱古曲者借鉴与研究的，今人若唱古曲是否依制曲之朝代依韵而歌呢？

张娜最初并非研习古曲，祖父能演奏京胡板胡，又受京剧演员父亲的影响。8岁学习京剧花旦，先入戏校，攻梅派花旦青衣；后考入沈阳音乐学院，经系统的唱法训练；后拜师豫剧常香玉、评剧新凤霞和戴月琴。1999年考上中国音乐学院王苏芬的研究生，专学习古曲唱法。她本心喜欢戏曲，对古曲更有浓厚的兴趣。在戏曲学院任教授，对戏剧的各种流派皆有熏染。她本人昆乱不挡，除京剧的功底，于豫剧、曲剧皆有专攻。不仅学习昆曲，对与昆曲相比较而下里巴人的京韵大鼓、河北梆子等，也在广收之列。还从师金铁霖学声乐，这就为她演唱古曲奠定了广博的基础。能演唱姜白石的词曲，已然不群。而将京剧青衣表演的唱念做功运用到古曲的表演上，确是别开生面。我想古人唱曲不会有动作上的招式，尤其抚琴而歌，只贯注于声情并茂。张娜的演唱古曲不仅可唱姜白石十数首，包括姜白石原谱的《长亭怨慢》等，大获褒评。还创作了以姜白石创作为主题的音乐剧，这是史无前例的创举，对古曲的发扬光大功莫大焉。她举重若轻的演唱和表演，一可见她的功力，再可见她对古曲发自内心的挚爱。我们今天谈传承，是要有一点精神的。也许筚路蓝缕，也许凄凄惶惶，但矢志不移，一路前行，是最可值得钦佩的，也是她功成名就的不二法门。

艺术的大成需要开阔眼界，博杂修养。所谓功夫在诗外，陶冶在广收。试举古琴名宿溥雪斋先生而言，称古曲大师，当不为过。他在20世纪40年代与张伯驹、管平湖成立古琴研究会而任会长，其修养不仅在琴曲袅袅，其诗、书、画才艺绝佳。又如古琴名家李祥霆先生，曾赠我以山水四尺整纸，可见老先生是追求曲外之旨的。再如溥雪漪先生，师从黄宾虹、萧谦中等学画，毕业于艺专国画系。又拜名家学昆曲，主持昆曲学会，在多所艺术院校任教，有关昆曲、古曲谱的著述甚多，其修养融汇使他成为古曲界不可追慕的大家。

不是能歌者即可唱古曲，那是需要深厚的艺术修养。比如姜白石的辞章，本身即是蕙心兰质的雅言，能悉心揣摩呕心而吟唱，是何等隽永的赏心乐事？

那些婉转三叠的曲句，听来每每令人回肠荡气："二十四桥仍在，波心荡，冷月无声""人何在？一帘淡月，仿佛照颜色""记得与君湖上携手，君归未久"……

域外遐思

“一个外国人……”

——关于亨利·诺尔曼·白求恩的断想

“一个外国人，不远万里来到中国……”亨利·诺尔曼·白求恩，一个加拿大的胸外科医生，为了中国人民的抗日战争，死在了距硝烟弥漫的前线咫尺之遥的小山村里。

最近在中央电视台一套播出的20集电视连续剧《诺尔曼·白求恩》，以其真实感人的震撼力受到人们的关注。这是当前往往弥漫充斥着靡靡之音、庸俗垃圾的影视乐坛中发出的一道耀眼的光芒。我个人认为，这部电视剧比其他严肃题材具有更现实的思想上的深刻内涵，尤其是对于浮躁的商品时代和逐利心态而言。据报道，剧组自导演至摄制人员“常常含着眼泪拍摄”“泪流满面”，我相信这不是炒作。现在享受丰富物质文明的人们，很多已不再关注社会大多数人的生存状态，更不会去追求信仰、理想和道德。

白求恩在临终前曾自豪地说：“我拒绝生活在一个充满屠杀

和腐败的世界里……"他在逝世前几天伤感地认为他自己做得还不够完美，因为在炮火硝烟的间歇中，他有时会感到孤独和疲惫，会偶然想起他以前接触过的上流社会：啤酒、夜宴、恋人、舒适的床……白求恩不是一个殉教者，但他来到中国，却为八路军年轻战士的英勇、中国农民的纯朴善良所深深感动，为中国人民不屈不挠抗击日本侵略军的意志所感动。不可否认，白求恩的灵魂在当时面临亡国之虞的中国受到了净化。须知，白求恩在此之前已是当时世界著名的四大胸外科专家之一，是皇家医学会会员，不仅医道精湛，而且有多项医疗器械发明，还是加拿大全民医疗的倡导者。他已进入上流社会。他的前程似锦，轻裘肥马、醇酒妇人对他来说是唾手可得。但是他毅然诀别了诱惑，而选择了高尚。即便他到了延安，其实也不必深入前线，但是他坚决地选择了离前线最近的地方，以便能在第一时间尽量挽救战士的生命。他曾连续69个小时做了135例大小外科手术，这个纪录我想至今无人超越！白求恩的死因之一不仅仅是感染，长时期超负荷工作、身体极度虚弱也是致命原因。

请不要忘记白求恩吧！这个本来可以进入上流社会、享受舒适生活和绕指柔情的外国人，为了中国人民摆脱苦难，献出了他宝贵的生命。

白求恩不该被遗忘。法国哲学大师萨特曾评价切·格瓦拉是20世纪最十全十美的人。萨特大概不知道白求恩，否则他一定会为这位无私的、没有一丝一毫低级趣味的、全心全意为他人服务的加拿大人洒一掬感佩之泪。

白求恩应该成为人们的榜样。人们当然应该享受生活，但是不应该自私、卑鄙、腐败和无耻。

白求恩应该永远活在我们的心中。我们不会忘记，一队年轻的八路军战士，在他们最尊敬和热爱的白大夫逝世后，为躲避日寇的逼近，含着眼泪护送他的遗体，在风雪弥漫中走了五天五夜！我们不应该只庆幸保存下了白求恩的遗体，更该庆幸遗传下了他的伟大而不朽的精神世界。

据有人观察，在加拿大白求恩家乡他的雕像前，时尚男女从他身边走过从不会留意。但在中国，我热切地希望中国人不要忘记这位高鼻梁、蓝眼睛的外国老人，不要忘记他的信仰、高尚、纯粹和温暖的爱心。

当然，在我们每一年纪念抗战胜利的日子里，也不要忘记为了中国的抗战，而牺牲在中国土地上的所有外国反法西斯战士：印度援华的柯棣华医生，苏联援华志愿大队的飞行员，与日寇关东军作战的苏军将士、美国飞虎队和驼峰行动的美军飞行员，以及由日共党员和觉悟的日军士兵组成的反战同盟盟员……

“一个外国人……”这个外国人温和的目光将会永远注视着我们，注视着他曾经眷恋过的已不再极度贫困和痛苦但似乎缺少了些什么的土地……

相约格瓦拉

切·格瓦拉是一个响彻全世界的名字，是革命、游击战和消灭不平等差距的代名词。他不仅是一个在古巴英勇战斗、在玻利维亚英勇就义的英雄，而且是一位不为人知的出色的摄影家。

那张由阿尔伯托·柯尔达拍摄的题为《英勇的游击队员》的照片，格瓦拉在贝雷帽下灼热、坚定、闪烁着光芒的眼波，洋溢着希望微笑的面庞和英雄信仰象征的美髯，自1960年问世即如潮水一般汹涌澎湃——被亿万次地复制和广为传播，出现在形式各样的报刊、书籍、屏幕、T恤、徽章、明信片、画册、绘画上，不可计数地跃入人们的眼帘。它无愧于“世界上最著名的照片”这一赞誉。时至今日，在欧洲等地的示威游行中，仍会在火红的旗帜上看到格瓦拉的这张完美和象征信仰的肖像。在揭竿而起的游击队员心目中，这张摄影照片更是激发出勇气和动力。

但是，作为一个革命者，一个现代史上的史诗英雄（美国《时代》杂志曾将格瓦拉列为20世纪100个最有影响力的人物之一），你能想象切·格瓦拉还是一位摄影家？他曾握紧枪杆的手，怎样去按动相机的快门？摄影记者拍摄他的肖像，已成为人们的偶像经典，而他的摄影作品该怎样展示他的情感？

我曾通读过有关格瓦拉的多种传记：美国人丹尼尔·詹姆斯写的《切·格瓦拉》，俄罗斯人尤里·加夫里科夫写的《切·格瓦拉：未公开的档案》，包括中国人写的《纯粹的红：切·格瓦拉传》……这些传记中几乎极少提到格瓦拉作为摄影家的一面。

在一个周六的苍茫暮色中，我来到京郊的草场地三影堂，慕名观瞻早已久仰的英雄的摄影展览——《摄影家格瓦拉》。格瓦拉生前从未办过个人摄影展。在他牺牲的20多年后，这个展览才开始举办并久负盛名：自1990年以来，已在全世界13个国家中的16个城市展出过，包括西班牙、法国、墨西哥、德国、意大利、奥地利、丹麦、希腊、委内瑞拉等。22年后，它终于来到了中国，来到了格瓦拉生前曾两次步履所及的土地。而且距上次展出已相隔10年，这次不仅在中国首展，而且在亚洲也是首展。据说10月北京影展结束后，还将在中国其他地方巡展。格瓦拉热爱中国，从感情上亲近中国，当年毛泽东曾亲切地称赞他："你好年轻哟，切！"他也非常尊敬毛泽东、周恩来、邓小平等改变了中国历史的伟人。

2012年10月恰是格瓦拉牺牲在玻利维亚丛林的时间，他逝世（1967年）距今已45年了，如烟的岁月掩盖不住格瓦拉为理想而牺牲自我的精神与信仰，他无愧于萨特的高度评价："时代的完人"；同样，岁月的流逝也腐蚀不了他留给全世界知识分子和社会底层人民的精神财富，不仅仅是他的《游击战》《第二个哈瓦那宣言》《拉丁美洲革命的战略与战术》《游击战争：一种手段》《革命战争回忆录》（格瓦拉日记）等著作，也包括他的摄影作品，在这次摄影展上232幅照片中，洋溢着他绚烂的人文主义情怀和对劳动人民的热爱。如他1959年在古巴拍摄的喜悦微笑的小男孩，堪称经典之作。那是格瓦拉率领第八纵队的战士们为山区低收入百姓建设了一座小学校，山区从来没使用过电，当孩子们第一次看到电灯大放光明时，“以为是星星掉下来了”。从没有上过学的小孩子看到新建的学校，是那样难掩喜悦的笑靥。这是一幅满怀着挚爱的摄影作品，时至今日，我们仍会从中获得对英雄的爱意和对现实的思索！

格瓦拉拍摄了大量古巴工业发展的照片，拍摄了系列玛雅文化的照片，拍摄了挚爱亲朋的照片和年轻时在拉丁美洲的游历，包括自拍像，有人说：“作品均刻画出作者的眼力和敏锐画面感，以充分的表现力让我们看到他的性格和经历。”我曾经观看过巴西导演沃尔特·萨雷斯根据格瓦拉周游拉丁美洲时的《摩托日记》改编的同名电影（2004年获戛纳国际电影节评审团奖）。格瓦拉接触了社会层面，始决定成为医生，以治愈不幸的下层大众，但他最终决定放弃手术刀而用革命的手段去治愈社会。

也许他应该感谢父亲在他幼年时，送给他一部玩具相机，去拍摄周围的一切。相片里的社会在他的脑海中永远定格。他的作品有新闻性，但不仅仅是新闻性，因为他拍摄的大量作品是他成为革命者之后。当然，遗憾的是他没有留下战火纷飞的安哥拉、刚果（金）、玻利维亚等硝烟中的作品，两次访问中国时也只留下他与中国领袖毛泽东、周恩来、邓小平等人的接触，而没有留下他拍摄的摄影作品。他曾在中国的西安、成都、武汉、上海等地留下参观工厂企业的足迹。这是一片他神往已久的土地。在第一任妻子伊尔达的指引下，他很早就接触到了中国革命的思想，毛泽东的著作是他的政治和军事的教科书，格瓦拉经常挂在嘴边的一句话是毛泽东的诗："不到长城非好汉！"可惜，格瓦拉没有用镜头记录下他在中国所看到的一切……

我在展室中徘徊，跳跃的思维似乎穿越了时空：耳畔响起了格瓦拉的铿锵名言："我永远喜欢理想。只要子弹不阻碍，我将永不停止……"我将20年前所写的收入有关格瓦拉文章的书送给古巴驻华大使白诗德，他执意请我在书上签名。当他知道我20年前就写过格瓦拉时不禁问道："你去过古巴吗？"我告诉他："当然没有去过，但是我心中熟悉这片土地，更熟悉英雄格瓦拉。"

格瓦拉之子卡米洛·格瓦拉作为父亲摄影展的策划者之一，也来到了这里，在花木扶疏下掩映的草坪一角，我的手同他的手紧紧握在一起。他很高兴接受了我的赠书，在签名之后他搂住我肩膀合影留念。在数日之前我曾提出专访，但由于那天是开幕式，他作为他父亲影展的策划者之一异常繁忙，几无闲暇，在主办方的不懈安排下，我与他只能简短地交谈。作为格瓦拉的儿子，他对父亲充满了崇敬、尊敬和自豪。卡米洛说自己也是革命者，和父亲一样，是一个想要改变世界的人。翻译介绍说，赠书者不仅是新闻记者，还是作家和诗人。卡米洛笑了起来，握住我的手以示尊重。我提起他父亲秘密潜入玻利维亚之前给卡米洛等子女们的遗书，当然，卡米洛那时幼小，对父亲只有模糊的记忆。但他长大之后，深受父亲思想、精神的影响，对父亲的著作是熟知的，对这封信当然永远铭刻在心："你们应当永远对于世界上任何地方的任何非正义的事情，都能产生最强烈的反感。这是一个革命者的最宝贵的品质。"格瓦拉也希望孩子们要"努力学习，以便掌握技术，征服自然界。你们要记住，革命是最主要的，而我们每个人，作为个别的人来说，是无足轻重的"。

"再见，孩子们，我希望还能见到你们。"不幸的是，卡米洛再也没有见到亲爱的父亲。留给他的只是父亲在影像中那永恒的微笑。

我离开人头攒动的摄影展场地时，已经近晚8时了，但是人们还络绎不绝地赶来……

伟大的俄罗斯诗人普希金生前有过睥睨四顾的诗句：我相信在我墓前的小路上，将不会有荒草生长。当年格瓦拉被俘牺牲后，美国中情局特种部队和玻利维亚军人割下了他的双手。1970年7月26日，卡斯特罗在群众大会上宣布格瓦拉的面膜和双手已回到古巴，他说："切曾经用这双手紧握武器，进行解放斗争，曾经用这双手撰写文章，表达他的光辉思想，曾经用这双手在甘蔗种植场、港口和建筑工地上劳动……"他没有提到，格瓦拉的双手还曾无数次按下快门，留下了众多的他所热爱的这个世界的各种影像。

1997年7月，格瓦拉的遗骸被发现，并被运回古巴，安葬于圣克拉拉专门为他营造的陵墓。圣克拉拉是格瓦拉建立过赫赫战功的城市，是卡米洛母亲阿莱达的故乡，也是格瓦拉除出生地阿根廷之外的第二故乡。

格瓦拉墓前没有荒草，只有旗帜和歌声，只有纷至沓来的人们前来寻觅、充实理想与信仰的脚步……

读懂普希金

有人说你是法国黑奴的后裔，有人说你是浪漫不羁的情种，其实，你是暴风雨来临前翱翔的海燕，俄罗斯诗歌不朽的太阳和魂灵。

200多年的岁月，人们和世界没有忘记你那慷慨激昂的诗句："同志，请相信吧！迷人的幸福的星辰就要上升，射出光芒，俄罗斯会从沉睡中苏醒，在专制暴政的废墟上，将写下我们的姓名……"尽管爱情是他精神世界中的主要支柱，但爱他的人能忘记他那些震撼人心的政治抒情诗吗？将普希金引为同志和知己的"十二月党人"，永远不会忘记普希金献给他们的动人诗篇。

1825年，英勇的"十二月党人"发动武装起义，遭到沙皇宪兵的残酷镇压。5位领袖慷慨赴义，120多位"十二月党人"被流放到寒冷的西伯利亚。普希金得知后，怀着沉痛的心情为"十二月党人"献上两首流传千古的诗篇《致普欣》《致西伯利亚的囚徒》，尤其后一首已成为世界诗歌宝库中一颗璀璨的明珠。

普希金其实也是一位在沙皇残暴统治下不甘屈从的"囚徒"，

他对自由的渴望从来不曾泯灭。他热爱哺育他的俄罗斯，但他更厌恶专制和奴役。他不仅赢得众多女性的羡慕和崇拜，更获得千千万万人的发自心灵的共鸣。在俄罗斯历史最黑暗的年代，他从未停止对爱的梦幻、追求和颂扬。今天的人们为什么仍然怀念普希金？不仅仅是俄罗斯人将他的小说《叶普盖尼·奥涅金》看成斯拉夫语言文字的百科全书，而且还因为他的正义感、爱国激情和崇高的人道主义精神，视自由、博爱与荣誉为第一生命的高贵情操，为千万人树立了做人（不仅是文学创作）的楷模。

俄罗斯精神的升华——贡献出了俄罗斯历史上的罕见诗人普希金。在他身上所闪烁出的无形的精神力量，感染着人们、激励着人们。"如果生活将你欺骗……"仍然永不消沉，永不颓废，永远高唱着人道主义和爱国主义的交响乐章。

莫斯科广场的普希金铜像至今矗立，人们看到的是诗人永远寂寂的沉思——略略低垂着他那高贵的头颅。俄罗斯的历史上再也没有出现过第二个普希金。是不是人们庸俗地理解了普希金？现在人们热衷于对普希金隐私的考证，例如详尽地考证出普希金之妻冈察洛娃献爱不献身，但诗人难道是为爱情而和丹特士决斗的吗？1837年1月27日彼得堡城北黑溪的雪地上，诗人面对着的难道不是俄罗斯冷酷的寒冬吗？我们今天重读莱蒙托夫的《诗人之死》，会淡忘专制暴政的阴谋和淫威吗？

只能是太阳、魂灵和囚徒，而绝不只是一个情种。

伟大的普希金从来不会“从时代的轮船上抛到大海里去”，普希金的诗歌影响了中国不止一代人，他的魂灵不仅永远徘徊在俄罗斯，也会徘徊在李白和杜甫的故乡，徘徊在海涅、泰戈尔、惠特曼们深情注视的地方……

“各位，早晨好！”

——写在安徒生诞辰二百周年

丹麦童话作家安徒生在他逝世前两天曾欣喜地写道：“哦！多有福分，多么美好。各位，早晨好！”这是他的遗言吗？还是对他所热爱的童话世界的眷恋？

安徒生诞生到这个世界已经两百多年了，这个出身于欧登塞城一个贫苦鞋匠之家的丹麦人，后来以他真挚的笔写出的百余篇童话，影响了全世界几代乃至更多的不同肤色的人们。很多人都知道：安徒生之所以不朽，是因为他的童话不仅仅是写给儿童看的。

安徒生所生活的时代是丹麦被英国舰队炮轰哥本哈根后沦为附庸的最萧条的年代，半农奴制下的丹麦人民生活极其困苦。安徒生11岁丧父，母亲改嫁；他做过学徒工，生活坎坷，14岁孤身来到哥本哈根；后来凭刻苦和才华读完大学，但终无工作，完全靠稿费维持生活。他终身未成家室，晚年患了癌症。1875年8月4日病逝于友人之家。

有人津津乐道安徒生生前丹麦王室对他的褒誉。不可否认，在安徒生晚年，由于他巨大的影响力，王室不得不刮目相看。在安徒生69岁生日时，丹麦王室册封他为国务参事并授予一级高级骑士国旗勋章；在他70岁生日时，丹麦国王克里斯钦四世亲自派出华丽的马车，迎接安徒生到王宫祝寿。但是有谁注意到安徒生生前在丹麦这个等级森严的社会中所遭受的残酷攻击？他所受到的诋毁和谩骂使他在国内不能立足，被迫出走法国、意大利等异域从事写作。但即使他逃到国外，敌视他的学院派和王室上层也不放过他，如1833年4月他刚到法国巴黎，就收到刊有讽刺他的诗的报纸！

为什么？这还并不仅仅因为安徒生在童话中吸收民间口语，而被上层学院派和御用作家视为“别字连篇”，没有“文化品位”。实际上，刺痛整个上层社会的，是安徒生作品的题材大多反映了下层劳苦大众的生活，他的作品就是一面镜子，折射出半农奴制黑暗社会的悲惨现实。像《皇帝的新装》《夜莺》，对王室贵族的讽刺岂能不使被讽刺者如芒在背？以《卖火柴的小女孩》为代表的作品不仅仅是童话，也不仅仅揭露了不合理的社会制度中下层劳动人民的困苦挣扎，关键还在于安徒生的童话、小说、故事，如《老单身汉的睡帽》《她是一个废物》《沙丘的故事》《柳树下的梦》《依卜和小克里斯玎》《牧猪人》等，那些他所描述的渔人、小店员、船夫、小手艺人、农夫结局的无比凄惨，是他不得不提出的一个触及社会黑暗的疑问。

尽管他让卖火柴的小女孩在饥寒交迫中死后灵魂升到天国，但这样的结局他自己也无比痛苦——因为血淋淋的现实使他无法逃避。安徒生曾是上帝的信徒，但在他的晚年，他对上帝的信心不得不开始动摇。《冰姑娘》中的一段话，未尝不是安徒生对上帝的绝望："多残酷啊！……为什么刚刚在我们的幸福快要到来的时刻死去呢？啊，上帝啊，请您解释一下！请您开导我的心吧！我不懂得您的用意，我在您的威力和智慧下找不到线索！"大概，直到安徒生离开人世，他也未能找到这个改变社会的"线索"，但是安徒生一直从未停止过鞭挞丑恶、歌颂善良。尤其他晚年的童话作品，更加直面现实，着力描述底层人民的悲苦命运，揭露不平等社会的阴暗和人世的不平。但是他始终未提出改变社会的"线索"；这，大概也是他作品中不断流露出忧郁、低沉基调的原因吧！

安徒生在《甲虫》中借小甲虫之口，强烈呐喊："我现在可以认识这个世界了，这是一个悲惨的世界！"多么愤世嫉俗，又是多么无奈！这，正表达了他对统治者何等强烈的憎恨！

安徒生，这个被上层社会视为出身"卑贱"的人，从来不曾改变对统治者的讥讽和嘲笑，哪怕在他受到统治者的青睐之后。丹麦国王曾特邀他到王宫赴宴，极其热情地请他品尝“红色的苹果布丁”，安徒生却加以婉拒，说已在路上吃过饭了，因为他已经准备了午饭篮子。国王又恼又嗔：“你到王宫里来，还带个午饭篮子，这不好吧？”而对于人民的苦难、智慧和高尚的品质，他却至死都用心在同情和赞颂。《海的女儿》《丑小鸭》《野天鹅》《光荣的荆棘路》《老头子的心事总是对的》……他对那些拥有勇敢舍身追求理想、忍痛援助他人、蔑视金钱珍爱真情、披荆斩棘勇往直前等高尚品质的人们的感情，我们今天读来仍然会被深深地感动。

“为了争取未来的一代”，安徒生生前几乎每年圣诞节都要为孩子们贡献出一本童话故事集。我想，他至死都未曾放弃让世界充满爱的崇高理念。

我们需要体验安徒生的童话世界，当然也不要忘了这个世界还不是真正的童话世界。不要只在安徒生的诞生日才想起读他的童话吧！什么时候，享有“福分”的人们才能在美好世界的各个角落幸福而祥和地互相祝愿：“各位，早晨好！”

百年海明威

传奇的海明威诞生到这个世界已逾百年。

世界上没有一个作家像海明威那样经受过如此之多的痛苦和磨难：他以红十字会员和战地记者的身份参加过两次世界大战和西班牙内战，身上中了237块弹片，头部缝过57针；在非洲两度所乘飞机失事，五次经历过脑震荡；他的视力近乎失明，长年患有肝病、糖尿病、肾病和严重的皮肤病；无数次受伤还使他患有焦虑症和忧郁症。

对于他所经历过的痛苦磨难，世人是知之甚少的，人们崇拜这位挂满桂冠的战地英雄，登上诺贝尔文学奖宝座的伟大作家，对这位捕猎能手、饮酒英雄和美国硬汉五体投地。但又有谁能知道他心中的痛苦和孤独？

在海明威的小说中，反复出现斗牛、战争、拳击、狩猎、捕鱼等主题，这些主题都是力量的象征。海明威自认“一辈子所能写得最好的一部作品”——《老人与海》，桑提亚哥在海上两天两夜惊心动魄地与大自然的搏斗，寓意了人的英雄主义本能的伟大力量。

老人获得的毫无任何胜利意义的鱼骨架，恰恰寓意了人的精神上的胜利。这与杰克·伦敦的《热爱生命》简直有异曲同工之妙。人的本能是热爱生命，海明威的自杀反证他对生命、对生活应该是无限的眷恋。

人们对自杀往往视之为懦夫的行为。其实，人的性格决定对于人生生死取舍会走向两种终极：一是顽强地适应、生存、战胜各种艰难困苦；二是经过痛苦的煎熬和抉择，结束痛苦和磨难。《老人与海》中的老人说过："人生来就不是为了被打败的，人能够被毁灭，但是不能够被打败。"这句话似乎是海明威对人生取舍的自白。海明威的父亲因为不堪疾病的折磨而饮弹自杀，海明威曾视之为懦夫的行为。而他在自己的晚年也同样走向了这个悲剧性的结局。

为什么会有如此惨烈的结局？人们往往注意到海明威被疾病所折磨的痛苦，而忽略了他思想、文笔被折磨的煎熬。海明威的最后一次飞机失事，脑部的脑浆都撞流了出来，两处脊椎盘破裂，肝脏和一只肾破损，从而给他留下了头晕脑涨、视线不清、听觉不灵的后遗症。他的写作受到了严重影响。晚年他接受11万字约稿文章，竟写出了12万字。在需要大幅删改后，工作了近一个月，只删掉了530个字！他的眼睛再也看不清东西了。疾病使他不堪重负。他需要给读者留下完美，留下男性的强悍、坚韧、勇敢、壮烈；他不是不敢于承受痛苦，而是要敢于蔑视死亡。

谁也不能否认，人是留恋生命的。人的坚强是有限度的，往往最终承受不住致命的打击和坎坷的缠绕。结束生命并不证明不珍爱生命。关键在于英雄和智者决不能被磨难所毁灭，这，应该是海明威的抉择吧？

有时我想，敢于饮着威士忌，用一条小艇和手榴弹渴望与德军潜艇决战的海明威，还会惧怕小小的病痛吗？在西班牙内战的烽火中，他对尸横遍野已经司空见惯，对于死亡，他应该是谈笑自若的吧？

在我已读过的海明威传记中，极少提及麦卡锡主义对他的迫害，我以为这是促使海明威对他所热爱的、“太阳照样升起”的社会彻底告别的原因之一。

今天的人们不可能再有机会去体验海明威的经历，也无法企及海明威的精神世界。但是，我们可以去寻找男子汉，体验阳刚、磨难和痛苦，蔑视死亡、坎坷和污染，在精神世界中永远战胜自己，不被打败。其实，“胜者无所得”，留给后来的只有百年的海明威，永远的海明威……

勿忘契诃夫

被列夫·托尔斯泰誉为“俄国散文的普希金”——伟大的俄罗斯现实主义文学大师和戏剧家安东·契诃夫离开这个世纪已经百余年了。在那个他痛感“再也不能这样生活下去”的年代，死于肺结核的契诃夫，年仅44岁。他在逝世前赶写出的话剧《樱桃园》由他的夫人克尼碧尔首演于莫斯科，半年后契诃夫离开人世。

现在还有人读契诃夫的小说吗？还有多少人能感受到这样一位有着独立思想、同情下层劳动人民、鞭挞黑暗专制制度、创作态度极为严肃的知识分子作家的价值？据说，如今的俄罗斯似乎已经不太有人提起契诃夫了。在中国，如果不是中学课本收进了他的经典作品《变色龙》《万卡》《套中人》，还会有人去感受契诃夫对人民疾苦的强烈同情的炽热情感吗？普希金说过：“我的无法收买的声音，是俄罗斯人民的回声。”契诃夫也一样，他的声音其实是那个黑暗年代发出的最明亮的光芒。

契诃夫出身于商人家庭，后来进入莫斯科大学医学院。他本可以成为一个举止优雅和收入丰厚的医生，但是他却走上了另一条道路。从中学时代他就接受了民主主义的影响，从20岁起从事文学创作。他已不满足为最黑暗、最愚昧的农奴制俄国的人民诊疗肉体上的疾病。

契诃夫的伟大之处在于他完全抛弃了商人之家的市侩气，自觉地将自己与人民联系在一起。他的名言是："如果我是个文学家，我就需要生活在人民中间。"初登文坛的契诃夫也曾写过不少幽默轻松的搞笑小品，但他最终抛弃了这种无聊的创作。他以一个知识分子的良知和责任，开始用文学抨击专制、剥削给下层劳动人民带来的榨取、痛苦和磨难，并且在《柔弱的人》中，已闪烁出"哀其不幸，怒其不争"的思想光芒。对最黑暗制度下的贫困群体，揭示他们的苦难和痛苦，应该是契诃夫小说的最伟大的成就，他的《苦恼》之所以成为经典，就在于他内心真正地把揭示人民的苦难作为义不容辞的责任。难怪英国女作家曼斯菲尔德宣称，她愿意将莫泊桑的全部作品换一篇契诃夫的《苦恼》！

19世纪末的俄国处于农奴制的黑暗年代，当时的知识分子群体往往麻木不仁，寻求精神麻醉，要么被颓唐的社会腐蚀成以赚钱为最高追求的吸血者，要么竟与压迫人民的统治者同流合污成为帮凶。只有契诃夫在不倦地探索着知识分子自身生存的意义和价值，维系着知识分子良知的防线，同时用他那支犀利的笔剖析着伪知识分子的庸俗、伪善与丑恶。

人类良知的火炬还会在像契诃夫手里那样高擎而熊熊燃烧吗？

契诃夫的名言何等掷地有声：“文学家不是做糖果点心的，不是化妆美容的，也不是给人消愁解闷的；他是一个负有义务的人，他受自己的责任感和良心的约束。”垃圾文学、帮闲小品、无病呻吟的伪文化和洋奴艺术，甚至连西方社会也不屑一顾的腐朽艺术、颓废文化，在今天的商品消费文化时代泛滥成灾。这，难道不应该在纪念契诃夫的同时引起人们的反思吗？我们现在一些所谓媒体极力炒作的“文学”之类离现实相去甚远，鲜有深刻的、真正能反映占我们人口大多数的劳动人民生存境遇的现实主义作品问世。

法国思想家帕斯卡尔说过：“思想形成人的伟大。”契诃夫在痛苦的创作历程中，不会去与出版商讨论版税的比例；他在抨击专制社会对下层劳动人民的压榨和欺侮时，不会去想到炒作、包装和拉选票；他在以文学的方式关怀社会时，不会想到名车别墅、醇酒妇人，而仅仅是自觉履行一个正直的知识分子作家的良知。

尽管契诃夫生前没有看到他所憎恶的社会制度的灭亡，但这并不妨碍他的理想与良知通过其伟大的作品流传久远，影响着有良心的知识分子们为社会的不断进步、美好而筚路蓝缕，这是一条艰难的布满荆棘的崎岖之路，唯其如此，才更成为我们在今天重申勿忘契诃夫的意义所在。

契诃夫墓前的芳草已萋萋百年，但他的精神、人格和不朽的作品却将永远郁郁长青！

重提聂鲁达

在物欲横流的时日，几乎已经没有人读诗了。倘若对只知星巴克、麦当劳、迪士尼、美国大片、流行音乐……的小资们提起聂鲁达，恐怕也无异于天方夜谭吧？

巴勃罗·聂鲁达在20世纪五六十年代是一个响彻世界的名字，是一团从南美燃烧到东方的火焰，是一首昂扬着理想与信念音符的交响乐。他来到这个世界已逾百年。在20世纪五六十年代的中国，他的影响与魅力不亚于马雅可夫斯基，当时人们知道的聂鲁达，是一位政治抒情大师，每一首诗都成为飞向美帝国主义的投枪。其影响之大，诚如孙中山先生的一句名言："一支笔胜过三千毛瑟枪。"因此，聂鲁达的一首首政治抒情诗，就是一面面迎风招展的反抗压迫、剥削、掠夺、霸权……的战旗。

在他诞辰百年之际，少得可怜的媒体和出版界又提到了他的名字。他的爱情诗也开始全面地为人所知。当然，聂鲁达的文学成就并不仅仅限于诗歌。1995年意大利拍摄的电影《邮差》一举获得奥斯卡大奖，人们才再一次感受到聂鲁达震撼人心的魅力。他的情诗也因此成为出版界的小宠儿。但是，尽管聂鲁达生前曾宣称：到2000年人们也决不会为诗举行葬礼，但他的洋溢着爱国激情的抒情诗却渐被尘封，浅薄的评论家力图把他描绘成一个迷恋女人的情种，呜呼哀哉！

岁月如烟。聂鲁达离开他所热爱的祖国和人民不过30个春秋，难道会有两个聂鲁达？聂鲁达生于智利，本名为内夫塔利·里卡多·雷耶斯·巴索阿尔托，16岁时用“巴勃罗·聂鲁达”作为笔名，直到响彻世界而不曾改变。“巴勃罗”是希伯来语，意为“讲述美好的事情”；“聂鲁达”则直接来自捷克作家扬·聂鲁达，这位捷克作家关注社会底层，毕生为捷克人民代言。聂鲁达用他的名字作为笔名，真是意味深长，今天来看，应该也是他毕生诗歌创作的主旋律。

聂鲁达本来可以不以诗人为生。他16岁进入圣地亚哥智利教育学院攻读法语。1928年，他23岁时进入智利外交界，先后任驻仰光、巴塞罗那、马德里领事、大使等职。1945年当选国会议员。同时以文学上的成就荣获智利国家文学奖，他本来应该前程似锦，但他却选择了另一条不甘心做外交家的荆棘之路。当选国会议员的那一年，他加入了智利共产党。他所付出的代价是遭到缉捕而被迫流亡国外，“死亡、酷刑、阴影、寒冰”时时像噩梦一样笼罩着他。但是他无怨无悔，而一直为他的理想、信仰、祖国和人民歌唱。古巴游击英雄切·格瓦拉谱成歌曲的那首聂鲁达的诗，也许正可以代表诗人的心志："在那漫漫长夜/在那黑色大地中/我并不感到孤单/我就是人民/那无以计数的人民……我的声音里有着无可怀疑的力量/它能超越沉默/在黑暗中播种/死亡、黑夜、苦难、冰雪/突然间淹没了种子/人民仿佛已经被埋葬/然而谷粒重又回到了大地上/它的红色的永不妥协的手/冲破了沉寂/它从死亡中一次又一次获得新生。"尽管他数次被自己祖国的政府宣布为"不受欢迎的人"，但在流亡的孤寂岁月中，他从未忘怀祖国。在生命的最后岁月，他终于回国，悲伤地逝世在他深爱的温暖土地上。1971年诺贝尔文学奖对他的评语是："他的诗歌以大自然的伟力复苏了一个大陆的命运和梦想。"切·格瓦格是拿起武器为梦想和信仰而战，而聂鲁达则用的是手中的一支笔和诗人的歌喉。

不可否认，聂鲁达是一位感情丰沛的诗人。他热爱大自然特别是与大海有关的一切事物，喜欢养鸟和狗，酷爱收藏，热衷于绘画和造型艺术，迷恋于侦探小说和商业电影；当然，也写情诗，但他仍然是英雄史诗中的斗士。他热爱祖国和人民，追求理想和信仰，憎恨一切丑恶。

岁月并不如烟。熟悉南美政治史的人都知道，这块大陆在美国中央情报局的支持下，涌现出了多少"苛政猛于虎"的军人独裁政权？又有多少不甘暴政的人们悲惨地死去？聂鲁达甚至不必同流合污，他完全可以凭借名声，啜着香郁的咖啡，低吟着情诗，在外交官和议员的远大前程中安享晚年。但是，他最终选择了一条为理想、信仰、人文和荡涤不平等制度的不归路。

聂鲁达的诗和精神感召过千千万万的人。切·格瓦拉是一个，阿连德也应该是一个。阿连德是社会主义者，在20世纪70年代与智利共产党组建“人民团结阵线”政府，成为智利有史以来真正的民选总统。也由此引起美国和右翼独裁军人如丧考妣般的仇视，终在1973年9月11日发动政变。阿连德本可以出走避难，但为了忠于他的理想、信念和职守，坚决不离开总统府并拒绝投降，终被罪恶的子弹击中而殉职。我的脑海中至今定格着阿连德生命历程的最后一个镜头：头戴钢盔，身穿白衬衫，手持卡宾枪向叛军英勇还击，最终倒在火海中的拉莫内达宫台阶上，雪白衬衫上的碧血宛似盛开的玫瑰……

为什么重提聂鲁达？因为他去世后近半个世纪，他生前毕生憎恶和抗议的丑恶现象依然如故。越来越多的人在享受着物质文明而开始不再关心这个世界。可怕的论调时有可闻。观点多样，总之是不以为耻。一个民族，贫穷、落后都不可怕，最可怕的是麻木不仁，没有追求、信仰、精神、是非标准和爱国之心。物质的丰富使得人们越来越缺乏理想、信念、情操、节守，这是最令人感到痛心的。

因此，我似乎听见忧郁的聂鲁达在问：中国人，还会读我的政治抒情诗吗？

“我有一个梦想……”

“我有一个梦想……”这是有“民权之父”之誉的美国著名黑人民权领袖马丁·路德·金（以下简称金）生前常说的一句话。

1998年恰好是金遇刺30周年。全世界的媒体又开始频繁提到他。美国田纳西州孟菲斯市黑人在纪念他的游行中，最小的游行者是3岁的黑人幼童希格斯，她举着金的画像……而当年就在这个城市一家旅馆的阳台上，金的头部被一颗罪恶的子弹击中，从此引爆了美国各地的种族暴乱。

金是和平主义者，他主张用非暴力的手段去争取黑人的民主平等权利。他的梦想大概不止一个，但主要的梦想是让无数的黑人兄弟姐妹最终不再受到种族歧视。

这个梦想绝不过分。多少年前，白人像宰杀动物一样任意凌辱黑人，只要了解贩运黑奴的丑恶历史，就应该承认金的梦想代表着美国黑人的殷切渴望，就像《汤姆叔叔的小屋》里所描述的黑人奴隶们，他们最大的梦想只不过是争取做人的自由和权利罢了。世界上有若干人在津津有味地考证普希金是当年被贩运到法国的黑奴的后裔，岂知即使考证出一个普希金，又怎能掩盖千千万万黑人奴隶的斑斑血泪和白骨？！

美国历史上多次发生黑人起义和暴动，金不赞成使用暴力。但是，恰恰具有讽刺意义的是，反对使用暴力却被暴力所杀害；就像当年甘地一样，真诚地渴望用和平的力量驱除邪恶，也最终被暴力结束了生命。

金的梦想至今大概也没有完全实现。仅仅出了一个鲍威尔上将并不能代表整个黑人群体再也没有了种族歧视的阴影。

其实金的梦想人人皆有，自由平等、安居乐业、世界大同，谁不憧憬？均贫富的善良祈祷改变不了贫富不均。20世纪六七十年代，很多国家包括发达国家，涌现出了形形色色的城市游击队，更以极端手段去均贫富。

物极必反。金走上了另一条道路，他要以真诚善良的愿望去泯灭不平等的种种现象。但是，血淋淋的枪声破灭了金的梦想。

当年，美国法院在未经传讯目击者，也未询问凶手杀人动机的情况下，强行宣判处凶手99年徒刑。人们多次呼吁重新审判以查出真凶，包括凶手本人数次要求法官重新审问，以便说出真相。但是，这些要求一直不被采纳。1998年4月23日，凶手死于监狱医院，金的被刺真相终不复大白于天下。金若地下有知，他会说些什么呢？

当然，只要世界上还存着剩余价值，就会产生贫富不均，就会产生种种阻碍人们平等生活的现象。同时，人们也会永远为摆脱所厌恶的丑恶现象而竭力抗争，为梦想的最终实现而不懈奋斗，哪怕付出生命的代价！

“我有一个梦想……”但愿梦想成真。

还记得钢铁是怎样炼成的吗?

保尔·柯察金是一个久违的名字。

报载：20集电视连续剧《钢铁是怎样炼成的》在播映时，会激荡起人们心中的涟漪吗?

还会有人记得保尔·柯察金吗? 也许这组数字会说明问题：仅1979年至1995年，《钢铁是怎样炼成的》一书共印刷32次，发行130万册。但是去年公演的话剧《保尔·柯察金》却观者稀少，难以为继，让人又不得不生出几分怅然。

当时髦青年高唱《心太软》《很受伤》之类的走红歌曲而如入仙境时，他们很难理解保尔·柯察金其人，甚至会怀疑那个时代如何会出现此类人物。

也许现在去读《钢铁是怎样炼成的》，犹如今人去听昆曲那样和者盖寡?

不可否认，保尔·柯察金对笔者这一代人留下了难以忘怀的记忆。记得少年时读《钢铁是怎样炼成的》，觉得保尔·柯察金简直是一个非常有人格魅力的人物形象，甚至连崇拜保尔·柯察金的穿着水兵服的“小布尔乔亚”冬妮娅，在我那时的眼里，也是非常美丽的，远比《战争与和平》中的卡列尼娜光彩照人。纯真的冬妮娅后来屈服于物欲，就再也没有了光彩。保尔·柯察金尽管衣衫褴褛，几成废人，但是他为了信仰、理想不屈不挠，其光彩依然动人心魄。

少年时代读了不少类似《钢铁是怎样炼成的》苏联文学作品，诸如《青年近卫军》《我们这一代人》《攻打冬宫》《卓娅和舒拉》等。这样的特定时代的作品，与以往的俄罗斯文学不同。没有忧郁的氛围，充满着对信仰的追求和向上的朝气，令人为之感动。那些充满人格魅力的人物，也常常使人为之仰慕。

其实，读一本书，接触一个人，人格魅力的影响是巨大的。例如谭嗣同，在戊戌变法中是最富有人格魅力和献身精神的人物，他对理想和信仰的追求及对他人的影响，不是通过道貌岸然的说教，很大一部分是通过人格魅力来体现的。这种影响的延伸力和感召力，不仅泽之于今，恐怕还会要延之久远。

人格魅力是一种综合而成的伟大力量，如同精神信仰、修养、学知、品行等，而产生令人敬仰、感动、追随的动力。纵观历史，在发生社会变革时期，人格魅力越发显得重要。因为这是一个民族脊梁挺直的体现。在中国著名的几个历史“天崩地坼”的时代，宋末、明末、辛亥革命、抗日战争，多少仁人志士以其光辉的人格魅力而血曜汗青。外国历史也不仅仅是现代青年眼里的宫廷阴谋、美人牛仔、香槟舞会，仅举俄罗斯民族的历史，“十二月党人”起义、“十月革命”，涌现出了多少可歌可泣的革命精英？

保尔·柯察金不同于牛虻，谭嗣同也并不等同于荆轲，但他们的人格魅力都是等同的。人类应该对理想对信仰对英雄有追求和渴望；人类不应与动物画等号，仅仅为了追求物欲而浑浑噩噩。当然，正如丽达写给保尔的信中所云：“在我们的生活里不仅有斗争，而且有美好的感情带来的欢乐。”但是少妇时的冬妮娅尽管珠光宝气，雍容华贵，美丽依然，却不再动人和可爱……

今夜无人入睡

“高音C之王”陨落了！这是一颗在夜空中灿烂而耀眼的星辰，却不幸被胰腺癌夺去了他71岁的生命！

想当年，帕瓦罗蒂在纽约大都会歌剧院与花腔女高音琼·萨瑟兰共唱《军中女郎》，其中被视为谈虎色变的男高音禁区《啊，多少快乐》，被他连唱9个带有胸腔共鸣的高音C，始震撼世界。从此有了“高音C之王”的美誉。

我最欣赏他的《今夜无人入睡》，迄今为止，我不认为有人曾超过他。尤其他声音中的自然美最令人怦然心动，他的声音流泻出滚烫的激情，我觉得简直会撕裂空气！天才作曲家莫扎特被誉为“上帝的宠儿”，我觉得帕翁亦如是。他的父亲不过是意大利摩德纳的一个面包师，虽然天生一副好嗓子，却默默无闻与面粉相伴一生。而帕翁恰恰遗传了乃翁的基因。他自己说：是上帝的亲吻使他有了歌唱的喉咙。事实上也令人惊奇：他不否认自己是依靠耳朵和符号代替了音符系统而去掌握歌曲的。

无论如何，他是歌剧艺术至今以来的巅峰，他使无数的人从此领略了歌剧的辉煌与魅力！9月6日《时代》周刊称赞他是一个完美主义者，这就有些过于溢美了！

已故的《纽约时报》音乐评论家施翁伯格曾评价他“是所有超级巨星中的超级巨星。当然，巨星们都被惯坏了，他们以为犯了什么错误都能逃脱。不过，对于帕瓦罗蒂来说，因为他嗓音的光辉，他恐怕可以逃脱”。施翁伯格的话有的说对了，有的并未预言准确。比如，沸沸扬扬的逃税事件，使帕瓦罗蒂成为丑闻的顶点。尤其1992年摩德纳音乐会的假唱，更使热爱他艺术的人们蒙羞，他自己也不得不俯首道歉！帕瓦罗蒂也会耍大牌，屡屡无理取消演出，因而他也有了“取消演出之王”的贬誉，以致愤怒至极的芝加哥抒情歌剧院毅然断绝了与他长达15年的合作契约！原因是8年中，他竟然取消了约定在该院41场演出里的26场！“人而无信，不知其可！”老帕之傲慢与“被惯坏”可见一斑，至于他抄袭意大利一位画家的绘画“据为己有”公开销售，那就算是“小巫”了！

在狗仔队们无孔不入和法律并非一纸空文的今朝，老帕真是不“可以逃脱”！但也有的是媒体的无聊炒作，也有求全之毁之嫌。比如指责他与“辣妹”、博诺、席琳·迪翁等摇滚、流行巨星进行了前无古人的组合，究竟是为了商业而牺牲高雅艺术，还是一种让高雅艺术走向普及的方式，也许值得商榷。

至于他晚年的红杏出墙，曾是很多媒体幸灾乐祸、津津乐道的卖点。帕瓦罗蒂25岁时与维罗尼走入教堂，琴瑟和鸣。媒体曾炒作过他1979年和1986年与学生、美国女高音蒙提“一生中最充满激情的一段爱情故事”，但1992年他为演唱会挑选女秘书，最终美貌的经济系大学生曼托瓦妮被抛中绣球。1996年，狗仔队拍到了两人深情拥吻的照片公之于众，这对“出墙”的情侣年龄相差34岁。老帕也予以公开承认。妻子还在报纸发表公开信，只给了两个底线：或与情人分手，或与妻子离婚。老帕也许经过痛苦的抉择，于2000年与结婚39年的发妻离婚，2003年与曼托瓦妮走进了教堂。如果这是发生在一个清洁工身上的事情，狗仔队绝不会感兴趣！法律上的允许不等于舆论的允许，对于名人，他们正愁抓不到机会。老帕有选择爱的权利，这恐怕是任何人所不能越俎代庖的。真是吹皱一池春水，干卿何事？

人入九泉，为什么不多怀念他广博的爱心呢？为什么不重温他与戴安娜王妃共同筹集资金为全球消灭地雷的义举呢？为什么不重温他创立“帕瓦罗蒂之友”与斯汀、U2等同台高歌，为贫穷战乱地区可怜的儿童筹款的爱心呢……

“今夜无人入睡”？帕瓦罗蒂的歌声不是每次“喉咙都感到悲伤”的……

西窗杂组

我真爱北京

多年来，经常在报刊上写些有关北京的掌故考证，因而很多人以为我是老北京人，其实我的籍贯不在北京。虽然生于北京，但按过去的习惯，报户籍还是填原籍。现在的人们大多已不知道“籍贯”“户籍”的本义了。在封建时代，“籍”是职业，如军籍、伎籍、匠籍、乐籍等，终其一生包括下一代都不能改变。有的籍如伎、乐、皂役、军籍是不能参加科举考试的。“贯”才指出生地，这与考试有关系，三代不在原地才可改“贯”。

但是，我只在身高、脾气还保留了山东沿海地区我的家族的特征，生活方式、语言习惯等已经“老北京”化了，甚至隐隐约约还沾染了旗下名士的某些做派，比如喜欢闲适，整洁，好轻裘美食，好聚饮出游，喜欢字画艺事，听名角的戏等。

以中国之大，没有一个地方像北京有如此之多的称谓：北京、北平、京华、燕京、燕都、燕台、春明、日下、京师、帝京、旧京、故都、大都、京兆、京畿、旧都、都门等，每个名称都蕴含着几千年的历史，几朝古都的沧桑……

舒乙先生曾做过一个统计：老舍先生著作中曾描述过的一百多种北京小吃，有将近一半已经消失了。现在北京各种北京小吃街基本没有正宗的老北京小吃。当然，小吃只是老北京风物的一个小侧面，小吃并不能代表北京文化。

什么是北京文化？不是天桥、八大胡同、洋车、豆汁、冰糖葫芦等，是皇家、士大夫为主流，平民的习俗为辅，构成了一个完整的文化体系。这种文化高雅、深沉、气派，远非胡同串子痞子习气能替代，那只是老北京文化中最下三的末流，是上不得大雅之堂的。包括语言，现在有的电视剧中所津津乐道的所谓“老北京话”，其实是旧时代太监、内务府包衣、妓院、黑道中的流行语，与真正的文雅的老北京话是风马牛不相及的。

形容北京有气派、气势、气宇、气度、气象、气韵等，怎么形容应该都不为过吧！当年马可波罗形容元大都的文化氛围，今天读来仍然使人心向往之。但是明代城市已经缩小南移了。今天的北京则远远超过了元大都，是世界最繁华的大都市。当然，随着城市的外延扩张，老北京的风韵在逐渐褪去，胡同越来越少，由20世纪50年代初期的3000多条，只剩下今天的几百条。郁达夫形容老北京的那种“幽静”之气，真是再也寻觅不到了。商业化越来越风靡，如南锣鼓巷、什刹海，实际已不再是京味儿胡同的地域了。

我常想，如果时光可以倒流，真是依照梁思成先生的睿智提议：保留老城，另建新城作为新首都，那保存下来的北京老城在今天该是多么地令人自豪！

老北京如同原汁原味的昆曲，最终会曲高和寡。现在还有多少人去认真研究老北京呢？有多少人去认真读有关的书呢？北京古籍出版社若干年前陆续出版了明清民初各种有关北京的典籍方志，现在北京出版社又统一再版，这是好事。可惜读者、知者不多，这很令人遗憾。

我其实不是这方面的专家，只不过对北京有了深厚的依恋和感悟。在海边的老家只是在少年时代的朦胧记忆。少年时代只回去过一次，而北京则成了我真正的故乡。“无双毕竟是家山”，我去过全国很多美丽的地方，但无论是多么山清水秀，我仍然眷恋北京。

小时候被穿长衫的外祖父牵着手游览京华名胜，天坛对我幼小心灵的震撼，至今不曾逝去。而今它已被现代化的高楼所环绕包围，那种天人合一的感应、天圆地方的气势已经逊色很多了。还有少年时被伯父领着去北海逮蚂蚱，青年时代和朋友们骑车遍游八大处、大觉寺、香山、鹫峰，去香山碧云寺、樱桃沟去画画写生……每每忆起，这一切都令人感到快乐温馨。

南腔北调弥漫着这个有几千万人口的现代化大都市，老北京已不再可能坚守已不复存在的城垣。也许用不了一二百年，北京大概只剩下孤零零的故宫等几处景胜，重复着历史更换的周期律。君不见，北京是燕、蓟、辽、金、元等几代都城，都被兴替的新朝代焚毁，随着毁去的是那时的风俗、语言和习惯。明代的口音和习俗服饰消失不过四百余年，清代消亡距今不过百余年，今天我们所使用的语言（北京话）还与清代的官话几乎没有改变，很多习俗包括生活习惯基本保留。但使我忧虑的是，现在部分年轻的北京人，他们逐渐接受西方文化，醉心所谓的西方文明，他们的语言是洋泾浜式杂以不符合汉语语言规范的新语言，他们不了解真正的北京文化，只认为变了味的相声、杂要小吃，甚至什刹海、南锣鼓巷就是老北京文化。他们传承不下去传统的血脉，也许这就是历史的延伸与超越，我们再声嘶力竭地大唱挽歌，也改不变了北京城被改造，被抽去骨髓的速度。

我们需要不需要适应这一变化？需要不需要保存纯正的京味儿？也许社会学家费孝通先生的哲言给我们以警示："我们正在拥有越来越多的房子，但我们正在失去越来越多的家园。"

当然，梁漱溟老先生曾应台湾新闻界之请，给青年人题写的要求是"注意传统文化，须应历史潮流"。说得很有道理，时代在变化，潮流不可抗拒，北京，正在向国际化大都市迈进，老北京当然只能成为历史，这是不以人的意志为转移的。

无论如何，我对北京的挚爱，就像老舍先生说的："我真爱北平。"我也要对我的第二故乡道一声："我真爱北京！"

遥远的读书声

北京有条成贤街，是孔庙、国子监所在地。我若骑车上班有多条路线，其中一条即穿行成贤街，那牌楼、“官员人等至此下马”的石碑、国子监孔庙的大门，时时映入眼眸。但也只疾驰而过，从未“下马”，因为已多年未进入国子监、孔庙了。

辛丑春节期间，陪友人重游故地，泮水波光，殿宇巍峨，不由得思绪联翩。国子监当年还是首都图书馆时，我每星期都来此借书，借书证是分等级的，我的证注明单位是工厂，学历是初中毕业，一次只能借一本，想读的书还不允许外借。我父亲也有借书证，与我卡片状的证不同，印象是个本子，注明是教授。他的证一次可借出十多本书。我曾替您跑腿儿去借书，虽然抱怨不平等，但得到您允许，顺便夹带私货——有的书只有用您的证才能借出来。时光荏苒，首都图书馆迁走后，再也不曾来此地。

五六年前，我作为北京市政协特邀文史委员，去新馆参加市政协组织的视察、座谈，其新科技的变化令人眼花缭乱，令人由衷赞叹。承蒙馆领导向每位委员赠送电子阅览证，更令人生发感慨。当时曾对馆领导说，图书馆从国子监迁走时，原纸质借阅证可退押金更换新证，但我没有去换，为的是保存下当年一个毛头青年酷爱读书的纪念！

现在的年轻人可能并不知道，我的青年时代是没有大学的，初中毕业即参加工作。所幸图书馆尚在，虽然图书已经过严格筛选，毕竟有书可读。我那时去借书时，耳畔仿佛会回荡起百年前国子监学生的琅琅读书声：封建时代考不上举人进士的读书人，还有机会在这里读书啊！

国子监是封建时代最高学府，国子监监学合一，兼具国家最高教育管理机构与最高学府职能。国子监学生以贡生（无资格考进士的秀才）为主，靠捐纳者称监生。贡生分岁、恩、例、副、优、拔六类，经过深造，可考试选拔去当管教育的训导、教谕之类的小官，极优秀者可充任七品小京官或知县。亦不至于受穷，因为贡生制度本意即为了缓解生员不能入仕带来的社会压力，给穷苦读书人一条出路。但不是正途科举出身，进入不了真正的仕途。比不得举人，可经“大挑”去做实职知县。贡生制度在清代废科举之后，仍然施行。贡生制度是个大题目，也非本文能详述。但若不了解什么是贡生，去国子监也只能是走马观花不甚了了吧？

国子监里值得一观的是十三经石刻，工程浩大，排列逶迤。书写者蒋衡，连秀才也不是，但因恭楷十三经进呈，大受乾隆帝赞赏，下旨刻石放置此处，得以千古流芳！

孔庙进士题名碑是最令人感兴趣的，凡元、明、清历史上的名人都可在碑上找到大名，但前提是必须考中进士。像大名鼎鼎的左宗棠，建立收复新疆的千秋勋业，入阁封侯，位入军机，碑上亦无刻名。因为左宗棠只是举人，未考中进士，这成为他至死之憾！须知，能在孔庙碑镌刻姓名（登科进士名单还悬于天安门宫墙），是封建时代读书人光宗耀祖的极致荣耀！20世纪50年代后，考上大学者极为光荣，姓名是登上报纸的，这或许是题名碑的遗风？

我有个四川宜宾友人，祖上是明代大臣周洪谟，乡试解元，殿试榜眼，是个品行正直有建树、关心民生疾苦的清官。他问我，题名碑上会有他祖上的名字吗？我答：放一百个心，只要是进士，必刻姓名，因为这是封建时代的制度。果然，他后来进京在题名碑上找到先祖姓名，欢喜万分！巧的是周洪谟还做过北京国子监的祭酒（最高长官），这里当然留下他的足迹，后裔至此循迹先祖遗风，学习先祖的为人行事，该是多么有意义的心灵行旅！

科举制度是封建时代废除世禄、察举、征辟、九品中正制的极大进步，使贫苦的农民子弟改变命运，参与管理国家。科举不是仅仅考八股文诗赋书法，还有策论，即对国政发表见解。西方的文官考试制度也由此而来。中国历史上的脊梁人物大多是进士出身，而他们的名字至今镌刻在孔庙的题名碑上，是值得我们后人永远记忆的！

沧桑巨变弹指间，改革开放后的中国，经考试入学的大学生，近些年每年近千万人，各类学府敞开大门，更广泛地给青年人，尤其是偏远地区农家子弟，提供了改变人生的机遇，这是封建时代科学制度不可比拟的，600余年考中的进士据题名碑上的统计共51624人，可见跃龙门之难。真是“换了人间”！

清代重骑射，对国子监学生也要求文武兼备。紧邻国子监西路北有箭厂胡同，是当年供国子监学生们骑马射箭习武处，曾有“射圃”、箭亭等，早已拆毁改建成民居了。风声雨声读书声，与马驰蹄疾翻飞声、力挽强弓中的声，早已淹没在街肆喧嚣松柏风涛中，已成为历史的烟尘和消逝的绝响……

则为你如花美眷，似水流年

“白日消磨肠断句，世间只有情难诉”，今人听《牡丹亭》大约不会再有古人的情怀，但那种文辞惊艳的典雅婉转，却令人常怀思古之幽情。

汤显祖的“临川四梦”，即《邯郸记》《紫钗记》《南柯记》《牡丹亭》，近日联袂在京亮相，令人一饱眼福。人们熟悉《牡丹亭》，而对于前“三梦”，还是不常见的。400年前衷肠曲，如醉如痴到如今。其实，汤显祖大概未曾想到，本来为昆腔而写的《牡丹亭》，于今竟成为昆曲代表作。昆腔是为昆曲前身，为300余种中国戏曲成就之最高者，所谓“水磨腔”“一句十八弯”，婉转迤逦，吴音软韵，达动人心弦之极致。

记得有一年，恭王府开放演出昆曲《浮生六梦》，不知是不是据沈复《浮生六记》改编的，亦不知是上昆还是北昆的名角儿。遥想画栋雕栏，池水风荷，清音入耳，心向往之，但未得一观，也是憾事。

“良辰美景奈何天，赏心乐事谁家院”，没有闲情雅致是不会去欣赏中国最阳春白雪的典雅艺术的。记得20世纪60年代，我还是不谙世事的少年。父母逢暑期要去度假，我和弟弟是不准去的。现在想来，可能是一种惩罚，因为我和弟弟不仅不能去度假，还要分别去姥姥家和姑姑家。稍长读古诗，“兄弟如参商”的意境，才体味如斯。我印象中只有一次，父亲学鉴赏的老师张效彬老人邀请父母带我们兄弟二人去香山别墅度假。这也许是父亲不能违逆老师的邀请吧！

那时的香山极幽静，空山不见人，但闻鸟语声。我和弟弟常在树林中捉蝉，那种寂静中的童趣如今只存在于记忆中了。在随长辈游历中，曾看见四五人林中围坐，余音袅袅，箫笛悠扬，长辈们说那是在“拍曲”。在少时我的眼中，仿佛是看到了神仙般的人物。我长大后疑心那也许是俞振飞、俞平伯等人，记得张中行先生在《负暄琐话》中谈到，他也去香山碧云寺见过俞平伯、许宝驯夫妇在唱昆曲。俞平伯先生不仅是学者，也是昆曲名家。1935年，俞平伯发起成立“清华谷音社”，取“空谷传声其音不绝”之意，大曲家吴梅为导师，一时声传南北。据说，韩世昌先生曾评价社中演唱最精彩者为俞许夫妇的《情勾》《游殿》，而且往往由俞振飞吹笛伴奏，可见不同凡响。我虽曾拜访过俞老，可惜从未听过奏雅之曲。少年时代听过的唱曲者假若是俞老，那么他唱的是什么呢？许先生唱的是什么呢？会是“原来姹紫嫣红开遍，似这般都付与断井颓垣”“则为你如花美眷，似水流年”吗？那种印象至今不忘。

也可惜，现在能入耳的佳曲太少了。莫说明代人对昆曲的描记，像《红楼梦》里关于曲音婉转的描写，那真是可望而不可即了。我看过朱家溍老人唱过的全本昆曲《单刀会》，那才是声遏行云，此曲天上。但从未向您老人家请教过。人生憾事何其多？朱老是武库般人物，文物、考古图书领域的盛名，使他戏剧的造诣不为多数人所知。比如他是杨小楼一派嫡传，他曾饰项羽，是杨派大武生的功架，20世纪60年代与言慧珠合演《霸王别姬》，由此可见朱先生的功力。有人将朱家溍与刘曾复、吴小如并称为京剧评论界“三贤”，姑不论是否合理，但由此可见言鼎之地位。直到晚年，到朱宅请教的行内人仍络绎不绝。而且，朱老不仅能演戏，理论水平也很高。梅兰芳《舞台生活四十年》1981年重印时，加第三集，扉页特别注明：“梅兰芳口述，许姬传、朱家溍记。”若非内行，焉得梅先生认可？他还是昆曲研习社的主持人，这可看作是谷音社的殿军。再譬如溥雪漪老先生，是古曲大家，上溯至南音，无不精擅，我也只是请您老人家改过我填的词，而未请教过昆曲的奥妙。如今，想请教也不可得了。

昆曲是雅之极品，过去京剧演员也必学昆曲，梅兰芳祖父梅巧玲开蒙是在昆班。野史曾记，梅巧玲晚年与维新名臣徐致靖在席间分别唱《长生殿》中的杨玉环与唐明皇，那种优雅韵致今天是绝难再现了。梅兰芳先生也是能唱昆腔的。行家只要看京剧演员在台上的一个眼神，就知其有无学过昆曲。明代以降，古人所说的“拍曲”“度曲”，其实是指昆曲教学和清唱，“拍”“度”，何其从容优雅。以京剧论，京派与海派是有区别的。京派自清末以来观众喜欢折子戏，讲究唱做，腔调、韵味、手眼身法步，丝毫无差。海派则讲连台全本，噱头、布景，形同杂技。但若比昆曲，则相形见绌，精雕细琢，典雅细腻，愈趋小众，成为戏曲的最高典范。其实在清代，北京学吴语、唱昆曲是极时尚的，君不见清人诗“多少北京人，乱学姑苏语”。

上海昆剧院曾晋京演出四场，因《牡丹亭》只是一折，所以我慕名挑了梁谷音女士全本《蝴蝶梦》去欣赏。不能说是唱念俱佳，只是“文采风流今尚存”，但也比“青春版”规矩多了。《蝴蝶梦》不是一出文采娴雅的曲本，无非是借庄子休妻，叙说女人的覆雨无情，插科打诨而已。

上昆晋京演出过的全本《牡丹亭》，我没有看过，不知是否原汁原味？

能够清风明月下欣赏哪怕并不专业的昆曲，在物欲横流、人情冷漠之今日，也太不易了！即便“槛外人”去听“青春版”昆曲讲座，去看“青春版”的《牡丹亭》，我也是赞成的。2001年昆曲被列为世界非物质文化遗产，已经式微的昆曲由于青春版《牡丹亭》一鸣出世，十多年来此剧日趋若鹜，驰骋氍毹。“《牡丹亭》害了昆曲”，世字辈老人如是说。也许言过其实，但昆曲由此剧种单一、行当凋谢，却非危言耸听。不谈昆曲老前辈，仅京剧琴师梅雨田“肚子里装满了三百来套昆曲”，而且对曲牌源流如数家珍。当然，这或是得源于他岳父陈金爵，那位嘉庆、道光年间名传天下的昆生。当今昆曲演员肚里又能装几套曲目呢？急功近利、商业化毁了昆曲，须知昆曲是小众高雅文化，如同曾经的千人演奏古琴一样，使风雅坠入深渊，记得李祥霆先生曾发声指斥，是很有道理的。古将不古，昆将不昆，夫复何嗟？也许，走向衰落是昆曲不争的归宿？

西湖边上有冯小青墓。冯氏是《牡丹亭》的崇拜者，曾写小诗：“世间也有痴如我，岂独伤心是小青。”清代有昆曲《小青挑灯》，即叙其事。现在没有曲高和寡的正宗昆曲，自然也不会有极专业的顾曲听众，如冯小青、娄二娘们。明代有不少文人写过昆腔的优雅曼妙，也描述过伶人的万种仪态，如张岱在《陶庵梦忆》中描绘伶人朱楚生：“楚生色不甚美，虽绝世佳人，无其风韵。楚楚谡谡，其孤意在眉，其深情在睫，其解意在烟视媚行。”今人唱昆曲有如此风度仪态吗？就像20世纪30年代好莱坞女星，包括那时中国女演员的那种优雅，已经恍如隔世。

脑海里似乎浮出《红楼梦》中豆蔻年华的戏班女孩们的袅袅清音：“则为你如花美眷，似水流年……”

逝去的节俗

——中秋祭月

现在人们过中秋节，基本是团圆赏月，但在百年以前，中秋节从国家到民间都是要有仪式的，那就是祭月。

祭月在奴隶及封建时代是国家祭祀，从周朝即已存在，目的是祈祷国家祥和安定。明代在北京建月坛，专为祭月场所。清代定制祭祀有三等，祭月称中祀，比祭天地、太庙、社稷的大祀低一等，但也要由皇帝亲祭或遣王公大臣代祭。祭月并不在中秋节，而是在每年秋分日酉时，即月上之刻，地点在月坛。仪注甚为复杂，此不赘述。

中秋佳节则还要在乾清宫设宴摆供祭月，设供桌，悬挂月宫符象，供直径55厘米、10斤大月饼和左右各3斤重的月饼，以及数盘小月饼、酒茶、应时鲜花果品。最独特的是“供月例用九节藕”，此藕只出于西苑中、南、北三海莲花池内，九节生于一根，寓九九至尊之意，为皇家专用。另外必供的是莲瓣形西瓜，即整瓜雕成数瓣，互相绽开，瓣底与瓜蒂连而不断，状似莲花，寓意团圆。

摆毕供品要燃香，皇帝和皇后等依序向“太阴星君”（民间称“月光马儿”“月光神马”“月光纸”）像行礼如仪。待香尽，焚像，撤供。大月饼则包贮存至除夕阖家分食，其他月饼、西瓜、仙果等赐予妃嫔及太监宫女等。其祭月所需供器物品等各类甚繁杂，以上只是约略而述。皇家所用月饼，由内膳房承做，集苏式、广式、京式而合一，其精工细做不惜成本，当然是民间所望尘莫及。据说今故宫博物院仍存有内膳房全套月饼模子，是很令人产生兴趣的。

民间也有祭月习俗，但只在中秋节那天。明人刘侗等著《帝京景物略》载：“八月十五日祭月，其祭果饼必圆，分瓜必牙错瓣刻之，如莲华。纸肆市月光纸，缋满月像，趺坐莲花者，月光普照菩萨也。华下月轮桂殿，有兔杵而人立，捣药臼中。”在清代，不仅是民间，王府官宦人家都会举行祭月仪式。

现在的人们对那时的祭月仪式是很生疏了。今人所熟悉的《红楼梦》《西游记》《儒林外史》《儿女英雄传》等小说中都写过祭月，但大都一笔带过。如《红楼梦》中说祭月，无非“陈献着瓜饼及各色果品”“铺着拜毯锦褥”“贾母盥手上香，拜毕，于是大家皆拜过”。曹雪芹是内务府上三旗汉军包衣出身，但曹家受康熙皇帝信任，几任织造，虽然身份卑贱，但富贵至极，祭月仪式不可能如此简单。再看已故溥杰先生回忆醇亲王府中秋祭月：“西方向东摆一架木屏风”“挂有鸡冠花、毛豆枝、鲜藕之类，说是供月兔之用。屏风前摆一个八仙桌，桌上供有一个十几斤重的大月饼”，由祖母率众人“依次向月饼烧香叩头”。虽显出亲王府气派，但描述仍然失之简略，而且都没有提到挂月宫符象即“月光神马”，简称“月光马儿”。

我与已故的老作家金寄水先生是忘年交，他是睿亲王多尔衮直系后代，在溥仪小朝廷时期还被袭封过王爵。他写过一部回忆录《王府生活实录》，亲眼见过亲王府里的祭月仪式。他说亲王府祭月不用“月光马儿”“供品与民间稍异”。时间是八月十五戌正左右，供桌朝向东南，两旁各捆竹竿，挂工笔月宫图像，画面为满月，“月内绘广寒宫殿阁之形。宫前有一女菩萨坐像，两旁各有一名执扇侍女。菩萨头上绘有佛光”。所谓菩萨也是“太阴星君”。“太阴”是古人对月亮的称谓，但太阴星君并非嫦娥。金寄水幼时见太监悬挂太阴星君像，问是否嫦娥？被母亲知道斥责他“渎犯神明”，令其罚跪。看来那时人们对祭月是非常有神圣感的。

祭月其实不可或缺的是“月光马儿”，也称“月光纸”，即上述祭月所用“月光神马”，是祭月光菩萨的像，即纸马，祭祀天地、日月神、财神、灶神等包括360行祖师爷所用纸质物品。因秦代牲用马，唐以后改纸马。月光马儿基本为三种，分红、黄、白三色，木版水印，产地不同，精糙有别，彩色、黑白各分。清人富察敦崇《燕京岁时记》说其“上绘太阴星君，如菩萨像。下绘月宫，及捣药之玉兔，人立而执杵。藻彩精制，金碧辉煌，市肆间多卖之者。长者七八尺，短者二三尺，顶有旗，作红绿或黄色，向月供之”。明代则高逾一丈，小者仅三寸。《帝京景物略》提到的是佛教色彩，为黄纸刻印。还有一种为太阴星君道教色彩的，白纸，因传说月神为太阴星君，故道教奉之为女神。红纸刻印文武财神关帝或赵公明，为商家所用。月光马儿在焚香行祀后，要与纸元宝等一并烧掉。收藏纸马最丰富的是已故漫画家毕克官先生，我请他的儿子查找，却仅有一幅山西老版祭月之神的纸马，无月光马儿。读赵珩先生《老饕续笔》，知他藏有一幅彩色木版水印的太阴星君月光马儿，他也感叹：“今天已很难看到了。”可见，当时的寻常之物，今天却真成了凤毛麟角。《红楼梦》与醇亲王府的祭月都未提及月光马儿，但“木屏风”应是挂置月光马儿所用。若以金寄水先生所见，亲王府所悬挂月光马儿，人物基本相同，只不过没有玉兔、执杵人而已。看来祭月各阶层所用月光马儿是不一样的。

据金老亲历，祭月供品“除五盘应时鲜果外，还有五盘蜜食，如金糕、栗子糕、蜜红果和油酥核桃。在各种供品后面，有个月牙形状的大型木制托架，上置一个约五斤重的月饼。月饼之上模刻彩色月宫图，两旁各插鸡冠花和带叶毛豆枝”。祭月者“皆为内眷”，由年龄最大的女性长辈主祭。之后举行“团圆酒”赏月宴，将供品撤到席上，月饼分而食之。

祭月供品必有西瓜，切成莲花瓣状。供桌上摆放香炉、蜡扦、花瓶之类，压下敬祭的黄纸等。鸡冠花寓意广寒宫桂树，毛豆枝是献上玉兔的供品，藕当然不会是三海所产九节白藕，但祭品必用藕，大约是以洁白喻嫦娥？

上述供品据翁偶虹先生《北京话旧》回忆：月光马儿售于南纸店和香烛铺，鸡冠花和毛豆枝则逢中秋添卖于油盐店，早花西瓜是在干果店贮藏的，售价颇昂贵。

北京最早的月饼只有“自来红”“自来白”“团圆饼”三种，后来才增加品种。祭月的月饼一般外购，也有王府官宦家自制。五六寸至一尺左右，厚一两寸。祭月后由主祭者分给家人。

果品供什么？很遗憾《红楼梦》和溥杰老、金老都没有列出具体品种。过去北京水果种类不多。石榴、京西小白梨、玫瑰香葡萄、郎家园枣、“虎拉车”（一种沙果，今已绝迹）、核桃、栗子之类，是中秋前后时令果品。旧时北京有专卖“果子”的店铺，称之为“果局子”。

贾府与醇亲王府、睿亲王府的祭月，都是由辈分最长的女性先拜祭，之后才大家“依次”“拜过”。《燕京岁时记》所说：“惟供月时男子多不叩拜，故京师谚云‘男不拜月，女不祭灶’。”但贾、醇二府所述拜祭中有男性，只不过先拜的主祭者为辈分最长的女性而已，其实男性参加是为了赞礼、执事等协助程序。这与皇帝家拜月略有不同，皇家是皇帝先拜，其后才是女性。女子过去另有拜月习俗。《礼记·礼器》载：“太阳生于东，月生于西，此阴阳之分，夫妇之位也。”也许“男不拜月”是循此说。

过去贫苦人家一般是不会举行祭月仪式的。首先要有庭院，像溥老回忆是在祖母所居寝院，贾府是在嘉荫堂前的月台上，贫民小户住人仅可立锥，何谈祭月场地？另外，置办供品都需破费，仅西瓜一项就是贫家半年粮了。已故的老北京习俗掌故专家邓云乡先生，曾回忆他家的中秋祭月，除葡萄、沙果外，他家非贫民，祭月用的西瓜还只用半个。贫民过中秋节，无非买张月光马儿、兔爷、几块“自来红”“自来白”寓团圆应景。

周作人的《儿童杂事诗》中有吟咏祭月：“红烛高香供月华，如盘月饼供南瓜。”诗后注说，除了水果四色和西瓜，还有南瓜和北瓜。可见江浙习俗，他在《中秋的月亮》中说当年将月神称之为“月光婆婆”，尤有情趣，比“星君”“菩萨”的称呼温情多了。

祭月习俗流传了那么多年，民间的祭月仪式逐渐向赏月、团圆欢聚过渡，仪式变得越来越不重要。今天只剩下兔爷点缀和团圆宴分食月饼了。当然，今非昔比，人们过中秋节，生活安定，举家团圆，月饼、果品的种类极其丰富，可以望空拜月，寄寓心愿而不必拘泥于旧习俗。

过去中秋团聚，会饮桂花酒、绿豆烧、莲花白，后两种是白酒，今天已绝迹了。也有只饮果酒，金寄水先生记叙的赏月宴就不上白酒。但今时可供选择的酒品更令人目不暇接，那就让人们在月光如水的佳节良辰，沽酒举杯而祝“但愿人长久”吧！

国学分类刍议

被钱锺书誉为“旷世奇才”的饶宗颐先生归道山，各类媒体溢美盖地，“国宝”“国际文化巨擘”“通儒”“国学大师”等，大有炫目之感。“国学大师”的桂冠在启功、季羡林逝世前，皆曾被本人所谢绝。饶先生生前似乎还未曾予以拒绝。

饶先生被弟子和媒介称为“国学大师”和“通儒”，他自己曾归纳其著述可分为八大门类：敦煌学、甲骨学、诗词、史学、目录学、楚辞学、考古学（含金石）、书画，几乎涵盖国学的所有领域。果真“涵盖国学的所有领域”乎？

所谓“国学”的含义其实很简单，即中国固有的传统学术。若干大家前辈都有解释，如张岱年先生在《国学丛书序》中说：“中国传统学术包括哲学、经学、史学、政治学、军事学、自然科学以及宗教、艺术等。其中自然科学有天文、算术、地理、农学、水利、医学等，这些都是国学的内容。”张老所说广而泛，他所举其实有些是实用性的科技门类，有些是基础学问。我曾读冯其庸先生撰文谈国学分类，记得大致归为四类：经学、佛学、宋明理学、小学（训诂），我印象很深刻，是纯粹的国学分类，是中国传统学术最集中的精华。我个人较为赞成他的分类。

如果再溯其上，章太炎先生在20世纪20年代初讲《国学概论》，认为国学的基本内容是经学、哲学、史学、文学，这其实并不太科学，应是借鉴了从《隋书·经籍志》到清代《四库全书》的“四部”，即“经、史、子、集”的典籍分类。有人亦曾予以考析。包括他晚年所著《国学讲演录》，又将国学的概念分为小学、经学、史学、诸子、文学五类，依然是“四部”分类的概念。章太炎本人重视小学，后世若干大家都是他的入室弟子，如陆宗达，连鲁迅先生也曾是他的弟子。故而他将“小学”列之于首。其实按古人的概念，小学也是治学方法，只不过后来成了专门的学问。

倘按《汉书·艺文志》的分类，则为六经（六艺）、诸子、诗赋、兵书、数术、方技，实则也是书籍的分类，比如“方技”中的“房中术”，岂可称“国学”？

从《隋书·经籍志》到《四库全书》，一直贯穿是典籍的分类法，而并非学术意义上的划分。故梁启超先生提出“国学入门书要目”，从“经、史、子、集”中举出四书五经、《老子》《墨子》《庄子》《荀子》《韩非子》《战国策》《史记》《汉书》《后汉书》《三国志》《资治通鉴》，宋、元、明三朝《纪事本》及《楚辞》《文选》，李白、杜甫、韩愈、柳宗元、白居易集等。以上是梁启超认为是最基本“皆须一读”的国学入门典籍，他并未将科技、军事等古籍列入。而且，他只是将上述列为“国学入门”的基本书目，并非定义上述即国学典籍之概念。史、集二部，我认为前者应为治国学的基础，后者是古典文学修养基础的入门。自张之洞至近代学者，亦有每开书目之举，繁简各列，包括鲁迅先生也曾为许寿裳先生之子开过“书目”，其中经、子典籍都是必列的。

经、子二部应为国学的核心，连同佛学（道学）、宋明理学，后二类对中国的文化（民国以前）产生了巨大的影响。国学的主要内容应大致如此，这也是前人所基本公认的。至于史学、文学，则不过钻之弥深而成“家”或“大家”而已。研究国学，史学应是除文学之外，最基础的知识。如有所研究著述，则为专家可矣。文学包括诗赋，在古代并非学术主流，小说戏曲之类尤等而下。在今天，也只是作为文学史、戏曲艺术史来研究，可以成为专家，但似并不能称之为“国学”。

综上刍议，饶先生自己的分类并非完全符合“国学”范畴。诗词、书画是小道，在古人只是一种修养，诗赋、“试帖诗”也仅是开科取士中的一种考试科目。不客气地讲，旧时代凡上过几年私塾者，皆可写旧体诗，只不过有优劣之分而已。古人书画的最高成就无非位列皇家“待诏”“供奉”。若其以诗词、书画类称“国学”，那中国的“国学大师”真可以车载斗量如过江之鲫。目录学是一种近代才出现的书籍分类学科，甲骨文、敦煌遗书出世较晚，衍为一类学问；考古是近代才出现的专业，曹魏时倒是有“摸金校尉”之类官职及所属机构之建，但那非“考古”，虽有“技术”，而是供掘墓充饷之用。所以今人若精于考古专业，至多称考古学家足矣。金石则应归于古文字或鉴赏类，楚辞学如同研究诗经、汉赋、唐诗、宋词、元曲……似不应归入国学。文怀沙先生号称“述而不作”，早年出过一本关于楚辞的小册子，后被捧为“国学大师”，招致李辉先生在《北京晚报》整版文章批驳。可见仅出版过一本介绍楚辞之书，并不足以被认同为“国学大师”。又如季羡林先生，他是公认的吐火罗文、梵文专家，有翻译著述，晚年写了一本关于制糖史的书，他有自知之明，所以生前婉拒对他“国宝”“国学大师”的溢美。启功先生主要以鉴赏、书法知名，也有帖学（书法）、音韵学、校注方面的著述，还点校过《清史稿》，他也是屡拒“国宝”“国学大师”的称谓。

至于“通儒”之谓，恕我鄙陋，我似乎还极罕见历朝那些大儒有此称谓。所谓“通”者，应对起码四书五经领域的研究皆有考疏、校注、传承、著述，甚至一家之言，开宗立派，方可实至名归，否则，何谓“通”之也欤？

学问广泛而且皆有著述，称专家或大师皆无疑义，固然“一字之褒，荣于华衮”，但国学大师真是不可虚冠。我对饶先生无不敬之意，但若称“通儒”“旷世奇才”，姑不论宋明硕儒，清初大儒顾炎武、黄宗羲、王夫之、戴震、段玉裁，王念孙、王引之父子等，或读梁启超《清代学术概论》中所列，更不胜枚举，那章太炎、王国维、梁漱溟、熊十力等，包括陈寅恪等该用何等称谓好呢？当年清华国学研究院有四大导师，世人无有异议。梁启超、王国维、陈寅恪、赵元任，前三位称之为“国学导师”当之无愧。即便赵元任，也不仅仅写《教我如何不想她》，其于音韵、方言等领域，也是极有研究的。现在提起赵元任先生，则冠以语言学家，此称谓真是贴切精准。可见国学大师或导师，必得之于世所公认而无异议。

还有一个小问题与国学分类无关。我读各报关于饶先生的报道，连篇累牍，学术成就、编纂经历不惜笔墨，但其在抗战八年中的履历鲜见提及，与启功老先生抗战中在北京的八年一样，其学术建树履迹不得而知。过去，对季羡林先生在抗战八年，知者极少，后来季老自己写了《留德十年》，才知他远离烽火，避之于异域。而对饶先生的报道，真是欠缺了一个重要的人生履历，所谓“知人论世”，对于了解饶先生的一生完整学术成就的脉络分期，不仅是阙如，更是遗憾。

观摩崖石刻记

临入仙居县的天姥山神仙居景区之前，遥望群峰，不禁神驰，想起“云霓明灭或可睹”这句诗，心里思忖：千万勿效颦一些景区，在岩崖上乱刻当代名人达贵墨迹，不乏丑陋，不忍卒观，且将好端端的山色弄得遍体鳞伤。古人有摩崖刻石的风雅，也有官员赋诗题句，但古时官员大多是进士出身，翰墨俱可，不似今人胡乱涂抹，胆子大得很。记得当年韩复榘主政山东时，曾大修泰山古迹，完工后特颁令“除奉令准刊外，无论何人不准题字题诗”。其实韩复榘自己的书法颇有功底，完全不似相声《关公战秦琼》所讥讽是大草包。泰山官宦之流的刻石过多，其实是对自然风光的肆意破坏。

迤逦游山，碧翠入眼帘，郁色遍崖青，摩崖石刻几乎绝迹，这很使我欣慰，也可窥见开发者的良苦用心。当然，也有数处石刻墨迹点缀于山崖，如“烟霞第一城”，本是乾隆年间仙居知县何树萼题于县治东岭文昌阁，本意大概是称誉仙居山水绝佳，“烟霞”古人常用，李白《梦游天姥吟留别》中有“云霓明灭”，也有“烟涛微茫”之句。这五个字被移刻到山中，是否置宜当然仁智各见。但榜书是很难写的，何树萼应是进士出身，书法有功底。明清进士多馆阁体，谈不上优劣之分，但能写擘窠大字还是让人首肯的。置于岩崖，恰如其分。

其实，仙居出过一个元代画史上有地位的柯九思，距“烟霞第一城”崖刻不远，即可见“九思亭”，当是今人为纪念他而建。有亭翼然，杂树掩映，不失为山中一景。记得《历代碑帖法书选》，未收入其书法，大约是柯九思在元代书家中并非一流之故？柯与赵孟頫、鲜于枢、邓文原、康里巎巎、周伯琦、饶介等，风气所至，虽皆师法晋唐，但毕竟柯九思专力画竹、鉴赏，书不列名著，情有可原。因其书作流传稀稀，故坊间似无其书帖印行。《元史》亦无他的传。民国后的《新元史》倒是将他入传，但因撰者柯劭忞是他的后人，后人也考证柯九思只有女儿，抑或族人后裔？其权威性尚存疑。虽然徐世昌以大总统之权势兼与柯劭忞姻亲之情，将《新元史》颁列“二十六史”（含《清史稿》），但终不被后世学界所承认。

柯九思首先是画家，其墨竹有论者谓“文同后一人”，兼擅行楷。与赵孟頫、王铎等类同，以汉人仕元，颇遗后人诟病。柯九思不是正途出仕，“遇文宗皇帝于潜邸，及即位，……特授学士院鉴书博士”，应是御用品鉴侍从。三年后被罢官，被劾“性非纯良，行极矫谲，挟其末枝，趋附权门”，他的受宠引起蒙古贵族集团的厌恶。这也影响了明清文人对柯九思的评价。柯九思对仕途较为热衷不可否认，以至他被罢官之后为他人鉴定字画时还署印“鉴书博士”。晚年绝望始入道教，后人考证他之逝世与服药导致砷中毒有关。

但柯九思在官场并无劣迹，未将他的墨迹摩崖刻石，是源于倪瓒以来对他的贬低？还是因为他只是以鉴赏、绘画知名，其书法未列入元之大家行列？其实封建时代士子求仕途无可指摘，只不过逢到异族入主中原，气节即“人格”便成为千夫所指的标准。我个人认为，譬如在九思亭之侧刻块碑，镌刻他的书画也似无不可，柯九思似乎未写过咏神仙居的诗？可见那时的神仙居大约极少为人所知吧？南宋末年，为避元兵锋焰，文人士子相率南迁，郭沔遁居衡山，“每欲望九嶷，为潇湘之云所蔽”，作琴曲《潇湘水云》以抒故国之思。柯九思不知是否聆听过此曲，曾出仕的他会写出“以寓惓惓之意”的诗吗？

上山时，赫然见到吴昌硕大书“太白梦游处”。吴昌硕是浙江人，逝于1927年，我不知吴昌硕此句是否专为神仙居所题，但他的篆刻、书法、绘画，开宗立派，与任伯年、蒲华、虚谷并列“清末海派四大家”，堪称难以企及的大师，迄今不可望其项背。他的诗词也堪成家，所以被誉为“文人画最后的高峰”“石鼓篆书第一人”。瞻仰他的书法，确令人倍感有雄浑奇崛之气，那种气韵，真是大有“霓为衣兮风为马，云之君兮纷纷而来下”的嘘拂。尤其令人景仰的是，吴昌硕有古代文人投笔从军、参赞戎幕的遗风。甲午之战爆发，湖南巡抚吴大澂请缨率二十营老湘军出关御倭，并邀孙子吴昌硕出征，协办文书简牍并参佐军机。后兵败，吴大澂以“徒托空言，疏于调度”之罪被革职，吴昌硕也扼腕而归。20年后的1912年，69岁的吴昌硕写诗忆甲午从戎：“昨夜梦中驰铁马，竟凭画笔夺天山。”这样炽烈的爱国之情，怎不令人望其墨迹而肃然起敬？其实，山林之间，偶有佳刻，书镌俱美，融之和谐，也不失为一种精神愉悦。纵观神仙居山水之间，石刻绝少，使人可在乎于山清岩秀，眸间甚为惬意。

比如下山时，见到“梦游天姥吟留别”的题刻，则与人有意犹未尽之感，烟霓溪声，云影山色，当然不可一日揽尽，沉吟留别，馀思眷意。细看题款，乃明人张瑞图。经询何以选此人？答：查遍古人墨帖，未见有书李白《梦游天姥吟留别》者，唯张瑞图书诗存世，故摹刻之。此人在中国书法史上的名声当然高于柯九思，但品行争议更甚。他的书法奇逸峻峭，与董其昌、邢侗、米万钟齐名。《明史》有传，但却列入“阉党”，是魏忠贤的“魏家阁老”，以礼部尚书之位参与魏党“机务”。史书称其“依媚取容”，尤其

“忠贤生祠碑文，多出其手”，甚为朝臣和士大夫所不齿。在封建时代，结交依附宦官，以求仕途升迁，是一种耻辱。明代张居正所为人诟病之一，即结交太监冯保把持朝政。毕竟在魏忠贤专权时，依附者也是少数。所以崇祯皇帝登极，即办“逆案”，张瑞图有所恐惧，两次告退。但在任主考官时，居然徇私，引崇祯大怒，坐实“为忠贤书碑”的“实状”，列“交结近侍又次等论徒三年输赎民”的罪名，被罢官遣归。其隐居晋江故里，优游林壑，常与僧人谈禅，这大概与柯九思去官之后论道的心理相仿佛。但“阉党”的不光彩帽子真的能使他忘情山水？还有与张瑞图同朝的那些前仆后继与魏党抗争的脊梁式人物，大义凛然，眦裂喋血，他怎么可能失忆呢？

张瑞图死后，南明唐王朱聿键为他赐“文隐”谥号，重新祭葬，但这背后有他表兄林欲楫的运作。林是唐王的吏部尚书，且与张瑞图同榜举人、进士，关系甚密，且张瑞图之子又是林的女婿，故林以张瑞图曲线“救世”的平反理由当然不被后世所认同。

望着张瑞图的碑刻，大约是小字放大，或许有些失真，但他的书法与为人竟然反差若大，其“奇逸”的定评真是令感慨不已。古人是很重气节的，其实宋四家“苏黄米蔡”的“蔡”本是蔡京，因其臭名昭著，故换上蔡襄。又如严嵩，书法绝佳，但因其属奸臣，其书法竟至绝迹。峰崖苍苍，草木葱葱，天地钟秀，万物扶助，回首张瑞图刻石墨迹，忽然想起李白诗中恰有“安能摧眉折腰事权贵，使我不得开心颜”之句，张瑞图低首书此句时，何焉心状耶？

青崖不改，碧溪长流。天姥山之所以奇逸，是因为李太白的不朽名篇，而相得益彰，而无双独绝。“别君去兮何时还？且放白鹿青崖间。”吟诵李太白那瑰丽雄奇的诗句，流连那秀色可餐的滴翠胜景、烟云瀑声，才不枉世间履痕所至、诗意栖身吧？

山里的精灵

浙江省台州市之仙居县，因有李白所梦游吟咏的天姥山而闻名。往游归来意犹未尽，颇有萦系之思，且忖绝句短章已不足以皴染神仙居山色之旖旎绝佳，心中而若有所思，不吐不快。短章词曲囿于舒展，不可奔泻。记得曹雪芹借《红楼梦》贾宝玉之咏婉嫿将军事，云非七古不能敷陈排比，故吟七古二十三韵以抒怀。

其中有句“不闻猿啼闻鸟语，朱雀花落染清溪”，山中花木甚多，而独有所咏，是在山中见到的朱雀花，给我印象很深。溪水潺潺，花落伊底？也颇令人凝眸。游山时口占七绝，亦有“翠树悬缠朱雀花”句，可窥反复吟咏，缘于朱雀花铭记之于心际。

此花据说为仙居山中所独有，立夏前后绽开。天姥山奇峰、烟霓、溪瀑、幽谷、层林……令人称奇，而一串串深紫色、形状诡异的花，盘缠在如烟似雾的苦楝树上，则令人更为诧叹。当地人称之为“朱雀花”，大自然的造化使之据说只生存于此山，其形状酷似一只展翅欲飞的紫雀。看来此花成为当地人的骄傲，世间有此奇花，焉得不以此精灵为荣？故盘桓山中，触目之处，其路灯形状，盥洗间标识，造型皆如曼妙之朱雀花，那玲珑的精灵，雍容的色泽，时时映入人的眼眸。

“朱雀”乃是很多国人所熟悉的语汇。若退回到时一千多年前的唐初，最流行的文章则是唐初四杰之一杨炯的《盂兰盆赋》，其中经典骈句是“……前朱雀，后元武；左苍龙，右白虎；环卫匝，羽林周。雷鼓八面，龙旗九斿。星戈耀日，霜戟含秋”。其“朱雀”之名与“辞章瑰丽”的这篇骈文为时人所耳熟能详。

当然，这里的“朱雀”说的不是花。朱雀本乃中国古代天之四灵、四方星宿，二十八宿之南方七宿之一。《淮南子》列之为五兽、四象，古越国则以朱雀为图腾。考古则始见于曾乙侯墓漆箱中所见二十八宿之朱雀名。朱为赤色，南方属火，故名朱雀。古代建筑屋脊两侧的螭吻，据说即由朱雀变化而来，寓消灾灭火之意。甘肃等地区至今有祭祀朱雀等四象民俗尚存。那民间将此花命名为“朱雀”是寓意化吉之意吗？近来中国发射运载火箭，命名为“朱雀一号”“朱雀二号”，是命名之以远古图腾？还是命名之以奇花，是彰显灵宿的形象吗？是敬畏于大自然的灵异吗？朱雀，朱雀，腾飞于天穹，绽之于山谷，令人真是为之神驰遐想。

李白梦游天姥山，只吟咏：“天姥连天向天横，势拔五岳掩赤城。天台四万八千丈，对此欲倒东南倾。”他是梦游，只想象“仙人如麻”，奇景万千，但不会梦见朱雀花。后人有考证他可能来过仙居，但若真的履痕至此，以他“仰天大笑”的豪气，会注意神仙居群峰中独生于此小巧玲珑的异花吗?

神仙居群山里有许多在城市里见不到的物种，如石楠、油桐、甜槠、杜英、野草莓……缤纷杂处，竞相绽放，使人眼界为之大开。仙居的人为何要将此花取名“朱雀”呢?鸟类谱中有一种小鸟名“禾花雀”，俗称“天上人参”，已被列入国家野生保护动物名单。植物界有一种蝶形花科藤本植物“禾雀花”，学名“白花油麻藤”，花形也类雀鸟，五瓣，如栀子花瓣，浅白色，花显淡绿，仙居山中亦有，识者谓即是朱雀花同类。

据网上可知，四川省眉山市仁寿县禾加镇王龙山，也有称之为朱雀花者，是国家二级保护植物，吊挂于藤蔓，每年三四月开花，初始白或淡绿，盛开为紫红色，两块花瓣卷如翼翅。如禾雀欲飞，与禾雀之状妙肖，据说此花受伤竟会“流血”，神奇之处令人啧啧。与我在山中所见朱雀花，极为相似，是不是同科，则不可知。

游山水之际，“多识于鸟兽草木”之名，是一种享受。以神州之大，穷尽一生，亦不可淹贯博识。古人将多识草木上升到仰止的高度：“尔雅以观于政可以辩言，又云多识于鸟兽草木之名。一物不知，儒者之耻，遇物能名，可为大夫。”这是古人编草木鸟虫小百科《尔雅音图》序中的话，并特意指出：“则此书之成，不独好古者所宜服膺，为政者盍流览于斯。”另《毛诗品物图考》序中则更强调：“士人束发受书，足不出庭户，交不出里巷，安得合天下之大，极庶类之繁，一一尽知其名象哉……此多识之学所宜亟讲也。”古人的见解在今天也并不过时。比如古人提倡“格物致知”“知行合一”，是否涵及对大自然及草木之“知”呢？鲁迅先生是令我敬佩的，他对植物鸟虫的研究，极其博学。他读过的有关中国、日本等古籍，购之诸如《花镜》《毛诗草木鸟兽虫鱼疏》《山海经》《尔雅音图》《广群芳谱》《毛诗名物图说》等数十部，其中《野花谱》《茶经》《园林草木疏》《南方草木状》等十多部皆细细小楷手抄。鲁迅在绍兴和杭州期间还与弟弟周建人等一同采集过植物标本。北京鲁迅博物馆至今保存有鲁迅采集的植物标本和《采集植物标本手稿》一册。他的弟弟周建人在植物学领域有专长，是与鲁迅的指导密不可分的：未经科班，竟蔚然成家，成为《植物》《自然》《动物》教科书的编辑，除翻译《物种的起源》《生物进化论》等，还出版有《花鸟虫鱼》《田野的杂草》等科学小品集，这也是令人起敬的！再如鲁迅，他于1903年发表的万字论文《中国地质略论》，不仅早于李四光，而且已被公认为中国近代地质学的开山启蒙之作。次年，他与顾琅合著的《中国矿物志》，更是中国历史上首部全面记述分析中国矿产资源的学术专著，清政府农工商部高度评价，学部推荐为“国民必读书”“中学堂参考书”！“俯首甘为孺子牛”“回眸时看小於菟”，鲁迅的悲欣情怀不仅及人，亦及之草木山川，濡沫之情，真的是令人感佩。

古人说：“江山也要伟人扶。”其实山川之地灵钟秀，不一定非要名人点缀，那“万类霜天竞自由”的草木花卉，才是我们眷恋家山的萦系之情。“人非草木，孰能无情？”雨露煦风，朝晖氤氲，草生草长，花落花开，草木其实亦应有情，有灵异，只不过大自然的奥秘，人类并未完全解码。人类自认为是昊天之骄子，万物之灵长，其实并非是大自然的主宰，对草木之不屑，之不惜，那会受到大自然的报复吧？所以，岂止仙居朱雀花，华夏之一草一木，不但应识之，更应怜爱之，以使我们生于斯、长于斯的家山，永远万物蓬勃，葳蕤长青。

杨曼青·《绣囊佳话》·炒肝儿

若提起程派名剧《锁麟囊》，喜欢京剧的人们耳熟能详。但若提起比《锁麟囊》出现更早的京味长篇小说《绣囊佳话》，恐怕知者稀稀。京剧《锁麟囊》1940年5月于上海首演，而《绣囊佳话》早在1913年即已由群强报馆印行，作者是报人作家杨曼青，他与编剧翁偶虹、主角程砚秋均是旗人，而京剧与小说均取材自乾隆年间的《只麈谭·荷包记》，也有人认为小说取材于《夜雨秋灯录·闺侠》。但自《荷包记》问世以来，不断有人改写，在《锁麟囊》之前，已有张笑影编写的京派新剧《绣囊记》出现在戏台上，有可能参考过杨曼青的小说，杨曼青参考前人亦在情理之中。不过杨曼青逝于1936年，张笑影逝于1938年，皆未见到《锁麟囊》公演。

关于《绣囊佳话》，付立松先生认为“是一部旗人评书体小说。……借鉴北京评书艺术独创了一种小说文体，叙述过程不时插科打诨，玩挂现，抖包袱，幽默十足”，是“北京旗人命运的隐性书写”。评价是很中肯的。在20世纪20年代至30年代中期的北京，杨曼青很有名气，以老北京话包括旗人语言叙述时令民俗、胜土风物，被誉为“开京味小品文之先河”。记得刘绍棠先生逝世前，曾呼吁将20世纪50年代以前京味作家的小说重新印行，但记得似乎有争议，终未实施。杨曼青关于写老北京的小品文当年也曾结集印行，但岁月荏苒，坊间早已绝版了。如果重新再版，对研究老北京风物民俗未尝不是一件好事。

现在几乎没有人知道杨曼青，但在当时，他不仅是名报人、名记者、小说家、小品文作家，还是美食发明家。北京人大多吃过炒肝儿，即便没吃过，肯定也知道这是正宗的北京风味小吃。北京的风味小吃品种繁多，大都是下层劳动人民发明（包括清宫御膳的小吃），但唯独炒肝儿，却是名记者杨曼青创意发明的。他不像邵飘萍、林白水、成舍我那样在北京新闻界有重要地位，但我认为杨曼青在北京民俗上所做的贡献，在当时新闻界中无可匹敌。

过去一提炒肝儿，“老北京”都知道最有名的当数鲜鱼口的天兴居，但就史料看，发源地应是天兴居斜对面的会仙居，1956年公私合营时这两家才合并。

据记载，会仙居开业于同治元年（1862年），起先也不过是个小酒铺。到民国初年，受白水汤羊启发，以猪的肠、肝、心、肺洗净后，分别切成肠段、心丁、肺条、肝片，放佐料白汤煮，起名白水杂碎。但因工艺简单，佐料单一，故不受食客欣赏。

当时《北京新报》主持人杨曼青，对北京风土人情尤感兴趣，不仅在报纸宣传，还出过有关著作，闲暇时常光顾老北京风味小店，也去过会仙居，与店主刘氏兄弟相熟。看到白水杂碎不受欢迎，便建议去掉杂碎中的心、肺，加酱色勾芡，名字可叫炒肝儿。他认为如果叫烩肝肠就不会吸引人。杨曼青的建议颇具体，主料、佐料、工艺、名称，一应俱全，称其为发明绝不过分。

会仙居马上采纳了建议。据政协文史资料研究委员会编的《驰名京华的老字号》记载，炒肝儿的原料、工序并不复杂：先将猪肠清水加醋洗净，去腥臭后开锅煮后文火炖，锅盖必须是比锅小一圈的木锅盖，目的是使肠能熟透又不跑油，且保持肥美香味。待肠烂熟之后切成五分长小段，称之为“顶针段”。猪肝洗净后用刀斜片成柳叶状条儿。制作料时先将食油熬热，放入大料，炸透后放入生蒜，蒜变黄时即放入黄酱。另熬上好口蘑汤。配以蒜酱、葱花、姜末的口蘑汤，再将生肝条放入肠中，马上勾芡，再撒蒜泥，整个工序即告完成。

当时炒肝儿问世，门庭若市，营业面积也不断扩张。当然，这也归功于杨曼青的炒作，他在报上发表介绍文章，大谈猪肠、猪肝的营养价值云云。他又出书，除对老北京独家买卖一一推介外，又对会仙居的炒肝儿大加宣扬。炒肝儿风味的形成，杨曼青是发明人，又是推广人，确实功不可没。现在庙会上小摊打出“×记传人”的幌子，实在是侵犯了杨曼青先生的知识产权。但是由于炒肝儿原料便宜，制作相应简单，北京街头巷尾如雨后春笋般冒出许多卖炒肝儿的摊贩，当然口味都不如会仙居。直到20世纪30年代初，斜对面又开了一家专营炒肝儿的天兴居，两家开始竞争。会仙居的第三代传人（共兄弟五人）轮流坐庄，开始互不信任，偷工减料，造成质量下降。天兴居乘虚而入，并将炒肝儿予以精心改革，提高质量和口味。改进措施不少，最主要的有三条：一、洗肠之前去掉肠头、肠尾，使煮出的肠更加肥美；二、猪肝选用肝尖，使之更加鲜嫩；三、改进作料，不用酱改用上好酱油，口蘑汤也改用“味之素”。仅此三点，就使会仙居的老顾客都跑到了天兴居来。1952年会仙居终于被迫将这家几十年历史的炒肝儿老店转让，再也不复“稠浓汁里煮肥肠，一声过市炒肝香”的兴旺景象。1956年公私合营后又转为国有，现在这个招牌不知还在使用否。

炒肝儿在老北京小吃中有其独特的风味，深受老北京人喜爱。我没有品尝过会仙居和天兴居的炒肝儿，地安门外合义斋的炒肝儿在20世纪70年代曾品尝过，原址即在火神庙前，后迁到护国寺街里，不知风味依旧否。现在的炒肝儿基本上不再可口诱人。依我的观察，除了偷工减料、作料不全之外，清洗不净是最主要的问题。有异味的东西还会是美味吗？一种风味小吃如果失去了它本身的工艺要求、作料配置等，那还有存在的意义吗？说它异化也好，挂羊头卖狗肉也好，存在就不完全合理了。所以，老北京小吃风味的抢救恐怕于今也是当务之急了吧！

煲仔饭

来到开平古镇赤坎，已是一天繁星。住进潭江边一家旧式老楼改造的酒店，似乎已经嗅到古镇的气息。这个始于清顺治年间的小镇，竟在20世纪二三十年代以交通要道、商埠码头兴盛一时，备极繁华，一时有“小上海”之誉。那弥漫着西洋风韵的碉楼、老街、骑楼……辄令人向往一观，神驰遐想那曾经的风韵和沧桑……

一月的京城寒风瑟瑟、满目肃杀，而一月的赤坎却是生树杂花、映眼碧色。清晨的阳光有江南的妩媚和煦，咫尺之遥的潭江波光粼粼，一天云影、微风，一岸榕树、紫荆。老街翘首可望，担任我们一行导引的张碧云女士说上午就要去逛老街，我有些莫名其妙地企盼。

忽然，陈世旭兄又鼓噪要吃“煲仔饭”，他从清晨起来就念念有词，我有些不以为然——在广州、在香港都吃过所谓“早茶”，广东小吃似乎从无使我心动。我问：何谓“煲仔饭”？世旭兄答：

吃过就知道了。

食处就在距酒店几步之遥的骑楼下，店不大，也谈不上窗明几净，甚至略显幽暗。主人是母女。坐下，望着窗外蓊然如盖的老榕树，有些心不在焉，脑子里忽然掠过京城的早点模式——豆浆、油条、豆腐脑儿、豆汁儿、焦圈儿、火烧、豆面丸子、炸豆腐……

先上桌的食馔，我基本没有动箸，世旭兄号称美食家，据说亦擅烹调，履踪遍布天南地北，可谓见多识广遍品佳味。耳朵里飘进他说的广州的“煲仔饭”，没有注意听，思绪的色彩仍然回旋着金黄的油条、乳白的豆浆……

“来了！”老板娘端上大砂锅，“吱吱”有声，盖掀起，一股沁人的香气直冲中枢神经，这香气在味觉中是那么遥远而又熟悉……

世旭兄、碧云等已食指大动。我细观，白米之上一层黑丝，不知为何物？告：鲜鳝鱼丝。初尝，味鲜可口，香气入胃。观米，细白；疑为香米，碧云说：此米为广东江门新会所产，是真正“煲仔饭”所用。米固其香，鳝固其鲜，平生所啖，无此佳味。鳝丝入饭，以我腹笥所忆似无记载。梁实秋先生是美食家，有部《雅舍谈吃》，只谈到鳝鱼之馔，而无饭之名。但这“煲仔饭”的香气似乎更有久违之香，猜测必用猪油，问老板娘，果然！过去菜肴，必用猪油，才会香之四溢。昔者北京有所谓“猪油拌饭”，或用猪油炒饭，也是香动食欲的，那是物资匮乏的年代，现在基本已绝迹了。其实，过去中国菜肴、点心、小吃基本放猪油，其香沁胃，益亦大焉！猪肉、猪油与米、麦等五谷对中华民族的繁衍是有大贡献的，这是题外话了，且不去说它。

连吃了几碗，真是平生所未食。先贤之云：“品之于味，有同嗜焉。”精细的美食真是最快乐的享受。更令人赞叹的是锅底的锅巴。砂锅端上是炙烫的，热度逐渐减却，久之而成锅巴，金黄酥脆，沁入油汁的醇香，入口则更有韵致，与松软且韧的上层白米各蕴千秋：上层白米侵入的油汁不多，有天然的清香；底层白米变成锅巴，浸入的油汁丰厚，更有入腑的醇味。据说煲底的锅巴是饭之精华，是不可不品的。煲仔饭，不仅溢香、有味，还有令人神怡的色泽：白、黑、黄。间或俏上的青翠的香葱、黄嫩的姜丝，怎的不使人涎垂腹动？

吃得极撑胀，始细细讨教。之所以味美，不仅仅是要有新鲜的食材、特殊的米，要用砂锅或陶煲，必须是柴烧，再加上火候的掌握，才会有诱人口腹的“煲仔饭”。但依我对美食尤其是小吃的一知半解，基础食材是最重要的，“煲仔饭”最基本的食材是米。用米讲究为上。我查，说“煲仔饭”一般用丝苗米，说此米油润晶莹、米身瘦长、柔韧适中、香味浓郁。而晚稻瘦身米吸水性佳，可吸收油料之香味，两者结合，则散发出独特的香气，不知“丝苗米”是否即是新会米？细、白、韧的新会米保证可口和香味，包括对油汁海味的吸收程度。据说必须用3至9个月的半新米，才能使肉汁浸透进米粒中。我想，若换成天津小站稻、东北五常米、北京京西稻，甚至河北胭脂米、四川绿竹米……大概都不会有新会米的恰如其分，太出油或太干燥的米，对油汁海味的吸附都会产生不利的效果。因为米的产地不同、新旧不一，吸水量各异，各种肉类对火候的受热不同，同入煲中，使原味最大限度发挥到极致，这才是细致入微的讲究！

我品尝过若干此类饭食，去扬州吃过大名鼎鼎的“扬州炒饭”，去湘西芷江吃过“社饭”，在北京食之荟萃之地，什么“石锅拌饭”“酱油饭”“盖浇饭”“台湾卤肉饭”“杭味泡饭”“三鲜锅巴”……“米粉肉”也是以米为主的饭肴。有的则过于油腻。如“社饭”，为湘、贵土家，苗、侗族等祭祀社稷的古老食品，所谓“社”之来源，即将鲜嫩野社蒿采撷洗净剁碎，揉尽苦水，焙干，再与野胡葱、地米菜、腊豆干、腊肉干、花米生、猪油等掺和糯米或黏米，蒸或焖制。我食之当然松软鲜美，但油腻过多，是我所不能恭维。食之过多，必然伤胃。而且也不能过时。记得湘西友人进京，给我带来“社饭”，其味无论如何不能与刚蒸好上桌者可媲美。据说湖南有“肠子粑”，我未曾品过。以猪大肠或猪小肠，切条，或剖开，两面着米粉，炒或者搅煮。但已不是米，而是糯米磨成粉。前述各种晋京初始尚可，但时间一长，偷工减料、粗制滥造，几令人不能下箸。而最主要的问题，我以为就是基础食材的选择。新鲜的、优质的、外观优雅的米，和陈旧的、粗糙的米，是决不可同日而语的。

以北京为例，过去海淀玉泉山所出稻米称之为“京西稻”，是康乾年间从江南引进，灌以玉泉山之水。其米光润透明，富油性，蒸饭略带黏性，但更适于熬粥，微呈绿色，上浮层皮，香气四溢。清代称“御米”，老百姓是无口福的。《旧京琐记》说：“本京人多喜食仓米，亦谓之老米。盖南漕（苏、浙征收的‘白粮’，即粳米、糯米）入仓，则一经蒸变，即成红色，如苏州之冬籼然。煮之无稠质，病者为宜。”但“白粮”漕米只供应皇室王公、百官及八旗官兵，平民是绝对不准食用的。只有三种情况下才可变通卖与平民：“廒底成色米”“扫收零撒土米”及“仓粮有余”。可见那时老百姓一般是吃不上白米的。到民国，北京人食米只有4种，即“小站稻”“京西稻”、南方籼米、粳米，前两种基本是富人食用。北京人本身因饮食习惯，以面食为主。穷苦人家吃米极少。但上述如极优质的“京西稻”，或南方来的陈米，我想一定不适合成为“煲仔饭”的用米。

又比如天津小站稻，也是“贡米”，其种植可上溯于宋辽，有“红稻香耕”的记载。至明、清而不绝。这种稻因南运河水流泄泥沙，成为有机肥，化原洼碱地为腴田，其米粒淡绿微长，晶莹甜糯，有清香爽口之感。甜糯的米大约也不适合“煲仔饭”的食材。糯米呢？恐怕也不适用。江南小吃多以糯米为原料，如上海小吃糕团之所以盛名，即因其制作时选用的是上好糯米。江苏糯米芝麻糕不仅掺以细豆沙、白芝麻，还要用熟猪油，以产生香味。其他还有上海的糍饭，食材用江米；河南蜜汁江米藕，食材也是江米。看来，美味食材的检验一定经过聪明的先人反复甄别、实验，才达到时了天衣无缝的佳境。当然，除了食材的选择，火候也甚为重要。“煲仔”（广东人对砂锅的称谓）也必须选无砂眼、釉底光亮的，食用完的“煲仔”必须将残留余渣彻底刷净，这大概是保证锅巴不能被烧煳变色。“煲仔饭”的精华锅巴若是成黑煳状，那一定会大倒食客胃口的！

中国是大米的发源地，中国人尤其是南方人，米已成为其基因序列。现在所知一万多年前的稻发现于湖南道县，原始农业刚刚兴起。稻盛于南方，汉代已广为种植，古人很重视稻，列于“九谷”之中，所以孔子有“食夫稻”的感叹。考古中发现湖南凤凰山汉简已记载有多种稻米品种。宋代开始出现早稻，孙机先生考证在明代文献记载中始见双季稻，用作“煲仔饭”的新会米，是双季稻还是单季稻？可惜没有实地考察，但我想：产量低的才应该是最好的吧？

新会米是古代哪种米的后代？汉代记载有“粢米”“白稻米”“精米”“稻粝米”“稻粺米”……这有待于专家考证，以我等浅薄的常识是决不可判断出溯源的。唐代还有一种米，称“雕胡米”，据说滑腻且香，当时为高级食品，唐代大诗人李白、杜甫等都吟咏过，但早已绝种。据专家考证是产量太低且成熟时间不一。但米有“胡”字，是舶来品种乎？尚不得知。其实，按植物学划分，稻米只有籼稻和粳稻两个亚种，中国稻米则是南籼北粳，亲缘关系较远。籼米一般细长，粳米则呈椭圆状。籼米更适于做干饭，江门新会米则应属籼米。1926年，广州郊外发现了野生稻，中国学者提出“水稻起源于中国华南地区”说。这是不是江门新会米的起源？1973年浙江河姆渡又发现距今7000年的水稻。其他如江西、河南、湖南、江苏等地十余处皆发现7000年至1万年前的水稻遗存。“水稻长江中下游起源说”得到国际公认。农业科学家认为粳稻被驯化，在4000年前传入印度，与当地野生稻杂交后出现籼稻，又传回中国。新会米经历过怎样的基因改变，使之如此清香可口？

冗长说米，不外乎强调食材的重要性。新会米的历史不在乎悠久，而在乎品质的稳定。也切忌杂交高产，那一定会破坏原来纯正的基因，使之丧失原有的味道和色泽，甚至外观。查当地方志，清末赤坎开始出现大米加工作坊，开办米店，米业规模在开平为冠，甚至还引进泰国等南亚米。

“煲仔饭”为当地人所钟爱。我们食罢，碧云指着几个埋首用饭的食客说，当地镇上的人常会一个人来到店里，叫上一锅“煲仔饭”，慢慢地、细细地品尝。将其视为一种悠闲的惬意的享受。“煲仔饭”也并非只配鳝鱼丝，有不同的品味，诸如腊味、香菇滑鸡、豆豉排骨、猪肝、烧鸭、白切鸡……食客可凭所爱各取所需。我猜测，最早的“煲仔饭”应该只是用腊肉的，以腊肉汁浸透米中的味道大快朵颐。这当然是先民物资匮乏——肉类得之不易必须储存。聪明的先民发明了“煲仔饭”，既有主食，也有副食，两者结合，形成佳肴，遗泽至今。这是别的饭的种类所达不到的功能。记得鲁迅先生说过：“筵席上的中国菜诚然大抵浓厚，然而并非国民的常食。”“煲仔饭”当之无愧是广东的“常食”吧？当然，若按《舌尖上的中国》所说，“煲仔饭”是广东当之无愧的“经典腊味”。世旭兄说：“很多年前我到广州，吃的第一顿饭就是排档的煲仔饭，几十年难忘。饭原汁原味，堪称广东美食一绝。”世旭兄是江西人，又是美食家，能引其折腰，可见名不虚传。

“煲仔饭”有多悠久的历史？无人答得出来。它的历史或许应该比这座古镇久远。记得读许嘉璐先生《中国古代衣食住行》，他考证古代米饭的一种吃法称之为“饡”（音赞），引《说文》“以羹浇饭也”。许先生认为“即与今天的盖浇饭、维吾尔族的抓饭相似”。又举《楚辞·九思·伤时》“时混混兮浇饡”，王逸注“言如浇饡之乱也”。“浇”表明了此种饭之做法。许先生是陆宗达先生的弟子，而陆先生又是黄侃先生的桃李，黄先生又入室于大师章太炎门墙，一脉相承，对古文字的训诂十分精确。许先生未举《礼记注疏》的例子，其实所谓“周代八珍”中的第一品和第二品，与今之“煲仔饭”颇有相似之处，只不过食材是黄米。又据韦巨源《食谱》所载，唐代称“御黄王母饭”，是以“编缕”（肉丝）和“卵脂”（蛋）为盖浇之佐料。古人诗中直到宋代还多有吟咏，这里不再引了。我们的先民开疆拓土，也许在很久以前发明了这道美味，它无疑是农耕文明的产物，当然还有火力的改进，食材的扩大与丰富。

早餐还上了当地的炒面，色香俱全，只下箸少许。可惜我吃的“煲仔饭”太多，实在无法饱尝。逛古街时，见到镇上有名的小吃

“豆腐角”。无店，皆为小摊，推车，迤逦排列。豆腐切块，抹上鲜鱼或精瘦肉剁成的碎末，在平底锅上细细煎炸，还要不停翻动豆腐块在油汁中轻轻地吱吱作响，慢慢两面呈现出金黄色。佐料是葱末、酱油、胡椒粉等。很诱人，可惜我的胃被“煲仔饭”撑胀，再无口福。这种古镇的小吃，据说已有上百年历史。

“煲仔饭”令我齿有余香，一天都在回味，味觉绵长，肠为之动！

在赤坎二日，好客的主人特意招待，选了当地久负盛名的一家美食店，是当地著名小吃的总汇。杂陈满目，几难枚数，如蒸鹅等，当然是美味，但都不如“煲仔饭”那样深入骨髓般令人九曲回肠。

在回京的飞机上，面对简陋的餐饭，不由得思念起令人萦系的“煲仔饭”，相思至绝，肠之辘辘，乃以俚句充饥：

柴火砂锅油入后，鳝丝米瘦动涎肠！

宁夏小吃记

宁夏没有自己的菜系，但特色小吃还是很有知名度的。

“小吃”的称谓其实出现很晚，汉代称“熟食”，魏晋时称“小食”，唐代称“点心”，宋代小吃繁多，是鼎盛时期。明清时才出现“小吃”的称谓。若按《饮食杂俎》的各地域名小吃分类，宁夏的代表小吃是白水羊肉、羊肉夹馍、炒糊饽、杠子面、粉汤饺子、烩羊杂碎、江米切糕等。

宁夏之行，极其匆忙，几乎疲于奔走在旅途，无暇按图索骥去品尝小吃。一路虽然倥偬，当然也会耳闻或接触当地有特色的美食。宁夏最有名的盐池滩羊，以此为食材的烤全羊，遐迩闻名。虽然没有吃到，但几次品尝手抓羊肉，鲜嫩清香，油而不腻，还是很可口的。在选、切、煮三道工序讲究，才会香醇入味。银川老字号德隆楼的涮羊肉在全国都有知名度，号称是肥而不油、瘦而不柴，一涮即熟、久涮不老，主要是选材讲究精细鲜嫩。主人安排在德隆楼旁边的一家“老毛手抓”品尝涮羊肉，悬着中华老字号的牌匾，肉质甚好，肥瘦相间，不膻不腻，虽然无缘与德隆楼相比较，确实称佳，也并不逊于北京王府井的东来顺。还曾品尝了有名的“中宁土鸡”，鸡汤里放平菇等配菜，味道也很鲜香。

上述当然并不算是小吃。在宁夏几个地方都吃到揪片儿，将面片儿切成小方片儿，配也切成小方块儿的西红柿，撒上香菜，汤煮之，是不是羊汤，则不可知，但别有风味，确很爽口。揪片儿原是山西面点，又称“掐疙瘩”“拽片儿”“面片儿”，其做法与宁夏迥异。汉末刘熙《释名·释饮食》中提到“汤饼”，乍读到以为是饼类，其实按《饮食杂俎》作者的解释是“水煮的揪面片，是面条的前身”。但北京做揪面片儿，称“片儿汤”，与山西相同，是用手揪的。煮熟后也可加调料卤汁，山西做法还有捞出加荤素食材烹炒。

去号称“吃在吴忠”的吴忠市，体验所谓“吴忠早茶”，其实并非潮粤早茶，不过是当地小菜面食之类，茶是当地出名的“八宝茶”，用南方出产的桂圆、芝麻，北地的葡萄干、核桃，加以本地红枣、枸杞，茶也来自南方，加冰糖混搭沏之。也许算是特色吧！八宝茶的习俗究竟起源于何时？当地人说是唐代，半信半疑。不过记得陆羽《茶经》上说当时饮茶“用葱、姜、枣、橘皮、茱萸、薄荷等，煮之百沸”，但那时习俗是煮，而不是沏。孙机先生引南宋《事林广记·别集》卷七说，当时有一种“蒙顶新茶”，用“细嫩白茶”“枸杞英”“绿豆”“米”一起“焙干碾罗合细”，看来在茶里混掺果品之类古已有之。在吴忠，曾至三朵八宝茶体验馆品尝，亲手体验手抓“混搭”，随心增减，令人饶有兴致。

吴忠“早茶”也有拉面，感觉清汤寡水。说宁夏拉面有别于兰州拉面的特色就是清淡，而兰州拉面则是味道醇厚，我从未去过兰州品尝过正宗的兰州拉面，无法品评，姑妄听之。我特意提出可有炸油香？这是宁夏很有名的小吃。答曰：无。我有些不解，也不禁为之气馁。据说宁夏的炸油香有两种，分为发面与死面，在银川品尝过两次死面做的炸油香，类如薄脆，当地讲究中间放些辣椒。说发面炸的类似小油饼，很遗憾不得而食。

我在北京品尝过房山大安山有名的小吃炸油香，“香”，读音读为“性”。类似油饼，但体形更小巧，呈菱形状。色泽金黄，口感软嫩，可蘸蜂蜜或白糖，口感甚佳。不知宁夏炸油香味道如何？

自古至今，油炸类食品占中国传统小吃有一定比重，北方人常吃油炸食品，如油饼、油条、炸糕、排叉之类。有人说，平民百姓才爱吃炸货，其实非也。比如京剧名角儿谭富英，平生就爱吃炸油饼、炸油条、炸卷果。宁夏与北京等北方习惯应相差无几。

炸油香是如何发明出来的呢？

油炸面食在中国很早就出现了，可以上窥《楚辞》“招魂”中的“粔籹”。宋代朱熹的《楚辞集注》说，是“环饼也。吴谓之膏环，亦谓之寒具。以蜜和米面煎熬作之”。其实就是“类似后代馓子的油炸食品”。魏晋时的《齐民要术》一书中仍有“膏坏”的记述，以秫稻粉加蜂蜜，在铛中油煎。这种小吃在唐代传入日本。

《齐民要术》中还提到“截饼”，是用牛羊乳调面油炸，这会不会是当今油香的原型？还有油炸面食“细环饼”，口感“美脆”，与宁夏死面炸的油香很相似。

宋元时则出现炸春卷、麻团、油炸果子、薄脆，但那时的“果子”并非今天的油条，而是用花色油炸的点心。宋代已有油饼店出现，《东京梦华录》曾提到的“油饼”，不知是否今天的炸油饼。油条其实并非如传说是宋人痛恨秦桧而发明，油条的制法据专家考证，明清时才出现。明人袁枚《随园食单》一书中提到“油炸鬼”，是陕西面食，当是油条。《梦粱录》出现“麻团”，各地皆有，叫法不一。清代山东有“油旋”，据字形看是不是今天的炸麻花，也不得而知。油香是否受到炸油饼的影响演化而来？清代苏州有“清油饼”“夹油饼”，是否亦即今天北方的炸油饼，也不可考。元代以来的清真食品，其制作流传为汉族所喜欢。历史上各个民族的交流融合，食品必然也受到影响。宁夏和北京都有“炸油香”，起源是古代南方传过来的？还是北京传至宁夏，抑或宁夏流传到北京？这是很令人大感兴趣的。

但在宁夏没有品尝到当地的炸油香，留下了小小的遗憾。

昭阳的土豆及苹果

土豆在中国是司空见惯的餐桌食品，在各省份都有种植食用。但若一日三餐必不可少，则属罕见。云南省昭通市昭阳区则是土豆每餐皆见之地。

我履痕处处，也去过云南不少地方，但似乎从来不及昭通人对洋芋（当地对土豆的称谓）的这般青睐。但来到昭通市的昭阳区，发现当地人每日三餐必上各式洋芋做法，炒丝、洋芋蒸肉、干腌菜煮洋芋丝、煎烤洋芋等。每餐尤其必不可少的是一盘蒸洋芋，削净外皮，不加任何调料，洁白如莹，清香细细，令人悦目。而且并不像北方土豆粗硕，显得更为纤巧。而蒸洋芋一侧必置一碟昭通酱。

这酱看似寻常，却是昭阳人最离不开的食品调料，家家皆可制之，呼为“下酱”。经请教，其工艺并不复杂：炒黄豆至酥脆，打成细面状，水浸搅匀，呈坨状。发酵月余，拌以盐、辣椒、花椒、茴香、八角、草果等，注水而成酱。食洋芋，必佐以此，味道更臻极致。

我食洋芋，清口而品，更觉味道甚佳，是昭阳洋芋本色至味。

在景区也可见当地人将洋芋烤熟叫卖，令人感到香气洋溢，望之十分诱人。

洋芋，学名马铃薯，各地称谓大同小异，北方称之为土豆，是再熟悉不过的菜蔬。做法繁多，价廉而物美。但似昭阳人这般嗜爱，却是令我始料不及的。如北京，固然为餐桌所常见，但并非每餐必上。

昭阳人何时将土豆列为嗜爱的餐桌食品呢？土豆又是何时传入昭阳呢？这令我大感兴趣。

土豆是舶来品，原产南美洲，是印第安人的食物。何时传入中国？有文字记载始见于明朝万历年间。万历年间徐光启《农政全书》，对马铃薯述之甚详："土芋，一名土豆，一名黄独。蔓生叶如豆，根圆如鸡卵，肉白皮黄，可灰汁煮食，亦可蒸食。又煮芋汁，洗腻衣，洁白如玉。"可见那时即已称之为"土豆"或"土芋"。做法以"蒸食"为主。同为万历年间人的蒋一葵《长安客话》、刘若愚《酌中志》等皆称之为土豆，而且明白无误地将"土豆"与"香芋""落花生""山药"相区分。徐光启、蒋一葵都是万历进士，多年在京任官，对北京风物颇为熟悉。尤其徐光启，不仅官至礼部尚书兼文渊阁大学士，而且与传教士接触甚密，译了不少西洋著述。他对土豆的记载应该非常可信。在官方志书最早出现马铃薯的记载是清代的《畿辅通志》，成书于清康熙二十一年（1682年）。

但土豆又是怎样传入中国？专家考证有三种途径：其一是由“丝绸之路”传入西北；其二是由荷兰人经海路天津作为贡品到北京；其三是荷兰人引入台湾省而进入大陆沿海。迄今尚无定论，汪曾祺先生写过一篇散文《马铃薯》，因为他在张家口马铃薯培育基地画过《中国马铃薯图谱》，对马铃薯颇有研究，他认为可能与郑和下西洋有关。我倾向于天津引入说。因为所引文字记述土豆的出现皆在于北京，《酌中志》的作者刘若愚是万历朝宫内太监。据载，荷兰人所进贡土豆是当作珍奇之物的，种植于皇城西苑（今北京北海公园）太液池南岸小花园内，不过数十株。刘若愚所见应是在宫内。土豆也是开花的，为白色或紫色。在昭阳参观大片胡萝卜种植基地时，同行人说附近还有1万多亩的马铃薯种植基地，逢节令会花色缤纷，蔚为大观，颇可观赏。但是当御苑里的土豆开花时，却恰恰被路过的神宗皇帝看见。这位皇帝一直在西苑深居简出，数十年不上朝，还有鸦片之瘾，在位几乎无一善政。《明史本纪》说“明之亡，实亡于神宗”，是很有道理的。神宗极懒惰，对声色犬马都无兴趣，这天不知为何而来到西苑，看见土豆开花，却极为不悦，认为白紫之色乃大不祥，即刻下旨令太监将所有土豆移植城南菜户营，以后不准在御苑内种植。据传说，从未见过土豆的御厨不知如何烹饪，试将土豆切块状与牛肉同炖，神宗品尝后极为称赞。看来他喜土豆佳肴，却不喜欢土豆开花。

今天北京还有“菜户营”的地名，明朝内廷有“嘉蔬署”，是专为皇家种植蔬菜的机构，种植者称“菜户”，菜户营则为种植基地。但当时仍然未普及民间，是清朝入关建都北京后，取消菜户制度，土豆种植始传入民间。康熙年志书《畿辅通志》对土豆的记载与此吻合。但专家认为北京地区迟至20世纪20年代末期才开始广为播种。

乾隆年间人口膨胀，从明末的1亿人口翻了将近一倍，乾隆六十年（1795年）人口竟近3亿，因此乾隆皇帝大力提倡广泛种植几乎与土豆同时引进的红薯、玉米，以缓解因人口压力造成的粮食紧张。但是没有土豆作为粮食品种而被朝廷大力提倡的记载，真正在全国遍布，成为人们常见的主食，我判断起码应在雍正年间以后。

土豆何时进入昭阳？昭阳与宜昌最近，其菜肴有明显的川味特色。马铃薯的叫法，各地不一，有土豆、洋番芋、山药蛋薯仔、地蛋、洋山芋等，但四川、云南对土豆都称洋芋。昭通在秦时开凿“五尺道”，汉代开凿“南夷道”，使之成为通向中原门户，各种交流纷至沓来。会不会雍正年间的“改土归流”，汉人营卒和垦户由四川带进土豆的引种？因为“改土归流”，对昭通经济的发展益莫大焉。对“食内皮衣、言语服饰不与华同”的边远之地，内地的流官们继而提倡以土豆弥补粮食的不足以利民生？昭阳的苹果比昭阳土豆名气大得多，昭阳苹果也是外来的，但却有基本明确的引入年代。据记载，1940年由留美博士吴镜漪引进158棵苹果树于昭阳洒渔镇，从此开启了昭阳苹果栽培的历史。

如果我的判断大致准确，土豆进入昭阳的年代若在雍正年间以后，那就应有300年的历史，比苹果引进昭阳的历史要久远得多。

说起昭阳苹果，比昭阳土豆更令人惊叹！苹果也是外来品种，中国古代原产只有“柰”，《千字文》说“果珍李柰”，即今天所称的沙果。虽然昭阳引进苹果的历史要远晚于烟台1871年引入欧洲苹果，也晚于辽宁大连引进苹果的1905年。但如今昭阳苹果引进种植的规模并不逊于烟台等地，整个昭阳种植面积50多万亩！是闻名遐迩的“苹果之城”，西南最大的交易集散中心，五色斑斓，一城香气。我曾至昭阳洒渔镇11万亩苹果园一观，传统种植，已从80年前引种的区区一个欧洲种苗，扩大到从异域引进的十余个品种。最令人喜悦和兴奋的是，种植苹果与脱贫挂钩，农民从事苹果园种植年收入达8万至10万元！眺望那绵延无尽的苹果园，心绪联翩，不禁吟出小诗：

半城绿色半城烟，
橙赤青黄乱眼帘。
喜见农家忙作物，
夕阳正染靥如胭。

洒渔镇是有名的“昭阳八景”之一“洒渔烟柳”所在地。洒渔河蜿蜒曲致，两岸绿柳成行，但与相邻的十多万亩苹果园相比，气魄要逊色输与吧？

昭阳的土豆种植同样与扶贫脱贫紧密相关，多少年前，土豆只用于果腹，至多与燕麦、苦荞成为当地百姓的主食，而如今，它不仅仅是当地人丰盛餐桌上的一道配菜，更已成为30万农民脱贫致富的聚宝盆。那漫山遍野盛开绽放的土豆花，早已不是憧憬，而是一幅固定的绚丽宏图！

昭阳归来，在飞机上习惯读书，恰好读到史料说乾隆年代所减免的农业税总计为二亿多白银，是封建社会历朝历代最多的。其减免额占财政总收入7.57%，甚至超过2005年以后中国免除全部农业税占全国税收收入1.7%，但乾隆只有5次普免全国农民钱粮，并非彻底免除。也不可能彻底消除贫富差距，更不可能从制度上彻底让农民脱贫，走上富裕小康之路。感慨于今天昭阳的土豆、苹果种植给农民带来的脱贫之路，乾隆若有知，也该大大的自叹弗如吧？

泡沫的海洋

很少见到写啤酒的文章，美食家们恐怕也没写过谈啤酒的心得吧？我读过汪曾祺主编的《知味集》、赵珩《老饕随笔》、施亮《吃的风度》等，不见谈及。梁实秋的《雅舍谈吃》，周作人的《知堂谈吃》，读过，只有梁实秋说到啤酒的广告。第一个记载喝啤酒的中国人是清代驻英国公使郭嵩焘，他出使期间写有日记，记载于1877年在伦敦喝过“苦酒”，即啤酒，他翻译成“皮爱”，这恐怕是汉文书籍中首次关于啤酒的记录。古埃及时代的啤酒是不含啤酒花的，所以几乎没有苦味。后来的工艺加入啤酒花，不仅可保质防酸，也由此产生独特的苦味与香味。1842年，德国巴伐利亚人采用浅色麦芽酿酒，从而使啤酒变成金黄色，口感也无苦味而清爽可口，这即是“皮尔森”——所有工业啤酒的前身。今天的青岛啤酒也是“皮尔森”的变种。郭老先生喝的大概是苦味啤酒，他若喝到“皮尔森”，一定会掀髯欣然吧？对于啤酒，我个人喜欢德国黑啤酒，国内品牌主要饮青岛啤酒、燕京白啤（原浆）。

青岛有个琅琊台，大名鼎鼎的姜太公在此主封四时季节之神，划分出春秋二分、夏冬二至，从此衍生出二十四节气，想到春种秋收，恐怕还想不到酿酒。封建时代严禁民间酿酒，在有的朝代更严禁百姓饮酒，当然是珍视谷物之故。汉代有个皇帝曾一时高兴，下诏百姓可饮酒五天。可见畅饮在那时是很难得的。

2020年来到青岛时，恰逢第30届青岛国际啤酒节开幕，在金沙滩啤酒城里，那真是泡沫的海洋。有人说，青岛就是两种泡沫的世界：海浪的泡沫和啤酒的泡沫。如果不到青岛啤酒节的现场，你不会想象那40多个国家和地区、1500多种中外品牌的啤酒，组成了奇幻般色彩斑斓的泡沫世界，那高的、矮的、粗的、细的、圆的、方的，各种各样的酒杯，被注入汩汩的液体，涌起白色的泡沫，四溢着啤酒特有的清香。啤酒也是有颜色的，浓郁的、清淡的，黑色的、金色的、琥珀色的、浅黄色的，令人的眼眸目不暇接，令人的味觉杂陈欲动。不由得你不举起酒杯，也不由得你不醉意熏然。未饮已先有醉意了，饮下去能不扶得醉人归吗？

青岛啤酒节名扬世界，这个创办于1991年的中国啤酒节，不仅早已跻身世界慕尼黑等四大啤酒节之列，而且规模之大、品种之多、影响力之广也是名列前茅，声誉日隆。

在夜幕下，带着湿润气息的海风在微微吹拂，天际星光灿烂，欢歌笑语不绝于耳。喝什么牌子的啤酒？当然是喝青岛牌。几种不同口味的啤酒，款款饮下，真是令人清气爽口，沁人肺腑。

在北京是喝不到这么多品种的青岛啤酒的，开怀畅饮，令人陶醉。那么多人，在露天大棚下，围坐在一张张桌前，举杯而啜，有豪饮，有浅酌，如水的月光映照在人们欢乐的脸上，映照在无数的酒杯中泛起的泡沫上，交织成泡沫的海洋，欢乐的海洋。

看得出来，当地人很热爱自己城市生产的啤酒。啤酒在青岛有着悠久的历史，比北京的双合盛还要早。中国不出产啤酒。1903年，在德国强占胶东湾后，由德国人和英国人合资创办“日耳曼啤酒公司青岛股份公司”，这即是如今大名鼎鼎的青岛啤酒前身。第二年中国人在哈尔滨开办“东三省啤酒厂”。不知现在的“哈啤”是否由此而来？双合盛则开办于1914年，据说也与青岛啤酒有渊源。但北京喝双合盛啤酒的人并不多，我当年很喜欢喝双合盛牌的黑啤酒。年轻时有时到什刹海边上的老字号烤肉季，它那里有双合盛黑啤酒，要上一瓶，加半斤烤肉，两个芝麻火烧，临窗独酌，观赏碧波荡漾。那时不是所有的饭馆都有双合盛啤酒，而今天北京几乎所有的饭店饭馆都有青岛啤酒可供品尝。我的印象中北京人普遍喝啤酒的历史很晚。应该在20世纪70年代，流行“扎啤”（生啤），一扎四角钱。由于供不应求，买“扎啤”必需捎带买凉菜，当年北京夏季一大街景就是提着暖水瓶、水壶排长队抢购“扎啤”。后来相继出现“北京”牌、“玉泉山”牌瓶啤酒，最终被

“燕京”啤酒取代。当然，现在物质极大丰富，中国已成为世界最大的啤酒生产国，若走进北京的超市，各种罐装、瓶装啤酒琳琅满目，中外的牌子有不少甚至不曾品尝过，当然青岛牌的各种啤酒必不可缺。由于物流的发达快捷，在北京可以订到青岛袋装鲜啤酒，那是令人很惬意的。

青岛是美丽的城市，有崂山、栈桥、八大关、西海岸，当然还有金沙滩啤酒城、国际啤酒节，更有味道醇厚的青岛啤酒。多年前去过烟台，当地人喝青岛啤酒论“打”，一打是12瓶。据说青岛人也是如此。北京人讲豪爽，喝“燕京”则是论箱，一箱24瓶或16瓶。这次在啤酒节，主要喝的是青岛原浆，约一米高的容器，打开小开关，将酒泻入大酒杯，有趣而盎然，大杯饮来，也更显豪放之气！

啤酒起源在域外，据说可以上溯到9000年前的古埃及和美索不达米亚区域，啤酒花经由荷兰传到英伦三岛，由此制成的“艾尔”啤酒传播至加拿大、美利坚、澳大利亚、新西兰、印度等地。不过，伊丽莎白一世酷爱“艾尔”，不见得当时欧洲王室也爱啤酒。电影《茜茜公主》中不是有茜茜公主的公爵父亲大喝啤酒，令王太后很不屑吗？中国人一直是讲究喝白酒的，中国人喝啤酒也是由最初的排斥到喜爱，及至盛行。中国成了饮啤酒的大国，男女皆宜，深入人心。比起两大风格“艾尔”与“拉格”啤酒系列，德国的、英国的、美国的、比利时的、澳大利亚的……，青岛啤酒一点儿也不比舶来品逊色。青岛啤酒经过中国人的不断改进，不断完善，更有风韵，更有味道，更是进入千家万户，走向五洲四海。

如果有机会再去青岛啤酒节，我一定会再去光顾那泡沫的海洋，去尽情开怀畅饮，为美丽的青岛和走向世界的美味青岛啤酒，畅饮一杯，畅饮一杯，再畅饮一杯！

樗树之思

屋后小天井的三株樗树越来越粗壮，目测至少高近十米，蔽掩东窗，遮住天日。“树大招风”，确非虚语，有时夜半风动，枝叶婆娑。遇雨时节，淅淅沥沥，叶落飘拂一地。常使我想起汤显祖《牡丹亭》里的那句唱词：“朝飞暮卷”“雨丝风片”，还曾兴来写过一首小诗记之：

抱树勃然硕几围，
唤到后园风叶催。
箪上透窗淋月影，
朦胧碧色绾衣回。

樗树即所谓俗称的“臭椿”，属苦木科，与属楝科的香椿并不同科。叶形却很相似，所以同属双子叶植物纲。但叶子的气味不同。尤其在冬季，樗树叶脱落处疤痕如兽目，故古人称樗树为“虎目树”。北京原来香椿树与樗树很多，香椿叶可食，樗树叶也可食，用开水烫熟后再用凉水清洗，即无味可食。过去贫苦人遇饥荒年代，这是救命之物。古人说樗树“嗅之甚臭”，大概也有些夸张，我后院里那几棵樗树，并未闻到刺激的味道。古时文人书信常用“樗材”“樗栎”（栎即柞树），以示自谦。文人也有用樗作斋名或书名，比如有名的教育家、书法家姚谦中先生的书斋即名“樗庐”。止庵的文集即名《樗下读庄》之类，也并未以“甚臭”为忌，当然也不会去将樗叶漂洗而食吧？

樗，自然比“臭椿”雅，取作书斋名别有韵味。若求字义，殊费解。比如北京也有的马樱花树，也称合欢树、绒花树，名字很恰如其分。但古人称为“棔树”，《说文解字》注解之类书的本义非常复杂。学者吴晓玲先生在宣武达智桥校场六条宅院里，有两棵合欢树，书房即取名“双棔书屋”，比取名“双合欢树书屋”自然雅致，而“棔”的寻源字义确令人费解。

樗树不成材，古有定论，可见《逍遥游》中惠子与庄子的对话。惠子说：“吾有大树，人谓之樗。其大本臃肿而不中绳墨，其小枝卷曲而不中规矩，立之途，匠者不顾。今子之言，大而无用，众所同去也。”樗树连家具都不能做，所以被木匠视为劣材。庄子回答得很有哲思：“今子有大树，患其无用，何不树之于无何有之乡，广莫之野，彷徨乎无为其侧，逍遥乎寝卧其下。不夭斤斧，物无害者。无所可用，安所困苦哉！”对一棵人们认为是无用的树，庄子也以“无为”“逍遥”的心态去看待，这很令人感佩。

我的老家胶东一带有句方言，形容一个人老实无用，说是“木木樗樗”的，真是很生动。樗树果真无用吗？古代有一种赌博游戏名“樗蒲”，不可考，望文生义想象是以樗树叶和蒲草为赌具？甚不可知。但有一种蚕名“樗蚕”，亦名“椿蚕”，其幼虫专吃樗树叶、蓖麻叶等。据网上查，樗树的皮、根、叶、果实均可入药，功效是清热利湿，看来大有可利用处。但恕我寡闻，不曾听说中药铺过去有此等药材出售？《百草纲目》记臭椿是：“其叶臭恶，歉年人或采食。”汪曾祺先生很欣赏的清人吴其濬《植物名实图考长编》，我没有读过。还有一种在藏书界罕见的《树名古今考》，类似版本学上的“写刻本”，据说谈及樗树，惜乎无缘得见。但樗树最大的优点是用来造纸，质感最佳，这可能是因为它的纤维构造。外国也有樗树，最大的用途是遍植于道路两侧，称之为“天堂树”。看来并不仅仅是“逍遥于寝卧其下”，还是可以“树之于无何有之乡，广莫之野”，为人类造福吧？不过，我看最可佩服的还是它顽强不挠的生存能力。

据我观察，有的小昆虫是依赖樗树生存的。有一种小虫，黑色，类似北京俗称的“臭大姐”，但体型更小。整天在树干上爬上爬下，不知在忙碌些什么，也从不进入屋中。樗树也开花结果，但我后院中的几棵从未见到此景，也许皆为雄或雌？

我后院樗树的母本本来是从前院钻出地面，几年不住人，衍成杂花生树，葳蕤繁茂，何止数围。想住旧居，重新装修时，尽伐，铺石砖地面。从此不见了踪影。

不料，不知何时从小后院水泥地裂缝中又钻出了小枝，初不在意，以为绿枝摇曳，也是一景。五六年吧，竟分出三株树，挺拔，粗壮，年年落一地厚厚的树叶，把水泥地也拱裂了。会不会危及房墙？有树，固然好，无树，也无碍。报园林部门伐？有点儿不舍？说不清。

樗树生命力的顽强使我刮目相看，砍伐与否也确使我颇费踌躇。由此浮想到其他。

譬如人，相交则识，识则笃，也许疏。大多也许擦肩一过萍水相逢。反之，交则识，识则知，看透一些人的劣质，也许生厌或鄙视。又譬如树，它未负你，你未负它，妨碍了，则生厌，何以茁茁？何以妨碍人之居所？扰了宁静，也许它只知“物竞天择，适者生存”，不顾人的感受？伐之，它有归宿。我复宁静，天地之大，不复交集，人树也许就此揖别？

树犹如此，人何以堪？人或自私自利，尤性本不善者。年轻时，喜呼朋引类。而交友不慎，则不免烦恼。上了年纪，阅历且深。已经阅人无数，趋避喧嚣，愈求宁静。“以直报怨，以德报德”，是儒家的境界，今两鬓飞霜，虽未悔做人的准则，但却少了一些激烈锋芒，少了一些剑拔弩张。虽然未必完全做到像李叔同那样“临事须替别人想，论人先将自己想”，遇事遇人，力求恭让，退避三舍。原则可持，而些屑小事则可糊涂。和谐从待人接物做起，不也很好吗？当然，“难得糊涂”，说的容易，真身临其境，无数烦恼丝，也确需定力。

所以，对小院中茁壮生长的樗树，也一定会想出最佳的处理方式吧？短文住笔，恰恰下起雨来，仰望几株樗树繁茂的枝叶，被雨清洗得格外碧绿，定睛之处，令人神清气爽，吟得小诗以为结束：

一时微雨一时情，
梦似昨宵断续中。
正好临窗观碧树，
轻轻小院落枝声。

弁言野语

君诗曾未等闲吟

——读《范曾吟草》有感

熟悉范曾的人都知道，他是一个名副其实的“鬼才”：画、诗、书，均有擅长，各臻其妙，或云“三绝”，亦不为过。但长期以来，诗为画名所掩，常令识者为憾。不久前，河南人民出版社出版的《范曾吟草》，共收范曾历年精选的旧体诗词200首，随书画作品31帧。诚所谓珠联璧合，读如空谷回音，令人耳目一新。

闲时癖好涂鸦旧体诗词，故常向范先生请教，获益匪浅，自然也算是他的“私淑弟子”吧。每每听他谈诗，读他写的诗，感觉他于旧体诗词的功底颇深，有着深厚博雅的古典文学和文史知识的修养，赞叹之余，也常常想到他的诗应该结集出版。我国自宋元以来，盛行文人画，画师常常又是书法家和诗人，如王维、苏轼、唐寅、郑板桥等，集诗、书、画于一身者不乏其人。近代丹青圣手诸如吴昌硕、齐白石等亦继承了这一优秀传统，斐然成章，驰誉海内外。著名画家黄宾虹先生也能写一手漂亮的旧体诗词，意蕴飘逸，惜不为人所注意，似乎亦被画名所掩。“诗为心声。”范曾尝有诗云：“挥毫最爱大风前。”如果说要寻出处的话，那么他在丙辰清明玉碑之下、松林之中所写的诗篇便是最好的注脚，其时在我看到并抄下他写的一副对联。

上联：灰撒江河，看不尽波涛，涓滴都是人民泪。

下联：志华日月，信无际光焰，浩气长贯神州天。

记得当时低吟良久，不忍离去。后来又从友人处抄录了他那首不胫而走的《满江红》，这是我第一次读到范先生的旧体诗词，我所佩服的倒不仅仅是那文采流泻，而是嘘拂而来的昭然大义和凛然之气！前些时，范曾先生特别把我叫到他的团结湖寓所抱冲斋，将其《范曾吟草》一书的清样让我拿回去看，因为我一直想先睹为快，虽然他已允诺书出即赠我一册。回至家中，一口气读完。其中那首丙辰清明所做的《满江红》亦在其中，不妨抄录如下，使读者一飨诗人和泪发出的心声：

动地哀歌，银汉里，巨星陨灭。怎忍顾，黑纱满目，白花胜雪。肝胆千秋昭日月，寒灰从此归潮汐，问苍穹，谁更托灵修，恢相业？

天外风，吹海立，山河在，岂辟易，愿乾坤抖擞，四方霹雳。万古云霄留壮志，八荒芳草迎忠魄，信神州长护九歌心，怀遗泽。

此中没有浅酌低唱，绮愁浓恨，而是大块挥毫，惊风泣雨，肝胆裂，目眦张，无复其壮，无复其悲!

《范曾吟草》仅收录了200首诗词曲，这当然是他全部诗作的很小一部分。他写诗从来不留存，有人细心抄录竟集腋成裘。所以《范曾吟草》中没有其婚前所作。范曾诗才敏捷，用他的话说，业余生活就是吟诗作画。他出游祖国名山大川之时，也就是他诗歌丰收之余。三峡之游得诗50余首；黄山之游竟得诗、词、曲80余首！苏东坡在《文说》中云："如万斛泉源，不择地而出。"用来移赠则确非虚誉。高占祥先生在《〈范曾吟草〉序》中说道："他热爱祖国的山山水水，吟出了多少壮丽的诗篇……范曾以自己敏妙的思绪和人、和事、和祖国的一草一木千丝万缕地联结着，他多情地观察、回顾、怀恋着感动他的一切。"

我于丹青未窥堂奥，但观其画而知其画中有诗，而其诗却不能以"诗中有画"而一言蔽之。有人尝称其诗有"旷达、博大、阳刚”之气。但我更觉其诗有一和睦动人魂魄的气质，一种跌宕蒸腾的赤子之情。其诗集中凡对名山大川之吟，古迹雅胜之唱，及交往酬答、青史评判、人杰赞咏，甚至自身逆境之慰和挚爱情思，无一不贯穿着一种高亢奋进的激情。豪放奇倔，铮铮傲骨，浩浩若沧海，读之如闻鼓角、狂飙。丝毫不见叹息、哀婉、伤感、呻吟于其中。他1976年之作云：“……国士挥泪，千寻潭壑；英雄喋血，百尺玉碑。灰尽东潮，星陨北斗，秋气萧萧众木摧。问天道，只苍茫沉霭，万里凝悲。”国事蜩螗，四凶猖獗，而他长歌当哭，忧化泪血！他瞩目远望，“泪眼相询辛酸事，多少风狂浪急，摧不散，烟风满壁”，浩然之气，爱国情深。他坚信祖国“烟岚”紫气必将重辉！他与人共勉，也为己立志：“万里征程催战鼓，丹心报国志无休，和风化雨洗余愁。”他热爱着祖国的山山水水，他珍惜自己走过的坎坷道路，“浪激平生无憾意”，砥砺磨炼，愈增他奋斗的豪情——“挥毫最爱大风前”。

范曾的诗无论述情状景，风格时有变化，时而“铁骑突出刀枪鸣”，时而“明月松间照，清泉石上流”，给人以浓重的美感和艺术享受。他有雄浑、奇倔的阳刚之美，如：

万顷银波照眼明，云水绝壁呖苍鹰。

放眼苍龙归大海，金鳞万点耀晨曦。

黄山万壑风吹雨，洗净弘仁傲骨松。

山风一夜作狂号，万壑千山影动摇。

当然，他的诗也有飘潇洒的天籁之美，如咏滇池睡美人诗云：“美人一觉成千古，夜夜涛声伴雾鬟。”《锦江荷塘所见》一诗云：“锦江水里并蒂莲，雨骤云浓别有天。识得东风花信早，轻红已染媚堪怜。”韵味淳厚，一咏三叹。范曾笔下状景也各具风姿，写玄武湖：“十里长堤笼雾鬟，飞落花絮几曾闲”；写葛洲坝：“惊波忽息一门开，壁立千寻夹水来”；写天都峰：“峰高无鸟雀，风狂出崆峒”；写蝴蝶泉：“彩带临风垂古树，游鱼恋水戏澄潭”；写崖州：“莽莽青山移紫霭，粼粼碧水映乔柯”。无一不意境深邃，情景交融，所谓“登山则情满于山，观海则意溢于海”。范曾状景出神，巧妙地将中国绘画的意境、气韵、格调移诗入词，使之成为“诗是有声画”。石涛尝云：“对花作画将人意，画笔传神总是春。”范曾绘画如此，写诗亦如此。他以《忆江南》词牌所写的《雪莲》《白鹤》《玉石》三阕小令，都有中国水墨画的意境。试看《篷船曲》一词：

一叶扁舟，松蓬石楫泛潮头。万里风吹仙子袂，何往，黄山莲蕊梦中游。

活脱脱一幅江南水乡风景素描，令人若临其境，如饮甘醇。

当然，范曾的诗词并不仅仅是“江东豪士”型，他注意追求不同的表现手法和风格，或重若崩云伴以铜鼓琵琶，或轻如蝉翼佐以红牙细板；或金戈铁马似冰河入梦，或光风霁月若玉树临风。他讲究艺术深度和高度，很少用典。一般来说，他的七绝飘逸洒脱，韵远情深，飞舞流动，诗味醇厚。他的七律章法谨严，音节洪亮，开阖有度，遒健深沉。他的词、曲情辞并茂，纵横混沌，时代气息强烈，讲究章法韵味，不失平仄对仗，少用或不用典，给读者以整体协调和完美的印象。同时，他熟练地掌握中国传统诗歌的表现手法，并广泛运用各种表现形式，他所做的曲也极有元曲韵味，令人如含英咀华。如《朱元璋徐达对弈图》，不妨录之如下：

（仙吕点绛唇）霸业烟消，玉烛长调。这盘棋，子难著。君不见那太祖的脾儿暴躁，摸不清杀头兆。

（混江龙）东征西讨，英雄大略垂史稿。写不足南冲瘴海标铁柱，歌不尽北碎冰崖试宝刀。少年爱说狂澜倒，老去总恋黄龙袍。挡不住易代换朝。纵便是垂裳问道，免不了煤山一吊。

（寄生草）休将这棋局当真瞧，孝陵生荒草。残阳中，看石马磨尽万古刀，晚秋天有铜驼长卧遗踪道；华表边，正春花不畏野火烧。真是个，天长地久有时尽，堪笑你却把千秋万代圣名祷。

（上马娇煞）胜棋楼，徒兴嘲。君王早亡汗马劳，功臣权作开刀料。长叹问苍昊，天无语，白云飘。

此曲寓史、评于一体，洋洋洒洒，集雅谐辛嘲之大成，文采飘逸，意趣天成，堪称妙品。

屈平词赋悬日月

——《词书画楚辞》弁言

吴世民先生是才人，卓然不群。相交多年，每私心倾慕之。今年以来，他以数月之功，创作了词、书法、绘画为一体的屈原《词书画楚辞》，共20幅，每幅画填一阕词，基本是长调，再以书法书之。我腹笥不广，似乎古人还未有以三种文学体裁熔为一炉来讴歌屈原。

记得1953年评选的世界四大文化名人，为首是中国屈原，其后依次为法国拉伯雷（欧洲文艺复兴时期作家）、波兰哥白尼和英国莎士比亚。然而只有屈原有一个属于他的节日——端午节。古今中外历史上比屈原权势、名声更盛者，也享受不到大众给予的节日纪念——年复一年永无休止的纪念！

李白曾诗云："屈平词赋悬日月。"这个评价于今也并不过时。中国历朝历代的大部分诗人皆推崇屈原，如苏轼，对屈原褒扬最多。这当然并不仅是苏轼与屈原同是"帝高阳之苗裔"，苏轼本人大概也不相信族谱中的这种说法，据我所观其诗文中似乎从来没有涉及过。

屈原对中国人影响极大，对屈原的评价大都突出一个“忠”字，即忠于社稷和国君，如班固、白居易、孟郊、贯休、司马光等，在诗文中屡屡提到“忠”，已成定论。苏轼虽肯定屈原的“忠”，但更强调他的节操和“忠直”，比前人和同时代人的评价多了一个“直”字，其认识高度完全不同，含意极深。当然，司马迁在《史记》中已论及屈原的精神价值是“正道直行”“竭忠尽智”，并抨击宋玉等人“莫敢直谏”，无屈原“正直”的凛然节操和高标品质。苏轼与司马迁一脉相承，只不过更精确概括为“忠直”。纵观中国以往历史，在仕途中做到“忠心”“忠诚”直至“忠良”“忠义”并不难，但真正做到“忠直”的人确并不多！至今三峡之畔的屈原祠额枋上所书“孤忠”两个大字，确极符合“忠直”的含义。一个“孤”字，真是令人仰止叹息。

其实屈原殉死后，其忠君爱国方式一直受到正统意识的非议，这以班固、扬雄、颜之推等人为代表。班固苛责屈原是“露才扬己，竞乎危国群小之间，以离谗贼。然责数怀王，怨恶椒兰，愁神苦思，强非其人，忿怼不容，沉江而死，亦贬絜狂狷景行之士”。扬雄则批评屈原沉江是“以为君子得时则大行，不得时则龙蛇。遇不遇皆命也，何必湛身哉！”他还批评:“夫圣哲之遭兮，固时命之所有。……昔仲尼之去鲁兮，斐斐迟迟而周迈，终回复于旧都兮，何必湘渊与涛濑。”大意说屈原遭群小围攻，失于楚王信用，应学孔子周游列国韬晦，而不应沉江。从他辞赋体的篇名亦可见扬雄对屈原的看法。扬雄还说屈原沉江是“如玉如莹，爰变丹青，如其智”，即不明智。颜之推说屈原是“显暴君过”，是“轻薄”行为，直接否定屈原的节操！即便称赞他的司马迁，也与扬雄观点相同，“游诸国，何国不容？而自令若是”。后世对屈原持批评有微词的大有人在，此不再列举。看来今时的沉渣泛起也是其来有自。

后世文人中，除苏轼外，如贾谊、司马迁、李白等，盛赞屈原，极力讴歌。而宋玉、杜甫等对屈原则持批评态度。杜甫诗集中极少提到屈原，如入湘写过不少诗，只有一首《上水遣怀》提及屈原，且有谴责之意:“中间屈贾辈，谗毁竟自取。郁没二悲魂，萧条犹在否？”用“咎由自取”一词，其刻薄严峻，逾越前人。

但上述宋玉、班固、扬雄、颜之推、杜甫等对屈原的批评，从来不是主流，主流是苏东坡曾大声疾呼的：屈原及《楚辞》等“虽与日月争光可也”，这个与日月争光所迸发出的万丈光芒，当然会永远灿烂不息，永远光照后昆。一切贬损屈原的声音皆为“蚍蜉撼大树，可笑不自量”吧？

再说到吴世民先生的屈原楚辞系列绘画，我认为是继承了历史主流的优秀传统，是极有现实意义的。爱国主义不是抽象的符号，是历代殉道的英雄贤者仁人志士组成的灿烂画廊。画屈原，古已有之。像鲁迅先生极为推崇“老莲的画，一代杰作”，老莲，即明代的陈洪绶，其《屈子行吟图》，最为有名而传世。但我认为，吴先生不是刻板拟古，而有创新。陈老莲的屈原行吟，形骨憔悴，有悲凄之气。而吴先生的笔下屈原，不乏气宇轩昂之貌，象征着他九死不悔不屈不挠的忠直气概！

世民先生创作的每幅画还附一阕词，共二十首。历史诗人咏屈原之作多矣，我所读过的唐人咏屈原者即超过五十人，包括李白、白居易、刘禹锡、孟郊、刘长卿、陆龟蒙、郑谷、贯休、李绅、许浑等。但据我目力所见，像吴世民先生一气填词二十首之多，似无前者。其词音节铿锵，气势披靡，情溢九曲，令人感佩！他出于肺腑凝聚于笔墨流泻出对先贤的真挚敬仰，真是令人扼腕感动，令人热血奔涌！这是向英雄先贤的精神礼赞。郁达夫说过："一个没有英雄的民族是不幸的，一个有英雄却不知敬重爱惜的民族是不可救药的。"我们中华民族自古以来英雄层出不穷，一代又一代的中国人敬重英雄，爱惜英雄，讴歌英雄，吴世民先生的词、书、画对屈原的赞美，是他对我们的民族敬重爱惜英雄先贤传统的不绝延续。

吟诵楚辞，纪念屈原，是感动他杀身成仁、舍生取义的壮烈之美，是钦敬他对生命价值执着求索的精神取向，更是要继承他对奸佞昏聩绝不同流合污的高洁情操，传承他对家国依依不舍的眷恋挚爱，正所谓"士不可不弘毅""天下兴亡，匹夫有责"，木兰秋菊，芙蓉芳草，九死不悔，万古难磨！唯此崇之，岂有他哉？

其情也勃焉，其悯也深焉

——读杜卫东的散文

卫东兄新出散文随笔集《有一种悔恨叫永远》，请我为序，且情挚殷殷。几番推托，其意甚决。真应了古人那句话：“一则以喜，一则以惧。”喜者，卫东散文的风格、特点颇有影响，但散见于各报刊，挂一漏万，读者难窥全豹。惧者，我非散文名家或前辈，齿序比他还小两岁；又非散文界理论家或评论家，实在是无资格写序言的。所以，一闻作序，虽然不至于“晴天里响了个焦雷”，但也仿佛“战战兢兢，汗不敢出”。他的文学创作成就有目共睹，几与身齐，何可我置喙？

卫东是正直和重感情的人，心直口快，极具正义感，固守做人的原则和底线。我和他相识30年了吧？20世纪80年代中期，我在《北京法制报》副刊工作，那时副刊头条必须是小说、散文、报告文学，这是版面的柱石，每期皆需为此筹措。有次发稿时，尚无头条，忽然其他版的编辑转来卫东的小说。能得到名家之作，当然如释重负。小说是发表了，但此后并无深交。偶然会议、聚会时碰见，亦无深谈。他在《人民文学》《炎黄春秋》《追求》《小说选刊》都任过领导，是办刊行家；又是文坛多面手，举凡纪实文学、诗歌、报告文学、电视剧、杂文、散文……时时掠过我的眼眸，风头正劲，声名贯耳。几乎每次见到他时，或一身白色西服白色皮鞋，或上西服下牛仔裤，极具引领男士服装之潮流，亦有英俊潇洒之姿态，是文学女青年仰慕的人物。聚会上，常见其意气风发，侃侃而谈，令我每为之注目。我本身即寡言，所以望之多作沉默状。据卫东后来对我言，以为你傲慢，故甚心中不快。近些年接触多了，互相增进了解，才有惺惺相惜之感。我们都是工人出身，经历仿佛。认真读了他的一些作品，始对他的为人为文有了更深刻的了解。

我很少写散文，随笔居多。这两种体裁其实完全不同。因而我一直认为，散文是不可轻易写的，须有极强的文学功底，极博的学识，极高的驾驭能力，极缜密的布局艺术，极具思想的构思，极具人格的情怀，这与杂文有异曲同工之妙，绝非胡乱堆砌辞藻、吹嘘煽情可以强求，或故作高深，或无病呻吟，或装腔作势，或里短家长，凡此种种，皆非散文之旨。散文于当今，几成套路和低档八股，真是令人嗟乎哀哉！孔颖达《春秋·左传正义》早就说过：“在己为情，情动为志，情志一也。”如果二者皆无，除了可厌可憎，还谈得到“韵外之旨”“味外之旨”吗？我读鲁迅散文，每每被他笔尖常带感情的悲悯情怀所感动，亦常有高山仰止之叹。故而，我也一直认为：散文，不是任何一个人可以随便涂写的。

散文评论呢？似乎也不能轻易臧否。古人有“月旦评”的韵事，那评论文章的都是些何等人物？！没有情怀、学识、风度，如果只是套路和词汇的因袭，及看不太懂的名词吓唬人，这就使散文评论走向穷途末路。我在不到20岁时，参加文化馆业余文学创作组和北京市工人影评组，其实是阴差阳错。本意向往诗歌创作，却给我分到评论组，很羡慕在诗歌组的顾城，那时他还没有名气。评论组里有后来成为学者的钱光培等。初生之犊，写过不少评论，但在那个年代（20世纪70年代初期至中期），评论文风受禁锢，所能评论的作品极其有限。唯一的成果是在1975年的《北京文艺》（《北京文学》前身）上，发表过有关刘心武小说的评论。所以至今，我有自知之明，不仅很少写散文，更极少写评论文字。

古人说，“文章，乃经国之大业，不朽之盛事”，推崇到极高的地位。当然，文章不仅仅是散文。但写散文，不仅应该认真、严谨，更应具有思想和情怀，绝不是粉饰太平、矫揉造作的顾影自怜，更非居高临下、装腔作势的高头讲章。古人有颇多的优秀散文，也有简明扼要的理论，在此无须引用。仅看鲁迅、老舍包括张恨水等大家的作品，情怀溢于其中，发乎其外，是高尚、纯粹的悲悯情怀。对下层劳动人民的同情，对大多数人生存状态的关注，“哀其不幸，怒其不争”，这其实是一条绵延不绝的脉线，由古人贯穿到近代、当代有良知、有襟怀的作家血脉里。君不见，古人即便写山水游记，也多有情怀和言外之旨，而绝非旅游景点说明书。

我读卫东的散文，便深有触动、深有回味、深有感慨！现在充斥媒介的所谓散文，我极少读，包括那些洋洋洒洒、貌似高深的散文理论和评论文章。卫东的一些散文，有些发表时我已读到，这次重读仍然使我感动。现在的作家们，很少有人关注下层劳动者，关注大多数人的生存状态，关注他们的喜怒哀乐、柴米油盐。而卫东则倾力而写，他的《买瓜记》《彩虹》《优优的眸子》《路边有个剃头匠》等，字里行间洋溢着温情、怜悯，嘘拂着对最下层农民打工者的尊重、关切。没有华丽的词藻，没有虚伪的粉饰，一切都是那么真挚、自然，表达的是发自内心的悲悯情怀，无一丝造作，无一丝作态，堪称散文界清新之风，情怀真心流露之笔，是那种开会采风、游山玩水的游记式散文完全不可比拟的，亦是小家慵懒的日记体散文完全不能比拟的。如《彩虹》，卫东不仅倾注情感写出他熟悉的农民工的生存状态，还注意到农民工的内心世界，看到他动情的对彩虹的赞美。而卫东的内心也受到强烈的撞击和感染，他不由得也发出了由衷的礼赞：“人世间最动人的彩虹，其实不一定在天上哟！”这发自内心的赞叹，是象牙塔中的文人看不到也发不出来的吧？

悠闲、休假、旅游、采风、笔会……使我们几乎接触不到社会的底层，接触不到真正的下层生存状态。写散文、随笔，趋于应酬，在抒发虚假、敷衍、做作甚至虚假的情感。一个真正的散文家不应该轻易动笔，应该有高尚的悲悯情怀、真诚的同情心、冷静的头脑和敏锐的观察力；当然，还必须有干净、无可有可无文字的写作能力。“情动于中而形于言”，我以为卫东一些散文达到了这一境界。诸如他写下层劳动人民的散文，不仅仅是悲悯，而更使我们读之感动的同时，可以感觉到时代的气息，商品社会对原有温饱生活的冲击，对传统道德理念的淡漠、撕裂和抛弃。

卫东上述散文还有一个显著特点，即悲悯有之，而无悲观、绝望，突出描述了中国下层人民坚韧的生存意志和艰苦环境中的适应能力，及乐天达观的心理，这也是中华民族生生不息繁衍数千年而不灭之所在。而卫东笔下的农民工们，也正是继承了先民的韧力，不懈挣扎、竞争、拼命苦干，这种精神难道不值得放笔讴歌？

我欣赏卫东的文笔，能传神地细腻刻画人物的一颦一笑，和细微的心理变化；用白描手法，令人物呼之欲出。他笔下的底层小人物，尽管在社会变革的冲击下，在伦理道德的迷失中，仍然坚守着胼手胝足的生存底线，仍然秉持着诚实善良的处世原则，仍然维护着立身明理的做人品质。他笔下的小人物，再次验证了没有读过什么书的卑微者的明理，而现实中许多所谓高贵者，其实并不配“读书明理”这四个字！

卫东写底层小人物的散文，还有一个显著的特色，是纸上嘘拂而来的令人感动的温情。一种是作者的温情，对劳动人民的同情和悯怀；另一种是小人物相濡以沫的温情，对他人的温情，对尊重自己的人的温情，对社会渴求回报的温情。这两种温情交映生辉，使文章充满了悲悯情愫的光芒。卫东的文笔不是施舍，不是造作，是他发自内心的流泻，是他为人极致的浓缩。胡适之先生有句名言：“不作言之无物的文字。”卫东之文字，岂止是言之有物，更是言之有情怀，言之有深思。真是其情也勃焉，其悯也深焉！所以，必有深重之情怀，才必有感人之作品，这是一个颠扑不破的真理。

卫东集中还有他写军旅生涯的散文，如《那一脉青山，那一片天》，取事兹小，襟怀兹大；感慨于今日之环境，而寄托于昔年之杂陈，不禁令人读来竟有春秋笔法之叹。又如《穿上军装见班长》，行文三叠，感情是那样浓烈，令人几度回肠。卫东用亲身经历的几件事，构成了中国农民士兵的立体素描。中国军队自古以来基本是由农民组成的，过去的正史从来不屑于记载这些最底层的人，旧时代的文人也从来不屑于描写这些与“娼、优、隶”排于末位的卑贱者。而卫东描述的农民士兵，其敦厚善良，其心中的渴求，是那样真挚感人。这些写农民士兵和寻常小事的散文，情溢其中，笔自含情，同样可见作者的悯怀真是不择地而出。

我倒觉得，卫东写小人物的散文，比他那些写名人的散文更耐咀嚼，更耐回味。那些写名人的篇什，似乎取材略过简略，细节略输精彩，固然有情，却感觉失之依托，言之未尽。当然仁智各见，也许是我流于偏爱吧。

其实，卫东的悲悯情怀不仅仅限于下层农民工和小人物，对无助的小动物也有着怜悯之情。如《小宝回家》《儿子不再养鹦鹉》《明天不再封阳台》，读来令人心中洋溢着温情和爱意。可见作者的情怀并不放过细微，而剪裁出华锦。卫东的文化类散文《目光》《敦煌之地》《陶人：远古之神》等，亦值得一读。襟怀纵横，充满气象。尤其《目光》，发掘出偏远省份贵州走向世界的第一人黎庶昌，在清代曾出使五国，是一个壮怀激烈的志士。不是卫东用浓情之笔为我们勾勒，历史的烟尘恐怕使其湮没。这篇长文，不乏抒怀，不乏启迪，今人读之，仍然会激起涟漪，引发思索。卫东是一个关心世事的人，他将自己的情怀熔铸于古人，有唏嘘之意，兼吟啸之情，为文若此，不亦快哉！

纸短情长，言犹未尽。卫东为自己的散文集写了一篇后记，题为《何妨吟啸且徐行》。我劝读此集者，不妨先读一读这篇后记，极有助于了解他对散文的理解和创作的心绪，因为集中有一半散文是他退休后所写，“何妨吟啸且徐行”，正堪称他的内心写照。

《论语》的第一句话是“学而时习之，不亦乐乎”。读卫东的散文集，掩卷之后，我忽然想起了孔老夫子的这句话。当然，不仅是“乐乎”，还有感动和沉思……“行余有力，则以学文”，人生立世，做一个有思想的真正的人，下笔不是为了名利，这，才是一种境界和觉悟吧！

我记得当年卫东大觥畅饮，极有豪气。而今戒酒烹茶，鼓吹养生，令我等为之气沮。不过，情怀依旧，风采依然；剑气箫心，吟啸徐行，不也是人世间很美的一道彩虹吗？

《三峡书简》读札

自古至今，凡大家散文之可诵者，必有文采，这是一个优良传统。当然，思想性也甚为重要。否则，不可传之久远。

讲究文采，或说讲究文笔，我以为王彬先生的散文是可称道的。我细读他的散文集《三峡书简》，可以看出他的文化素养或者称积淀是很醇厚的。信手拈来的古诗文辞，穿插于字里行间，贴切而自然，这一可见于厚积薄发，二可见于文笔的行云流水，比那些卖弄辞藻者极见高明。

近些年来，连篇累牍屡见各种我称之为笔会式散文（或随笔），几形成于套路和程式，或大段抄史料，景点介绍，几成为旅游说明书；或浅薄于山水形胜，强抒感慨，令人索然无味。只凭走马观花，全无读书积累，又无文采，几令人倒胃。笔会当然不是坏事，但浪得虚名，徒然成拙。

前些时，杜卫东兄新出散文集《有一种悔恨叫永远》，嘱我题写弁言，其中云："散文是不可轻易写的，须有极强的文学功底，极博的学识，极高的驾驭能力，极缜密的布局艺术，极具思想的构思，极具人格的情怀，这与杂文有异曲同工之妙，绝非胡乱堆砌辞藻、吹嘘煽情可以强求，或故作高深，或无病呻吟，或装腔作势，或里短家长，凡此种种，皆非散文之旨。散文于当今，几成套路和低档八股，真是令人嗟乎哀哉！孔颖达《春秋·左传正义》早就说过：'在己为情，情动为志，情志一也。'如果二者皆无，除了可厌可憎，还谈得到'韵外之旨''味外之旨'吗？我读鲁迅散文，每每被他笔尖常带感情的悲悯情怀所感动，亦常有高山仰止之叹。故而，我也一直认为：散文，不是任何一个人可以随便涂写的。"纯为管见，"嘤其鸣矣"而已。

史、地、诗、文的博通，杂家的淹贯，下笔的舒展潇洒，是王彬散文的特色，他真正做到了"勿做作，少卖弄"。

王彬的散文并不高产，但却有经典的追求。其实，散文即使在古人也不能高产，因为一个行文者，再博通敏捷，也不能永远吐出的是奶。视野有限，才思贵重，生也无涯，岂可粗制滥造，永远"不择地而出"？古人其实很注重文章的"质"。

袁宏道在《行素园存稿引》中云："物之传者，必以质；文之不传，非曰不工，质不至也。树之不实，非无花叶也；人之不泽，非无肤发也，文章亦尔。"古人如杜甫的"三大赋"，据说辞藻极华美，但恐无"质"，故湮没无传。

宋人诗云："归鸦落日天机熟。"水到渠成，惜墨如金，是王彬散文"天机熟"的结晶。他的文笔大有"起伏顿挫""跌宕生姿”的韵致，几令不忍释手。所谓“悠然心会”，不知凡几人可为之拊掌？

20世纪三四十年代天津著名小说家刘云若，尝言：“我只上过几年中学，没读过多少书，但我希望能把三分学问用到十分。”而我看到王彬先生集中若干散文，却是十分学问未必用到十分，举重若轻，可见腹笥甚广的学问写起散文随笔的妙境。当然，还要剪裁得当，留有余韵。

他的散文，读一遍实不足以领悟其妙。人与自然的主旨，读者应该是小众。其中写植物与鸟类者最见匠心。并非仅仅是如先圣云是“多识于鸟兽虫鱼”，看似闲适，实存深意。此类其实颇难构思行文，如其写《乌鸦》一篇，娴雅之中有幽美之气，大有无前人之慨。又如《故园的女人与花朵》，那确非一日之功可得。读王彬之文，不禁想起清初评点《金瓶梅》的张竹坡，他的评点约有十万余字，其中曾感叹：“作书者固难，而看书者为尤难。”似此移作读王彬其文的感叹也不无其理。张竹坡不知是否评点过《红楼梦》，该书第56回有薛宝钗的一段话，一般人大概不会注意：“学问中便是正事。此刻于小事上用学问一提，那小事越发作高一层了，不拿学问提着，便都流入世俗去了。”散文的高明从何而写来？必来自博览，来自多思，使之出笔而不同流俗。辛弃疾词云：“青鞋自喜，不踏长安市。”读王彬文，可见其沉寂之心，冷暖自知，自见腕底行云，亦可令读之知者如痴而喜。

集中还有写人物的若干篇，如写范文程，写张资平，绝非简单钩沉抉微，发思旧之幽情，那是有一种历史大义于其中，是读书养气的结晶。近人高二适晚年自撰联曰："读书多节慨，养气在吟哦。"王彬做到了。他的散文不仅气溢其中，亦可见作者的独立思考，汗漫于文中，与人警醒。读其《顾太清》文，亦可见考证功力，杂花生树，行文摇曳多姿。记得他去顾太清旧居时，曾呼我同去，虽兴趣盎然，但因有事而失探访之机会。读罢此文，而大有感喟：如若我访后写之，未必如他。所谓"妙处难与君说"，正所谓读后方感。又如他集中《雪原茫茫》一文，是数位作家同行辽河兴隆采访，我亦在其列。而他却独出心机，将本无情趣的油田"磕头机"入文，汪洋恣肆的文笔，由"间关莺语花底滑"的温泉，联翩美国文学奠基人欧文的《阿尔罕伯拉》、占星家、神父等，真是令人读之"奇妙"，情趣盎然。工业题材的散文写来绝非易事，而绕指之柔，极见高格。

王彬曾写文谈散文，曰："好散文要拨动内心的幽曲。"其实岂止"幽曲"，读之是可感义理的。王彬本是学者，有多种著述，有一种名为《北京微观地理笔记》，可见其为文则多细微严谨，当有理论支撑。有评者谓其散文"阔大"与"精微"并峙。"阔大"我理解应为气象与意境，那"精微"是学问的扎实，作文用笔，遣词造句的简洁洗练，才组成了文章。文采章法，缺一不可。那写树木、野菜、芦苇……无一不体现着"精微"，又无一不体现着作者的“阔大”。读之而有物，而生情，而有所悟，有所思，庶几无愧文之“质”矣！

王彬此集前有小序，也极值得一读，不过数百字，堪称一篇精致的微型散文，可见情致，可见幽怀，末尾一句更堪称豹尾：“那个女孩子还站在那里吗？”真令人有无限回肠遐思。记得著名导演谢晋有过一句名言：“女人漂亮不漂亮，要男人看；男人漂亮不漂亮，要女人看。”文章呢？男人的文章呢？具体王彬的散文漂亮不漂亮呢？文笔干净（文采）漂亮不用说了，重要的是内涵，那一定是要读过一些书的人读了，才能如见天然芙蓉吧？

食之雅美

施亮新出随笔集《吃的风度》，文笔一如固有的老到，专谈肴食，摇曳多姿，趣味盎然，也引人入胜。又讲究考据，上溯滥觞，文史性甚强。其母擅烹调，文中记钱锺书夫妇等耆宿士林人物曾赴家宴，读来状如亲临，类《世说新语》意味，已然不是仅仅谈肴馔了。

读集中文章，是很令人会心的。其他考证铺陈，兼及小吃面品，可见腹笥之博，是下了一番工夫的。他不是以专家口吻写成文章，其生动、其笔致，颇具掌故性。古人以吃为主题的集子甚多，以袁枚《随园食单》为代表，洋洋大观，使今人可以想见古人对吃的雅嗜。施亮兄在集中所述甚伙，姑不再引。我读过梁实秋先生的《雅舍谈吃》，这是以大手笔写小文章，无愧学问家兼美食家之称。

据说周作人下水前也写过一本类似的书，我未曾读过。但可惜了他的才学，一个那样讲究闲适的人，在提篮桥的岁月，会追忆他曾经津津有味的美食吗？由此想起鲁迅，我诧异他也曾对吃食有浓厚的兴趣，在少年时代所写《戛剑生杂记》，其中曾饶有兴味提及数种菜肴。若读《鲁迅日记》，更可知先生当年履及北京各类中西餐馆的雅集。当然，鲁迅先生并非美食家，所以我甚欣赏他反驳日本人的那句话："筵席上的中国菜诚然大抵浓厚，然而并非国民的常食！"施亮集中有不少谈"常食"之文，可窥他并非仅仅意在吃喝。

施兄集中也有谈及文人与美食结缘，古已有之，如苏东坡、李渔、倪云林、张岱、曹寅等，也不乏食单传世。我读闲书，知清末以小说风靡一时的林琴南，不仅擅画，还精于烹饪，极其讲究，能亲手制作整桌的高级酒席，这是很令人佩服的。只是不知他是否写过食单。当然，不仅文士，政治家也免不了此雅好。我读清末史料，很惊讶著名的"清流派"翘楚张佩纶居然还自撰食谱。这是一位大战略思想家，一生以"搏击丑类"为己任，但在马关战败被革职后，娶了李鸿章最宠爱的女儿为继室，隐居南京。除与夫人小酌、煎茶、赌棋、读画、谈史外，夫妇俩还合写了一本食谱。这也许是淡泊世外以此消遣，但也证明，官宦对美食是经多见广的。过去有一道菜肴名"李鸿章杂碎"，施亮文中有所谈及。但我一直不太相信，恐怕是坊间稗官而已。

由张佩纶想到施亮集中若干文章如《"王家菜"轶闻》等，亦涉及家厨，谈及"出名的家庭菜肴"多出于官宦大家，这是中的之语。过去有句老话，叫作"为宦三代，才懂得穿衣吃饭"，但小官、穷官也还不行。记得读野史，小官、穷官早晨去衙门点卯，在街上买早点，边走边吃，很寒酸，还会被纠察弹劾，因为清朝有规制，这如同听戏、嫖妓一样，有失官仪，是要被处分的。由此看，家无厨师，也必无佳肴。高官显宦讲排场气派，自然不可或缺美食。真正讲吃饭还是要在家吃，请客也是在自己的宅邸。食，固然性也，但穷奢极欲走向反面，历史上也不乏例证。很多野史笔记有记载，也令人为之骇而听闻。从来不曾听说文天祥、海瑞、林则徐、于谦、袁崇焕等家里流传出什么菜肴，这就不是“君子远庖厨”之类一两句话可以解释的了。

吃美食或做美食，要有闲、有钱、有厅堂广厦，还要巧思，及至风度，家厨也很重要。过去官宦世家皆有家厨。我很疑心袁枚本人并不会掂勺炒菜，因为他写过《厨者王小余传》。王乃他的家厨，王死，袁枚“每食必为之泣”，大概再也找不到烹饪高手供他享受美味佳肴了。

多年前，我曾在长沙名馆玉楼东品尝过湘肴，很入口。后来才知长沙不少湘菜大馆子的掌勺，皆来自做过民国行政院长的谭延闿家。其实，名菜馆里很多镇堂名菜是从大宅门里流传出来的。如曲园的“东安仔鸡”，四川馆的“宫保鸡丁”，广和居的“潘鱼”“江豆腐”“韩肘”等，皆是如此。过去中山公园长美轩的“三白汤”，是马叙伦先生亲自教作的，后称“马先生汤”，名噪京华。他在《石屋余渖》中记下制作菜单，仅佐料即20余种，可见美食绝非大锅饭。我当年写过清真老字号西来顺，其主理大厨杨德寿即马连良的家厨，创制了名菜“马连良鸭子”，而杨又是溥仪清真御膳房的主理褚祥的高徒。施亮书中文章不乏谈及美食的做法，那如同上乘工艺品一般的精雕细刻，有些令人恍如隔世了。

古人说：“口之于味，有同嗜焉。”世间恐怕没有人不爱美食，哪怕引车卖浆者流，只不过是否有条件品尝，或品尝了如刘姥姥不知其所以然而已。美食中有文化，这是毫无疑问的。“味之精微，口不能言。”能言，而又成文，施亮兄可称入堂室矣。施亮的文章之所以说有文史性，缘于他对于美食或亲历，或亲见，或亲闻，加上多读、多思，家传的耳濡目染，而又常至坊巷体验，绝非人云亦云，故耐读。亲自体验食亦性也的乐事，付以隽永的文笔，这是一般吃客难以做到的。施亮家的红木旋转餐桌，在特定的文化学者圈里是颇有口碑的。这也可以得出会吃，及至写吃，不是那么简单的结论。博学的也写过一部《云乡话食》的邓云乡先生曾说，《红楼梦》前80回和后40回写吃不一样，缘于作者对饮馔用心不同，他举王安石和苏东坡、章太炎与林琴南的例子。其实我倒觉得曹雪芹与高鹗的出身各不一样，你不是簪缨人家出身，没见过那样的场面、品过那样的美食，如何写得出来？又比如《金瓶梅》，那里面写吃基本是一个暴发户的场面和种类，与《红楼梦》里贾家精细的食脍，真是天壤之别。

古人又说：“礼失求诸野。”今天也可以说，知味停车恐怕也要去坊巷僻地了。单以京城之大，过去名震一时的老字号，其菜肴传至今日，真的不敢令人下箸。仅举焦熘、干炸、红烧、南煎丸子这些看家菜，里面几乎没有肉了，我常戏谑，不如改称“干炸、焦熘……面丸子”，才名副其实。又比如宫保鸡丁，过去必抽去鸡肉的筋丝，才香嫩可口，如今哪一家饭馆肯去如此精工细作呢？挂羊头卖狗肉举不胜举，即便读一读施亮的文章，也只能“过屠门而大嚼”了。美食是中国传统文化的流风余韵，消失了，固然可惜。恢复？太难。如施亮的书，好就好在为今人记录下佳肴之美、之雅、之博大精深。“临去秋波那一转”，姑且让我们永远留下美好的记忆吧。

巧思谋篇的诗体

——读彭俐新诗集有感

彭俐是以写新体诗见长的，我30多年前认识他的时候即如此。同时他还是评论家，有过著作，文名远播，不是浪得虚名。近来读到他新出版的诗集《诗画谱名医——燕京百位名医传》，皆以诗作传，每人七字八行，医家之名字皆藏头，有韵（但非旧体诗韵脚），并高度概括每一个人的学术成就。109人以五行——水、木、金、火、土分章，皆为大家，诸如施今墨、萧龙友、陈莲舫、刘渡舟、蒲辅周、孔伯华、岳美中、叶心清、祝谌予、关幼波、方和谦等，真是群星灿烂，蔚为大观。

我细读其诗，感慨彭俐于创作得极为不易，他等于通读了每位名医的履历和学术成就，包括名家传承和临床特点等，加以爬梳汇总，撮其要而成诗，诗后附加数百字简注。这无疑是北京名医的一部简明辞典，堪称中国传统医药文化的缩影。其匠心、其智力、其巧思，虽益莫大焉，亦可叹其劳其筋骨。

读其中的诗，若干篇章感觉非常亲切，如刘渡舟先生，我与他在20世纪80年代有过交往，还写过他的专访，发表在《北京晚报》头版。至今藏有他给我的来信，忆及当年他老人家和蔼风度，今日思来已恍如隔世。当年只模糊认为他是研究伤寒论的专家，读了彭俐的诗及附注，才有了更全面的了解。诸如“古今接轨”的理论，这是大题目，我辈外行，是决不可置喙的。又如我当年结识陈慎吾的后人，也是医生，通过采访写过陈慎吾的文章在海外刊载。今天读到彭俐写刘、陈二人之诗，不免感到亲切而思绪萦回。

彭俐的诗不是旧体诗，但也不是竹枝词、“寒山体”、打油体、民歌体，也许应该算是一种崭新的诗体创造？

记得大约是2000年，与一位友人谈起寒山和尚的诗，忽然逸兴遄飞，二人竟驱车直下苏州到寒山寺去向和尚问个究竟，当然即如雪夜访戴的故事一样，兴来而去，兴尽而返。和尚们是只管撞钟的，不管做学问。我后来才明白，寒山、拾得的诗体其来有自，敦煌出土的王梵志诗卷算得上是开山鼻祖。但这仍不妨碍我喜欢寒山的诗，不仅朗朗上口，难得的是有哲理，比如这一首：“我见世间人，个个争意气，一朝忽然死，只得一片地。阔四尺，长丈二。汝若会出来争意气，我与汝立碑记。”你看，三字、五字、六字、七字，自由挥洒，无拘无束，而且还有两个重复的词和韵（意气），但你不得不叹服。晋人郭璞云：“妙不可尽之于言。”寒山的诗却在尽与不尽之间。我很怀疑《红楼梦》的《好了歌》是从中汲取了哲思。话题扯远了，还是回到主题。

彭俐的这些诗没有寒山的潇洒，全部整齐划一，即七言八句。有七言格律诗的外形，而摈弃其镣铐，“我手写我口”，以大量的中医术语入诗，巧妙组合，遣词相宜，读来上口，琅琅生趣，看得出他是花费了大量心血构思谋篇的。尤令我惊奇的是，109首诗均嵌入医者的名字，且与每首诗的标题相连，如《刘渡舟·古今接轨论》一首，姑引如下：

刘父取名救苦海，
渡己渡人渡灵台。
舟子颠簸却平稳，
古慕轩辕追吾侪。
今方经方有证方，
接诊接续接力赛。
轨迹总被后来蹑，
论道先贤必超迈。

首字连读即为人名与标题名，且自然有度，几乎没有拼接的痕迹。曾有时接触某些以嵌人名入诗藏头卖弄者，常常文不对题，令人生厌。而彭俐所作非一二首，而是百首以上，篇篇如此，令人叹为观止。当然，为了嵌名，有的不免差强人意，但以我目力所见认为这应是一种对诗体的创新。

为何？因为古人是无此诗体的。从古代一直至民国，是讲究名讳的，对长辈、官长、师友及至平辈，是只称郡望、官衔、表字，以名入诗绝无可能。彭俐创造性的巧思，使我们欣喜看到诗歌永远在发展，尤其在中国这一极富传统的诗的王国。以这种诗体记录了中国传统文化最富神奇的领域之一——中医药，更使得我辈对其巧思呕心赞佩不已。

彭俐诗思如流水，我是领教过的。几次笔会，尚在盘桓山水之间，他已诗成若干首。他对于世间万物的敏感、细微观察及敏捷的诗才、奔泻的诗绪，令欣赏他的人永远对他刮目相看。

一个需要指出问题是：他的这种诗体需不需要向更严谨的格律化贴近？我觉得天马行空，还是任其驰骋便了。

现在写所谓“旧体诗”成为时尚，其实在我看，绝大多数尚未入门。我一向认为，写旧体诗是需要才气的，不是随意信手涂鸦。旧体诗讲究形象思维，遣词用字推敲琢磨，“两句三年得，一吟双泪流”，是需要下李贺那般呕心沥血的功夫的。何况还须腹笥极博，还要遵守谨严的格律“戴着镣铐跳舞”，即如号称“老来渐于诗律细”的杜甫，据考证他留下来的1451首律诗、绝句，字字合律的仅有23首。当然，诚如《诗品》所云：“文多拘忌，伤其真美”，可见格律当让于内容，大师也是不受拘泥的。彭俐的诗当然不受格律羁绊，但是形象思维还是应该讲求的。一些字词亦尚需琢磨，不知以为然否？

现在的新体诗几乎没有读者，旧体诗渐成“绝学”。毛泽东曾说过旧体诗“这种体裁束缚思想，又不易学”，又云：“用白话写诗，几十年来，迄无成功。民歌中倒是有一些好的。将来趋势，很可能从民歌中吸取养料和形式，发展成为一套吸引广大读者的新体诗歌。”民歌的“形式”本来就与旧体诗相仿佛，将古体诗与民歌相结合，也许，将来会成为中国的一种新诗体？期望彭俐的探索起于跬步而行将千里。

清风嘘帛墨还新

——崔世广《雪池诗墨》读后

2019年初，与书法家吴志实、崔世广等雅集，作《得崔世广兄赠墨书有赠》一首，并附注，抄如下：

明月落梅襟见雅，
清风嘘帛墨还新。
拍栏似在烟江里，
残酒推杯夜半深。

世广兄为山西省书法家协会副主席，书法不同流俗，高古雅妙，当然有规矩的底子。他常写诗，新、旧两体间杂，意境频出。但不是明显“赋到沧桑句便工”那种类型。

世广兄当然首先是书家。古人常作《论书绝句》，比如清代有名的探花书法名家王文治，作论书绝句30首，将古人书家逐一评说，颇见高深，据说至今未有注释本。我赠世广兄的诗，算不得论书绝句，只是酬唱。不过我看启功先生《启功论书绝句百首》，有的也并非评价书法，如第80首写潘元绍，是在评判其人而非论书。由此证明论书绝句并非易写。书法玄妙，形之于诗，难上加难矣。

不过，汪曾祺先生说过："一个画家，首先得是诗人。"那我说，一个书法家，是不是更应该得是诗人？作为一个书法家，世广兄还能写新体诗，这是很令人相看的。

过去书法家皆擅旧体诗，远的不说，以书家名者民国以降，于右任、谭延闿、沈尹默、郭沫若、郭风惠、萧劳、启功、沈鹏等，皆有诗名。包括刘炳森，他的诗也是很耐读的。很多年前，他给我写过一个条幅，抄录他游阿尔卑斯山所写一首七绝，并无藻饰，颇有味道。即便鲁迅先生，并不以书法名冠，但旧体诗极佳，新诗也写。

我不太爱读现代人评论古人诗的所谓赏析：你根本不知古人的心境，何以道出子丑寅卯？我偶尔瞥读，能看出有的赏析者并不熟悉古人的人生履历，那何以析出古人诗中的襟抱心曲、言志咏怀？

曾读张中行先生回忆俞平伯先生讲李清照词"人比黄花瘦"，说是好。学生问：如何好？答：就是好！再无解释。无独有偶，近日读《汪曾祺全集》，看您也说当年在西南联大时，唐兰先生讲词选课，“基本不怎么讲”，譬如讲到“双鬓隔香红，玉钗头上凤”，只是吟唱，唱完大发感慨：“好，真好！”课即结束。这真是与俞平伯先生异曲同工。汪老的看法是：“诗词本不宜多讲。讲多了，就容易把这首诗词讲死了。……一首七言绝句，哪有那么多话好说呢？”由此看来，讲诗如此，读诗恐怕也该如此。其实古人早定论“诗无达诂”，李商隐的诗谁人可析可解？

俞、汪二老皆能诗，我个人认为，汪老的文学创作诗第一，散文其次。汪老是非常懂诗的，我与汪老有过唱和，全集诗歌卷中收录他当年为我写一位画家传记的序诗。汪老对书法甚通，其见解也很高明。他的书画纯为文人画的风韵。他的诗虽然清新可诵，但我们读了也不一定知晓当时的心境，完全在读者的晓悟及共鸣。当然还有读者的修养。所以，我极赞成他对诗不宜“多讲”的见解。

其实，学问若不博深，所谓讲诗的鉴赏，极易误人子弟。比如李白“床前明月光”，“床”是指院里的井栏，并非睡觉的床。按睡觉的床赏析，岂非诗意索然？所以，诗不必高头讲章一般分析，一江春水，冷暖自知，而已。

起承转合，是要具体到世广兄的诗，他近来要出版新体诗集，配上他写的书法。很别致，也很有书卷气。他的诗句很有想象力，举例说《初秋远行》：“车窗外的原野/被裁成了纸张/写着寂寥的诗行”“我凝眸渐行渐暗的天空/如水墨般跳荡/迫不及待地刻枚印章”，这是怎样的心境？

他诗的风格仿佛相识又不相识，泰戈尔？惠特曼？特朗斯特罗姆？俄罗斯的“白银时代”（普希金“黄金时代”之后的诗歌）？写新诗者常会受外国诗人的影响，我不知世广兄的诗有无渊源？但我觉得他的诗其实还是受到传统古典诗词的浸淫，字里行间隐藏着古人的流风遗韵，如集中《下扬州》等。从诗中看，顾城、海子的诗他一定是熟读的。我喜欢他的《白露》，读了有些感伤，使我想起我故去的先父。他的诗似乎多有丝丝缕缕的忧郁之气，其心境似不可知。比如《初夏》：“眼睛里的蒙太奇/白色衬衣牛仔裤的少女/忧郁着”，是谁忧郁？作者？读了也只有难以意会的感觉。不可知也罢，读了觉得好，有共鸣，可欣赏，就可以了。曹丕论文说：“文以气为主……不可力强而致。”诗亦如是。诗心流泻，不是“为赋新诗强说愁”。世广兄的诗完全不是“力强而致”，是内心某一瞬间的情感流露，就像陆机所说的：“伫中区以玄览，颐情志于典坟。”我的理解：诗赋是人以自身才学修养对物象之感悟，当然其中必须有思，思则出诗文，才可置于“天地之心”。至于作者的“思”，也许是波光云影，也许是天雨落英，化为诗句，任他不可解也罢。

现在写诗比读诗的人多。读了能产生共鸣的诗，哪怕也有伤感，那就不枉读一回诗。真正写好诗其实很难，宋人谢枋得诗：“几生修得到梅花。”难归难，于世广兄而言，写下去就是了。只要如袁枚所说的“作诗，不可以无我”的境界，遑论其他。

古人多有论诗绝句，郭绍虞先生等穷搜前人之作，编成《万首论诗绝句》，其实不少诗并非评论诗，而是评论人。可见论诗也难。我也取个巧，他曾在五台山罗睺寺写经，索题，我赠他一诗，非是论诗，当为本文结语：

婆娑贝叶步莲生，
墨渖缤纷天雨情。
拂去尘埃心性在，
落花声里辨梵声。

今生前世永宁情

福建省泉州市石狮永宁镇是著名的侨乡，大约是我在中国侨联工作的关系，志峰兄嘱我为《永宁百年文学作品选》写些文字，我有些惭愧，因为从来履迹不曾至此。但是从明代军制的史料中早已对它耳熟，它的名气和地位甚至大于与它同名的北京永宁古城（今永宁镇）。一南一北的两个地名都与明代军事防卫部署有关，北京永宁在明初称“中所屯”，为屯兵之所。明成祖时大批迁徙山西百姓至此。

福建石狮的永宁，是明洪武二十年（1387年）为防御倭寇，设立了军事单位“永宁卫”，是沿用了南宋置“永宁寨”的寓意。卫之下设中左（厦门）、金门等五所及三个巡检司，起到了抵御外寇、缉剿海盗、保障海上交流和经贸交流的重大作用，其贡献应该受到史家的重视。其与天津、威海一时成为明代著名三大卫。

抗倭名将俞大猷是晋江人，曾以千户军职镇守金门，是有明一代轻裘纶巾式的儒将，有诗集《正气堂集》传世。但又武术高超，又是军事理论家，著有《兵法发微》《续武经总要》《剑经》，发明对付倭寇的战车等兵器，曾于永宁大战倭寇，使我们今天仍然值得为此扬眉引以为傲！俞大猷一生坎坷，我很喜欢他的这句诗："欲写心中无限事，不论工拙不论多。"他在永宁的事迹也很值得浓墨重彩去大书一笔。

而永宁能有今日的风貌、人口的繁衍和兴隆昌盛，则应仰赖明代的军户和卫所制度，无此则不会有这座已有600年历史的美丽城镇！

明朝兵役继承元代世袭军户制度，即百姓一户男丁供应军差者，隶属军籍，入卫所者"充军"，未入者编入里甲，地位低于民户。军户世袭，身份永远不能改变，而卫所则是明代军队的编制单位。朱元璋在洪武七年（1374年），将10年前草制的卫所制度正式修订实施，一般卫为5600人，卫以下编制大致是千户所千人、百户所百人，再下总旗50人、小旗10人。一般一郡置所，连郡设卫，在卫前署以地名，如永宁设卫，则冠以永宁卫。明代卫所数目记录每有增加，若按《明史》卷九十《兵志》卷二记：时内外共336卫、63千户所。这是洪武二十六年（1393年）的正式统计，入军数超过120万人。《简明中国军制史》则认为"这时应该在180万以上"。永乐年的入军数则达270万名，那相应设置的卫所也必然有所增加。

卫虽然基本固定由军户中一丁（称军丁）入卫当正军（也称旗军），但军户中有时还须出"余丁"一人随正军入卫，佐助正军供给。这就是说5600名正军的卫加余丁，全卫可达1.2万人。

明代军制规定军丁入卫，江南、东南由江北、西北军丁解往，江北、西北则由江南、东南调拨。而且妻儿按军制也必随军丁起解入卫。按军丁家属最少平均两口计，那解往永宁卫的全卫正军及家属、余丁总计起码应至少有2.5万人。这还未计余丁家属。明代规定，卫军严禁独身不娶，因为军籍世袭，有为国家生育下一代军人的义务。军户女子也禁止出嫁民户。

从理论上讲，当年调拨永宁卫的正军、余丁及家属应在3万人左右，而且是西北或江北人。这是福建全省兵力及家属人口最众多的卫所。

遥想600年前，旌旗漫卷，车马如流；风餐露宿，携家带口，击楫过江，来到永宁。筑城而居，枕戈待旦，肩负起保家戍疆的职责，养儿育女，将军户家族一代又一代延续下去。

永宁人应该继承了先辈坚韧、勇武、强悍的基因，具有善于打拼、敢于闯荡、四海冒险的精神，读集中白刃先生《念故乡忆永宁》一文，说“从各个宗祠匾额来看，全是从北方移民移来的”，有河南、山东、山西、甘肃等，大约应是军卫调拨来的后裔。因而民风强悍勇猛好斗，各姓械斗不绝。更不惧官府，白刃先生曾亲见过民初时百姓聚众击退骚扰的官兵，砸毁欺凌乡里的盐卡、警察所。可见风气之悍，其来有自，官兵警弁亦非对手。白刃先生还谈到永宁奇俗“相扛”。每年冬季某一日下午，以村划分对手，先由儿童互掷石瓦混战，再由永宁街青壮和黄昏前出海归来的渔民对战，手执木槌长杆石头，生死不计，无怨无悔，各不追究！这等彪悍刚烈视死如归的民风，除了军人的血液汩汩流传，哪个可及！

这种性格当然也使得很多人不甘忍受土地的贫瘠，漂洋过海，凭着坚韧强悍，胼手胝足打拼，养家糊口，汇款回乡，有很多人致富成为“番客”，永宁也成为著名的侨乡。

书中的文章抒发了百年永宁的历史画卷，描绘了她的风情和沧桑，使人们得以感知永宁，了解永宁，并得以为永宁保存了流芳永久的乡土档案。书中的文章作者大多是永宁籍人，也有曾在这个三面环海的地方生活、学习和工作过的人，所以文章往往情溢于字里行间，飘散着对故乡的一往情深、一腔眷恋。有的作者名字使我感到十分亲切，如白刃先生，是我所在的杂志早已退休的老社长兼总编辑、著名归侨作家黄浪华先生介绍，成为我的作者的。他的代表作是《兵临城下》。读了他在集中的文章，欣然得以受益。永宁名人各界皆有，据说是董桥也是该地人氏，他是在华人圈中颇享盛名的作家。

中国有着悠久深厚的地方修志传统，《永宁百年文学作品选》在某种程度上也是一种修志，是用文学的笔墨记叙永宁的历史。对永宁而言，地因书记，史因书传，是遗泽后世的幸事！

欲知大道，必先知史

我的《清朝，被遗忘的那些事》这本小书使我有些感慨，也有些忐忑。我非清史研究专家，只不过一直喜欢清史。1980年始应中国新闻社专稿部之邀，为香港《华侨日报》撰写专栏文章，用笔名“周简段”，写过一些短文章，本书选录了若干篇。另外长期主持副刊，或应其他报刊约稿，也写了一些长短不一的文章，现在经遴选，分若干类，结辑成书，很期望得到专家的指正。虽然不免浅薄，但是敝帚自珍的心态，也许正像鲁迅先生所说的那样，是“积习”所致。

受父辈影响，自少年时代即喜诗词书画、读闲书，尤嗜爱清末民初掌故，读了大量的野史类的笔记。20世纪70年代我初中毕业即参加工作。中期以后，恢复高考，我以为梦想可以实现——报考北大历史系。但那时规定报考须由单位批准，而领导只允许报理工科，只好选择服从——因为以为领导是善意，是想青年人学业有成后回到原单位。但是后来发现一位女同事报考文科居然获得批准，悄悄复习继而考上大学，离开了单位。这使我心理受到了极大的冲击。直到现在，我仍然没齿不忘。如果我考上大学，一定是会走进另外一个房间。

此后，曾想直接报考研究生，先父还专门请来他的朋友、博学的王以铸伯伯对我进行考察。王伯伯认为我的文史水准等同于民国时期的高中生，只需加强外语，颇有希望。虽然先父是对外经济贸易大学的俄语教授，但我的外语水平实在可怜，故此绝了念想。

由此发奋自学，希望改变人生道路。萌生模仿“二十八画生”的故事，以“嘤其鸣矣，求其发声”，觅三五有志青年，切磋砥砺。那时的社会风气，还未到无学历几乎无法生存的地步，鼓励自学成才。因而我在1984年7月5日《中国青年报》“自学征友”刊登启事，希望得到指导和交流。从启事内容看，那时自己对清末民初历史人物、典章制度、爵职服饰大有兴趣。现在看来，没有导师指点和系统专项的读书何其难矣。产生的效果只是每天收到大批来信，徒费精力，收效甚微。当然，自1975年我已在《诗刊》《北京文艺》（《北京文学》前身）等报刊不断发表文章，似乎被视为自学成才者。1983年3月7日《北京晚报》、1984年第1期《中国青年》杂志，都刊载了我谈自学的心得小文，但终归是杂而不精，未能走上学术研究的专业之途。但凭此文章小技于20世纪80年代初期，以初中毕业生的学历免试进入报社做了编辑，也许是不幸中的万幸。

但我始终对文史充满着兴趣，我至今购阅的唯一一本杂志即是《文史知识》，25年不辍至今。一有闲暇就披阅有关文史书籍，“二十四史”和《清史稿》是我时常检阅的典籍。史学大家司马迁、顾炎武、章太炎等都是我私淑敬仰的人物。但余生也晚，命数如此，不能做“史家之绝唱，无韵之离骚”的通才，更不能“为天地立心，为生民立命，为往圣继绝学，为万世开太平”而著述，但始终服谓龚自珍“欲知大道，必先知史”、章太炎“不读史，则无从爱其国家”的铭训，故时常灯下掩卷，有感而发，写些杂札随笔。

我关注清朝，这是一个不同于之前任何一个时代的王朝。清朝开疆拓土最广袤，各民族最亲密向心，最能融合中华传统文化，统治者家教最严、教育程度最高，典章制度最完善，不断接受西方科技文明，等等。当然，也是最受列强欺凌的王朝，奇耻大辱不可胜数，也产生种种弊端积重难返而走向末路。

而我们出版的书籍、影视剧常常戏说，贻误后学。这是很令人痛心的，“灭人之国，必先去其史”，我们自己不珍惜、不尊重自己的历史，所谓爱国，何止空谈？举例说，对自己老祖宗的糟蹋，诸如对历代正史及皇帝尤其是清朝一些皇帝的“戏说”，为世界各国所罕见，谬种流布，夫复何言？历史非任人打扮的女孩子。我的这本小书，不敢匡正如何，实为像南北朝陶弘景所云：“一事不知，以为深耻”，读史养气而已。如能使读者有所会意，则幸甚至哉。

这本小书承蒙我尊敬的李国文先生赐序，十分荣幸。他不仅是小说大家，也是文史大家，通读“二十四史”，有若干专著，对历史有着极悟彻的慧眼。载涛先生之子载仕（金从政）、顺承郡王后裔金诚两位先生读了部分书稿，写下言简意赅的鼓励，也使我十分感激。作为爱新觉罗家族的“天潢贵胄”，他们两位老先生对清朝更会有迥于常人的认识与感慨。两位都写过有关清代历史的文章和出版著作，我从中亦得到过教益。本书书名请雍正第九代孙爱新觉罗·启骧先生、惇亲王第五代孙恒德先生题写，一并致忱。也要感谢张陵、吴志实先生的关心，李亚梓女士的辛苦劳动，才使这本谫陋的小书得以问世。

草珠一串

泰山后石坞观松记

泰山以东岳之尊，崇誉天下；又以日出之奇，碑口神州。然世人登临，鲜至山后石坞。

夏暮往游，始开境界。石坞幽奥，有清溪深涧，危崖庙迹，更兼松涛跌宕，怪石嶙峋；闻淙淙泉声，拾阶上东尧观顶，目接迤逦皆松也。穿行松间，见其接天蔽日，蔚为大观。或盘曲虬张，或苍古奇崛，或蟠卧叠干，或环绕连理。明人有游者赞曰：“尘寰迥绝。”于天籁听涛中，信斯言者矣。吾见黄山之松，略含秀逸；廊庙之松，尽皆高凝。而后石坞之松，竟如百态人生，风姿各异。

忆昔曾欲登泰山，忽狂风怒啸，宛似雷霆，天黑如坠，阴云蔽目，竟为之止。可见泰山之风，呼肆凌杀，万物为之惧也。山之岩岩，犹可屹立，松之弥高，峤者易折。松欲拔，而狂风将之摧；松虽寿，而疾风将之短。木秀于林，风犹摧之，松立于山，风可容之乎？观后石坞之松，多扭挽弯曲，怪状难述。或如绳之结，如虬之盘，如蠖之弧行，如蚺之蜿蜒。非人力可为，亦非天工本意。盖因迎风则裂，向上则断，故松不迎风之逆，而顺避图存。风之浩荡，山可泥流，石可崩陷，逆之者萎，顺之者存。松亦灵性，非岁寒而后凋，亦曲意而若水；故百年郁郁，千岁苍苍。所谓物竞天择，适者生存者也。树犹如此，人亦如斯，吾为之叹也。

同行者每驻足，寻松之绝姿，赞松之奇美。吾驻足则见松之枯败，心甚凄凄。夫群松遍布，相互图生；数松一隅，必有亡者。泰山石多而土稀，阳光雨露岂可皆沐也。汝生而他死，他死而汝生；自然法则，松亦然也。嗟夫，树犹天择，人何以堪?

世人登泰山，皆欲观泰山日出，忘小天下，不知观后石坞之松，岂非一憾乎?

日照三绝记

我有日照之游，盘桓数日，主人请留以字，题曰："日出一隅临沧海，莲花五峰祥瑞生。"辞不甚工，惜无佳句也，赴青岛车中，赋诗三绝，盖咏日照令人赞叹者有三绝也。

何为三绝？一曰森林公园。日照有地名大沙洼，20世纪60年代为沿海之荒滩，地势低洼，不唯不毛之地，且海雾屡起，沙随风扑，禾苗蔫萎。1960年始植树造林。数十年来，蔚成万亩，固沙驱雾，功莫大焉。余游之，唯见黑松绵延，涛声与海浪谐鸣；白沙映树，鸟语与蓝天共处。丁肇中系日照人也，尝盛赞沙滩为"夏威夷所不及也"。但如无森林，沙滩则焉附之？尤引种之水杉，挺拔奇秀，令人叹止。此活化石也，亿年沉沦，而北地罕绝，大沙洼引之繁衍成林。林与滩相邻，所谓神清气爽，恍若仙侣，森林公园不虚者矣。故诗咏曰：

千顷绿荫接碧海，
移来杉树已高拔。

凭窗三五帆樯渺，
无限夕阳近赤沙。

又令人叹止者为五莲山之野生杜鹃。杜鹃者多生衍于南，而怯于北地。日照五莲山之杜鹃，则漫山遍野。品种凡四十余，占地近万亩，逢四五月间，势如焰火，馨馥袭人，红艳入目，足以令人惊心动魄，人誉为“江北一绝”。而此去日照，未睹其盛，则心存憾焉，人谓杜鹃已谢，当春乃发。汝欲观之，须待来年矣。嗟讶不已，故吟小诗以记有憾：

动魄杜鹃秋已遮，
曾经春月敝削崖。
不知太守夸奇秀，
半是巉岩半是花？

宋苏东坡曾知密州，游五莲山赞曰：“奇秀不减雁荡。”余不知东坡太守赞岩岩之山乎，抑或赞漫野之杜鹃乎？

行旅匆匆，主人安排品茶。余不赏茗，然约略知此地焉有佳品者也？然日照原无茶，自20世纪60年代后引自江南，繁衍至今。其茶不过数十年，其香郁已驰誉江北。至共青茶场，品新下之秋茶，见色泽黄绿，香气平和，汤色与春茶可相媲美，而香气则恬淡之极。茶业研究专家周加民详加介绍，使人略知“日照绿茶”之历史，茅塞为之开也。日照无茶，区区几十年而香气溢满江北，可称一绝乎？而品种广杂，如雀舌、雪青芽等，萌生诗意，更令人生遐想。故又口占小诗以抒感慨：

雀舌香郁雪青芽，
移自江南早筑家。
不见茶娘犹欲问：
依然豆蔻好年华？

日照三绝，当为日照人之骄傲；日照三绝，亦令他乡人为之心荡神摇。

文成纪游

秋日有文成县之游。文成县隶温州市，以明刘伯温谥号为名。其历史悠久，春秋即属瓯越之地，秦一统废封而设郡县，绵延至今。我以为温州乃富贵之乡，讵料文成履及，风景佳丽，始眼界大开。踪迹所至，吟有小诗以记风光，兼抒情愫。

入文成县境内，碧水蜿蜒，触目葱茏，先览百丈飞瀑，只见瀑布百折而下，山多形崖，壁立似削，山花相映，摇曳生姿。登而至亭，观瀑听风，满目碧水，不禁心旷神怡。吟得绝句曰：

百丈飞流惊眼底，
削崖翠色恍如烟。
亭前碧水蜿蜒去，
观瀑听风两盎然。

是日又游铜铃山峡。峡又名十二澄，澄，当地语也，即瀑，又称漈。行入峡中，望眼两岸崇山峙列，涧壑纵横，巨潭与削崖动魄，飞澄与激湍惊心；瀑有十二级攀崖而上，险在窄梯，人如壁立而行，则胆战战栗也。又见飞射激流，状如笼雾，声若隐雷。三澄见巨潭，迂回旋涡，不失为壮观。又见小潭，有石，似美人一卧碧蓝之水中，诧异鬼斧天工也。主人约题，遂口占一绝：

身似凌空壁上行，
美人卧见碧潭中。
流瀑出崖截不住，
只把胭脂叶染红。

山峡丛林繁茂，杂花缤纷，知见杜鹃、兰花、山茶、迎春、百合等，其他异木珍草，俱不知名也。红叶飘落溪中，逐波而浮，映碧而逝，故有末句也。

文成乃诚意伯刘基（伯温）故里，遗迹甚多。有庙，建于明天顺二年（1458年）。是日风静日爽，乃谒之。庙邻华盖山，粗放而不失严谨。正德帝有联云："占事考详，明有徵验，开国文臣第一；运筹画计，动中执宜，渡江策士无双。"语甚平简，余意不如蔡元培先生挽联为上："时势造英雄，帷幄奇谋，功冠有明一代；庙堂馨俎豆，枌榆故里，群瞻遗像千秋。"肃立之后，不揣鄙陋，乃赋一绝：

人生惶恐做忠臣，
自古良弓总玉焚。
不见刘伯开国后，
儿孙辞岭泪涔涔。

伯温为明开国有大功者，史家定评不逊于诸葛丞相。然朱元璋雄略而猜忌，开国功臣剿灭殆尽，伯温之死亦有毒杀之传。其子辞岭之节，后人每有凄然不绝者。

行旅匆匆，将辞文成，奈慕诚意伯故居，乃心不甘，主人知意，方车驾驱至。故居位南田镇武阳村，伏于盘谷之中，围山五座。居在中峰之下隐然有不凡之象。惜后建之，原存地基，已不见旧时气象。兴味为之索然，乡人指点，另有老宅，山后有祖茔。遂登丘觅见伯温高祖刘集之墓，见立有“宋处士刘集墓”碑。村中民人多姓刘，自云乃诚意伯之后，又觅得20代裔孙老人带为寻觅并合影。夕阳西下，又驱车至辞岭亭，亭于华盖与天耳两山之间。亭建于民国十一年（1922年），为族人纪念诚意伯次子刘璟于此告别族亲毅然赴难而建。建文四年（1402年），燕王朱棣召其入京，辞不就，被逮。刘氏有功于明，乃如此结局，令人扼腕。岭旁有丘，苍松高峙，凄孤数株。盘桓良久，摩挲亭壁，见有辞岭诗，均为后裔所作。离亭欲登车，忽见草丛中立一小碑，于斑驳中读知乡人于光绪三十年（1905年）集资，于此建石桥，四顾已不见石桥之迹也。

暮色苍茫，秋风拂衣，残阳如血，心中联翩，乃占小诗，以为结语：

山下凄凄辞岭亭，
秋风落寞数虬松。
诗人到此生孤愤，
望得残阳似血红。

人间有味

曾读汪曾祺先生的《多年父子成兄弟》，文字温馨，印象极深。但令人感慨的是我从未有过“父子成兄弟”的温情。

记得少时，家教极严。我自垂髫之时即喜国画、诗词、书法，而先父严令我学小提琴，日日练习，奔波于师门，不堪其苦。但我后学声乐，调入文艺演出队，先父却极不喜。深夜演出归来，家门反锁。我只得四出寻宿，生怨日深。

不堪练琴之苦，偶然赋诗遣闷，有“我亦无花亦无家”之句。未料先父窥之，雷霆震怒，但未如以前那般责打。竟邀父执辈络绎来劝。犹记一作曲家，乃我之师，亦被先父邀至家来，先盛筵款待，酒醺饭足之后，正襟危坐，对我言之谆谆至夜。困倦已极，却不敢藐藐，犹强作聆听状，此后再不与之来往。至今如参商，不复相见！以后陆续涂鸦诗词，至二十岁前已数千首，皆手订线装成册，有不能观之者，故秘藏之。后来仍被家严觅见，但未指斥于我。我偶听父执辈云：“汝父感慨，你如此爱诗，赞叹皆手抄线装。”无他语，亦再不复责诘。

无复数日，我之所绘两幅小写意山水，被先父贴于屋中柜门玻璃之上。先父亦不复督催习琴！那时不晓，心中窃喜，以致荒废。现写至此，泪盈于目。或许愧疚之心，我不知乎？先父逝去已二十载，墓木已拱，再不可膝下对谈往事，无可赎乎？“我亦无花亦无家”，一语成谶，感慨良多！先父若假以年，会当何想？会生温情？

古人有诗：“青灯有味是儿时。”又言：“人间有味是清欢。”但人生须臾，沧桑转瞬，哪里尽是青灯有味、清欢怡情？那缕缕苦涩、遗憾、伤感、思念……交织萦绕，真是人间有味，百感交集。

是不是应“多情应笑我，早生华发。人生如梦，一樽还酹江月”？可我只在梦中见过他一次，何其太薄！人间有味，有泪盈盈！

老　家

清人龚自珍诗："无双毕竟是家山"，道出无尽的深情与哲理，几千载的蕴藉与积淀。"家山""祖籍""故里""故乡"，皆为中国人对出生地的称谓，但都不如百姓口中的"老家"亲切、温暖！老家，那山树茅舍，鸡鸣灶火，落日牛背，草木田间，永远似镌刻镂雕般在心，云卷水柔般抚肩。哪怕漂泊四海，哪怕乡音已改，哪怕游子魂萦，哪怕乡愁梦牵，老家，老家，永远是灵魂的归宿，温馨的呼唤。老家，老家，那是生命的起源，躯魄的故园，一生的眷恋，亲情的港湾。记忆中的矮墙，梦呓里的炊烟，哪怕城头变幻，哪怕鬓毛衰斑，只要蓦然回首，就似春风般漾起心潮，止不住地婆娑泪眼。思乡的小路永远在脚下，乡愁的涌动何止是微澜，思念老家会撩拨起无尽的诗思，会让人一夜白头暮想朝恋。归去来兮，家山一枕胡不归？古人潘岳曾叹息："人居天地间，飘若远行客。"可若想起生于斯长于斯的血脉之地，那一定会不再有飘蓬浮萍之感！老家再遥远，游子一定会在除夕之前风尘仆仆扑进家门，享受挚爱，陶醉团圆！

老家像一支高亢激越的唢呐，会放声地催促，会时时刻刻，会岁岁年年，会永远，永远奏鸣归根的呼喊。更像一管缠绵悱恻的箫笛，会温柔地娓娓召唤，会声声不息，丝丝缕缕，会永远，永远萦绕在耳畔……

丽江古城记

滇之一隅，有古城曰丽江。慕名久矣，今岁始万里客之，乃得一游。此古城为纳西人繁衍生息之地，自忽必烈革囊渡江，五百年来不闻兵戈之声。化外之地，土司之制，竟得以安居。而民风娴雅，尤为淳朴。所谓城之虽小，犹存古风也。

入古城则见玉龙雪山之倩影，仰之皑皑，宛似目前，近而可感风之习习，衣袂为之飘拂。城倚山傍湖。草木葳蕤，尤天低云淡，气爽神清。山雪共蓝天一色，白云与碧水相辉。城中有楼名五凤，惊诧华美；有潭曰黑龙，喜悦清幽。细雨潇潇之际，华灯初上之时，夜月清风下游古城街肆，见垂柳家家，时而拾级而上；碧波户户，时而扶栏而行。小巷通幽，石桥跨水。店铺栉比，满目琳琅，人相接踵，目不暇接。明月如水，纳西少女亦皆如月，与游人踏而歌之，挽而舞之，观者皆拊掌和之。云髻笑靥，花气云裳，未饮已微醺也。

城有酒肆，过石桥，临流水，浅拍轻歌，倚栏小酌，听丝竹古乐，见碧水潺潺，中天皓色，照如白昼，几疑世外桃源。嗟夫，一洗羁尘，我心逸绝，浮云荡然，机锋岑寂，焉能不醉也。因口占小诗以记神怡：

斜阳山雪暮云时，
垂柳家家绕碧池。
不觉倚栏人已醉，
竹箫细细雨丝丝。

《古意何求》序

何军委兄擅画人物，其纵笔古今，气韵生动，纤毫毕现，各臻精妙。辄令人神往，入境已矣。刘熙载《艺概》云：“灵和殿前之柳令人生爱，孔明庙前之柏令人起敬。以此论书，取姿何如尚气格耶？”书论如此，画亦当然。所以同源，气格为上。其笔下人物灵动飘逸者，不可枚数。尤高士仕女，一衣一带，出水当风，古意盎然。笔线造型，极臻讲究，墨韵亦丰润郁沛，正如浙派大师吴茀之所云：“国画不讲笔墨与气韵，亦郎世宁之流。”军委兄之气韵、骨法，亦即前人所云之“格法”，从笔墨中出矣！其擅画钟馗，尤见匠心。画钟馗者，亦不胜之数。提剑捉鬼者多，即便嫁妹，不脱煞气。曾见其画《月下饮酒之钟馗》，竟出前人窠臼：月光如练，松竹摇曳，钟进士于波光水影相映中，枕剑听箫。但见笑靥，不见醉态。如画隐逸，高古蕴藉而不嘘火气，有此安详宁静入梦高卧之钟馗，令观者意会遐思，乃妙境也。“取姿致何如尚气格”，非胸中孕有丘壑者，不能如此神韵飞泻。意所未设，笔之为开。未见繁章，有意外之妙，步趋仿古则未必见古意。所谓恺之“迁想妙得”，而其想不迁，其得决不可妙；而其意不古，其画焉可有气格耶？故军委兄之古意，知其者必知其格自高也！

怒江伏虎罗汉石赋

吾国之怒江者，滇之大川也。一呼奔泻，蜿蜒曲突；两岸削崖，葱茏遮蔽。惊心激浪先冲天，荡魄狂涛后裂岸；叠立而汹涌，嚣腾而澎湃，为人鸟不可逾之也。

既以神州之广，江流何其横纵？继以河川之多，江石何其杂博？怒江之水兮清清，盘古之石兮莹莹。而水中有石，湍涤何止千载？石上有纹，天工徒叹神奇。故其鬼斧纹石者，日月之华润，精灵之孕育也。喜赏玩者所搜之石，每怪状奇形，灵显花树飞禽，几至钩摹人兽，令观者惊诧莫名也。

友人尝示怒江所出之石照，冠名曰：伏虎罗汉。凝眸定睛观之，若鬼使，竟神差，恍若写意之画，惚如刻凿于壁，笔似淋漓，帛如渲染，人若宛如，神亦毕肖。但见罗汉收威，俯首定睛擒伏；猛虎敛爪，收须缩身踡卧。更现苍岩盘垒，想见风涛阵阵，一声而缚。郁林层差，可知云乱绰绰，百啸而收。呜呼哉！曾咆哮，虎必从风而下山；定从容，手当出心而淡定。水无常形，石有恒式。一石虽小，当形出而驰骋；三千乃大，以容物而磅礴。石不在小，有形乃现，形不在华，有神乃精。其石似散花清气，如涤目澈泉，观之可思接千里，可简在一心。

或曰罗汉者，国人皆知列有十八，传乎千载。而伏虎罗汉，齿序最末。弥勒尊者，是为其名。云其静住于寺，长闻哮声，乃寺外猛虎饥则盘桓，啸出腹鼓也。故尊者悯然，天心刹那，施己食，分于虎。悠悠华枝，习习春满，袈裟飘拂，威猛为之伏；木鱼朝暮，长伴之于侧，佛家故事，人口脍炙，所谓施之从善，虎可点头。

夫华夏五代以降，画帛见绘，可窥贯休笔意，可诵东坡诗赞。古往庙寺，雕塑各窥。竟而一衣带水之扶桑，钟磬梵声之镰仓，其寺曰光明，其壁尊罗汉，乃宋元季所绘也。可证中土文明，一苇可渡，域外泽被，光大发扬。而石现伏虎罗汉，岂非天赐一绝耶?

故赋而赞曰：忽报人间曾伏虎，伏虎犹见一拳中，此乃怒江罗汉石也!

感受斯美塔那

听经典音乐，有时会有伤感，比如斯美塔那。

除了“上帝的宠儿”莫扎特，斯美塔那是我所喜爱的音乐家之一。不知道是不是因为伤感。

于国家大剧院音乐厅聆听上海交响乐团演奏的交响诗套曲《我的祖国》和D大调小提琴协奏曲，斯美塔那和柴可夫斯基的这两组名曲，是我最喜欢的经典名曲之一。捷克音乐家斯美塔那的交响诗套曲《我的祖国》，在西方音乐史上享有很高的地位，深深被捷克人引以为骄傲和自豪。音乐史家们公认这一套曲是捷克民族交响乐的开山之作。其中最著名、最撼人心魄的则是其中的《沃尔塔瓦河》，凡经典音乐爱好者是无不熟知的。最令人感动的则是《我的祖国》，是斯美塔那失聪后倾心谱写而成，这完全是心灵的演绎，是天才对天籁的感知，是绝不可复制和再得的“三月不食肉味”的“韶乐”。

惜乎，这场交响音乐会只演奏了《维谢格拉德》《伏尔塔瓦河》《萨尔卡》三段，《捷克的原野和森林》《塔波尔城》《勃拉尼克山》没有演奏。这也是一个遗憾。我个人认为《捷克的原野和森林》也是非常富有诗意的，诗意得令人可以忘掉身处尘世。

音乐可以净化人的心灵。《我的祖国》不是一般的净化，是一种情感的升华和凝练。大爱无疆，大爱属于每一个民族。伏尔塔瓦河的波光流泻成了跳动的线谱，击中我的心脏，使我这个黑发黄肤之人对异域的原野和森林、塔波尔城、勃拉尼克山都产生了爱怜和伤感，爱怜和伤感得几欲潸然……

翠湖寒雨如烟

“烟雨给了我惆怅的诗意，我却用它来寻找初恋。”昨夜听着急骤的雨声，不知怎么吟出这两句奇怪的诗句。

直到昨天，友人还问我听没听王菲的《翠湖寒》？白天上百度查到了歌词，也许这首歌词引出了我的思绪。

这首歌高雅吗？多愁善感的人会喜欢吗？失意的人会喜欢吗？春风得意的人也许会不屑一顾吧？

歌词不长，不妨抄录一小段：

朝朝暮暮怀念

翠湖带雨含烟

我心我情如旧

人儿他、人儿他是否依然

……

歌词还是略显直白，这大概是适合通俗歌曲的特征。太高雅了不易流传。

我在青年时代写过歌词，学习过作曲，连高深的《曲式学》都通读过。自己作词、作曲、登台弹吉他演唱《青春圆舞曲》（四重唱）还获过北京市业余文艺汇演的三等奖。在先父的严令下还学过小提琴。初中时就每天去学声乐，同学的哥哥是寇家伦的学生，包括我在内三个同学，有两个最后都考入了专业文艺团体成为独唱演员。后来还去总政歌舞团学了半年，终因不用功，贪玩（都让滑冰、弹吉他、跳舞耽误了），加上老师说我适合于合唱队里的高声部，更加懒散了。后来分配到单位，基本上脱产搞文艺创作和演出，所以写歌词也有一点自负。与一些歌词大家也有交往，比如晓光老大哥。但是对通俗歌词，一直认为遣词造句很不严谨。例如《翠湖寒》，还算是明白易懂的，也算流畅，只是不知“翠湖”指的是什么呢？

但歌词的主题还是明白的，留下了情感，怀念曾经的热恋，悱恻依旧，不忍割舍“朝朝暮暮”，问一声是否依然？是女子的“带雨含烟”，很令人感慨。

天，下起了大雨。“冷雨敲窗不可听”，心头涌起一种别样的情感，第一次也写了一首通俗歌词，但不是女子的口吻了：

梦里是春风絮，
散去是雨如烟，
再痴也不再相见，
彷佛是、彷佛是真的初恋。
不必想长久时，
留下是梦幻瞬间，
其实你已向我告别，
也许是、也许是还在怀念！

今天上午，将网上王菲的这首歌输入到手机上，感觉不仅配器优美，确实唱得也很好，似乎应该是邓丽君的风格，也许邓丽君唱过？林凤娇主演过电影《翠湖寒》，不知是否与这首歌有关？风格应该归入徐小凤、蔡琴那类，她们要唱也许会摇曳多姿。我很喜欢徐小凤、蔡琴那略有些如泣如诉的韵律。

插上耳机，听着曼妙的歌声，一种复杂的情感阵阵袭来，惆怅、失落、悱恻、伤感……间或有之，说不清。

“大雅久不作”，也许自己应该为我的歌词谱上曲？但是《翠湖寒》已经很好了，颇有20世纪30年代上海歌曲的风韵。不写会有遗憾吗？其实人生都会有遗憾，那就留下这些许遗憾，时常听听《翠湖寒》，去回忆逝去的温馨、情感、烟雨、朝暮吧！有诗为证：

已知何处翠湖寒，
忍见一天雨似烟。
诗也不焚听寂散，
楼台隐去梦依然。

联语杂话

对联是中国传统文化的瑰宝，每逢年节或者一些重要时刻，人们习惯用作对联的方式来表达自己的心情或向往，故而历朝历代留下了大量对联集成类的书籍。据我目力所见，现存最早的与对联有关的书大概是明代王子承辑万历庚申刻本《唐诗联选》。明清以来对联类的工具书不下数百种，例如清嘉庆二十一年（1816年）京都文德堂石印本《春联大观》，应是集大成之作了。清代一些著名文人，如李渔、俞樾、袁枚、吴汝纶、吴梅村、梁启超等，皆是“作对”高手，特别是梁启超的对联，如“能招过客饮文字，闲看儿童捉柳花”“岂有雄心骋老骥，不妨余兴看游猪”等，读来令人耳目一新。

对联对中国文化的影响很深，以至原来的科举考试中有“试帖诗”，即作五言十句律诗；凡是参加过科举的士子，都会作对联。一些朝廷高官，如梁章钜、纪晓岚、陶澍、林则徐、何绍基、曾国藩、左宗棠等，皆好作对联。尤其是梁章钜，他是宣南诗社的重要成员，任过广西巡抚、江苏巡抚和两广总督，楹联专著多有存世，如《楹联丛话全编》，在中国楹联史上占有重要地位。此外像张之洞著有《联语丛录》，曾国藩著有《曾文正公楹联》，左宗棠著有《联语》。曾、左皆为身经百战之人，由于是举人、进士出身，有着极好的古文功底。

当然，作对联不仅为文人所好，明清的一些军事家也喜欢，如明代大败蒙古骑兵的兵部尚书于谦曾写一联："雨中红绽桃千树，风外青摇柳万枝。"春意盎然，令人心怡。我查原出处是他的一首七绝，韵脚是"条"，大概临近春节书成对联时才改"条"为"枝"，《北京对联集成》收入此联即如我引。在军机处做章京的谭嗣同，其对联大气磅礴："大陆龙方蛰，中原鹿正肥。"可窥其志向胸襟。

时近春节，想必又有不少人开始为新年的春联"费脑筋"了，作春联自然要喜庆热闹，还要突出文采，但也有例外——雍正帝的自撰春联："岁岁平安节，年年如意春。"平白如话，看似寻常，寓意颇深。

校对逸闻

校对古称“校雠”，就是校对文字之意，通“仇”，现在仍有这个字，只不过简体字是“仇”。由此可见人们对错字的痛恨。旧时代报刊常有“手民误植”的更正，手民，指拣木活字或铅字的工人。其实，主要责任还是应由编辑来负责。

错字不仅降低报刊书籍质量，而容易造成伤害，甚至引发诉讼赔偿、撤职处分等。

在20世纪40年代，国民政府文官考卷试题竟然将“地役”印成“地域”，造成考生误解答错试题，最后引起一片哗然，导致包括考试院院长戴传贤在内的官员们均受到罚俸等各种处分。

我曾亲耳听过两件关于校对出错的逸闻，至今不忘。一件是听民国初年四大画家之一陈少梅的公子陈长智先生所讲。20世纪30年代北京著名画家徐燕荪和于非厂在报纸上发起笔战，争论绘画理论分歧，时言辞激烈，大伤感情，几近乎断交。后经朋友撮合言归于好，于先生主动在报纸发表一封致歉信，以示诚恳。旧时行文都不直呼其名，要加“兄”或“先生”。于先生抬头即称“燕荪兄”，信中亦多次提及，无非表示亲切。熟料“兄”与繁体字儿子的“兒”近似，待信全文登出，一律排成“燕荪兒”。惹得徐燕荪大怒，终致再次失和。

另一件是听高占祥所谈。1995年，笔者借调到《中国艺术报》参加筹备创刊工作。他以文联党组书记兼任社长，第一次全体大会上首先谈校对之重要性，并以自己的教训为例。占祥原在印刷厂工作，20世纪50年代初颁布新婚姻法，交印厂排版。他当时不到20岁，拣铅字时误将“中华人民共和国实行一夫一妻制”这句话中的“夫”拣成“天”，付印前幸亏被认真的老师傅发现。高先生说：“当时很害怕，如果真印刷成书，性质就严重了。”

由此可见，校错字如校仇，真是万万不可粗心大意。

后　记

我和李国文先生属忘年交，他很欣赏我，90岁的他还经常看我的微信，给我发微信，致电话，很鼓励，对我的诗文力主结集。前几天他给我发微信说："你总是想着我，让我感动。而你偶一为之的短文、谒句、小诗、短令，让我羡慕，这些散发在各处的美文，最易佚失。最佳之计，就是结集出版……这就是我总支持你多交游，多交流，多交友的缘故。看到你的行踪旅迹，触景生情的篇幅，便特别开心了。"前些天，陈喜儒先生给我发微信，说："与国文兄电话，他对你的学识、文章、诗词歌赋大加赞扬。"当然，这是国文先生对我的奖掖与偏爱。与李国文先生有时通电话，一次说起我写的所谓散文，我说我就是一个游走于文坛和史学界边缘的写作爱好者，国文先生答曰：善！其实从我收入拙集的《其情也勃焉，其悯也深焉——读杜卫东的散文》一文中发出的感慨，即可窥见我对散文这一体裁的敬畏。

当今散文家众多，令人目不暇接。我看到《文艺报》上载文，提出“文章家”的定义，举例如姜德明、黄裳、邓拓、邓云乡、张中行等，皆应定位于文章家，而不是狭义的散文家。我很赞成，文章家在清末民初蔚为大观，诸如徐一士兄弟、徐铸成、金受申等，亦可列入。今天的所谓“散文”，和古人所说的文章完全不是一回事。今人将古人的一些文章称之为散文，我个人窃以为不是很严谨。古人将文章划分为一百多类，可见对古人文章的分类快成为一门学问了。即便我们今人认为是古人的散文，包括山水及史传、政论类，也是要求“文以载道”的，即文章是“载道”的高贵文体，并非所有人可随意写来。我们今天看有经学底子的古人名篇，所写我们今天所认为是的散文，没有花哨的文字技巧，也不尽是风花雪月流水账，而洋溢着深沉的哲理和悲天悯人的襟抱情怀。

今天的文章分类比古人的时代的大为萎缩，除去论说性质，我以为今天也不过是散文、随笔、游记、札记、杂文、小品等数类，而我所写大多以随笔、游记、文史札记居多，真正意义上的散文是写得很少的。因为散文创作必须具备天分、才气和识见。强弩之下，何以为文？

卫东兄力荐，继勇兄邀我出一部自选集，近乎于怯，将近年来拉杂写来的勉强成集，皆未曾收入其他集中。又从近年在湖南文艺出版社出版的《京城百艺》等几部集子中抽出十数篇，敝帚自珍将尚称有散文风貌者，收入其中，以为阵脚。敬希读者鉴谅和不吝批评。

灯下编次，此心沉吟，感谢多年关注我创作的张陵、杜卫东、吴志实诸兄，我们常私下探讨散文写作种种话题，他们是罕见的指出我文章不足之处的挚友。古人说：“难得知心一二人。”诚所谓世态炎凉，人生几何？卫东兄常发感慨：人生一世能有几个朋友能持续数十年友谊呢？挚友点评，是古人视为最可珍贵的风义之举，“呦呦鹿鸣，食野之苹，我有嘉宾，鼓瑟吹笙”，瑟笙齐鸣，幸有嘉朋。也感谢一切在我写作过程中关怀的师长友人们！

李国文先生不仅是小说大家，更是散文大家，给我出版的三部诗集、文集写过序言。2020年11月，我出版《燕京感旧录》，他让寄他一册，说他对北京并不太熟悉，可资了解。我寄书时附信谈及欲出所谓另一本散文集，他发微信问：“请谁写序呢？”我答：“想请您写，可您90岁了，不敢求赐。”他说：“我来写。”我大喜过望，说选十几篇您过目，但他坚持要我将全部书稿发过去，我说太累了，他不允：“不怕，我爱看你的文字。”真的很受感动。2020年11月27日我即将文稿共20万字发他邮箱；2020年12月22日将序言发至我邮箱，并附笺云：“小平你好，拖了好几天，才完成这篇短文，请原谅。人老易病，老跑医院，很费劲，累，眼神欠佳，遂让你等了，抱歉抱歉……”可窥李老写序的辛劳，真是令人一则以愧，一则以喜。李老上寿之年，下笔贵重！字里行间流泻着对晚辈的关爱与期望。老辈风范，如沐春风！当永远成为我为文的动力！

搜检在报刊上已发表过的敝文，琐屑繁杂，幸赖有靳扬先生鼎力而为，一则幸甚，再则深谢。

2020年11月2日于京华大风夕照中，12月24日修订

（注：2022年11月23日夜，李国文先生逝世，哲人其萎，戚戚莫赎。）

文学百年 / 名家散文自选集

第一辑					
序号	作者	作品	序号	作者	作品
1	冰　心	一日的春光	17	沈从文	湘行散记
2	从维熙	朝花夕拾	18	铁　凝	会走路的梦
3	褚水敖	我负北大	19	闻一多	复古的空气
4	邓友梅	饮茶闲话	20	王巨才	退忧室漫笔
5	郭沫若	竹阴读画	21	徐志摩	翡冷翠山居闲话
6	葛水平	绣履追尘	22	萧　红	春意挂上了树梢
7	甘铁生	人生浪语	23	徐小斌	生如夏花
8	韩小蕙	新新中国	24	郁达夫	一个人在途上
9	蒋子龙	红豆树下	25	叶圣陶	没有秋虫的地方
10	鲁　迅	秋　夜	26	杨匡满	感恩的翅膀
11	老　舍	抬头见喜	27	袁　鹰	生正逢辰
12	林徽因	你是人间的四月天	28	朱自清	背　影
13	柳　萌	寒风吹哑琴音	29	张抗抗	北　方
14	李美皆	爱你备受摧残的容颜	30	周　明	写意凤凰
15	刘锡诚	芳草萋萋	31	赵　玫	陪伴着你在暮色里闲坐
16	茅　盾	白杨礼赞	32	朱　蕊	蛇发女妖

第二辑					
序号	作者	作品	序号	作者	作品
1	陈建功	我和父亲之间	17	束沛德	爱心连着童心
2	陈世旭	天南地北	18	王剑冰	古道秋风
3	陈喜儒	履痕碎影	19	吴泰昌	散文六十篇
4	陈善壎	你这人兽神杂处的地方	20	汪浙成	远　影
5	范小青	坐在山脚下看风景	21	肖复兴	昔日重现
6	黄文山	烟霞满衣	22	徐　迅	响水在溪
7	刘成章	安塞腰鼓	23	肖克凡	一个人的野史

8	梁晓声	我与橘皮的往事	24	徐　风	风生水岸
9	雷　达	黄河远上	25	叶延滨	前世是鸟
10	刘庆邦	野生鱼	26	阎　纲	散文是同亲人谈心
11	陆　梅	时间纷至沓来	27	赵丽宏	亲爱的母亲河
12	罗文华	将谓偷闲学少年	28	周大新	呼唤爱意
13	刘汉俊	刘汉俊评说历史人物	29	卓　然	天下黄河
14	林　希	平常人语	30	朱　鸿	退　出
15	刘兆林	牛化自己	31	查　干	红叶归处
16	秦　岭	眼观六路			

第三辑

序号	作者	作品	序号	作者	作品
1	杜卫东	陶人：远古之神	7	王泉根	往昔皆为序曲
2	高洪波	拔笔四顾	8	王必胜	我写故我在
3	郭保林	孤独者的绝唱	9	徐　刚	八卷·九章
4	韩小蕙	火与剑，还是康乃馨	10	杨晓升	人生的级别
5	简　默	活在尘世中	11	张庆和	漂泊的心灵
6	剑　钧	写给岁月的情书			

第四辑

序号	作者	作品	序号	作者	作品
1	白阿莹	高山之巅	10	邱华栋	地球是圆的
2	陈奕纯	生命，向美的境地漂流	11	素　素	乡　愁
3	淡巴菰	下次你路过	12	孙　郁	在时间深处
4	何向阳	无尽山河	13	王子君	一个人的纸屋
5	李　舫	不安的缪斯	14	许谋清	每次涨潮都换一波海水
6	陆春祥	柏拉图的斧子	15	叶　梅	江河之间
7	刘上洋	山河气象入梦来	16	朱以撒	两片落叶
8	陆建德	看得见风景的书房	17	朱小平	一担山河
9	马　力	江水之南			